富貴桃花妻

1

文創風 864

凌嘉 著

目錄

序文

去年春天，我剛從一項大型活動中抽身，忙碌數月，感覺精疲力竭。

休假時哪裡都沒去，躺在家裡飽飽地睡了幾天，閒暇時終於能夠泡壺茶、抱本書，感受慢時光。

每當這種時候，我覺得身心格外愉悅，也有些懊悔。

哎呀，都多久沒寫小說了？

我告訴自己，千萬不要忘記「自己的熱愛」。寫小說於我而言，是件快樂的事，但常常因為忙於生活和工作，不得不暫時擱置。

這一次，擱置的時間似乎太久了。

我的手機裡有個檔案，記錄突然迸發的創作靈感，內容雖然瑣碎，但許多人物已在腦海中有了初步的模樣，性格迥異，故事各有不同。

打開檔案看了良久，我挑出顧南野與曲慕歌——這部小說的主人翁。

為什麼選中他們的故事呢？現在回想起來，大概與我當時的處境有關。

休假結束後，我重返工作崗位，接手一個需要長期出差的專案。孤身來到上海，一個離家八百公里的繁華都市，看著燈紅酒綠，卻生出顛沛流離的感覺。

正如我筆下的曲慕歌一樣，我在尋找一處港灣，尋找一份安定。顧南野給了她這樣一方天地，而他們的故事，也給我這樣一方天地。

這部作品陪我度過身在異鄉的半年時光，如今回頭看，亦覺得別有不同。

創作小說時，工作的壓力、生活的艱辛、人生中的種種不快意，都可以得到消解。看著主人翁逢凶化吉、共克時艱，便覺得自己也有了面對困難的勇氣。

最終留在心底的，便是努力之後的碩果，和收穫成功的甜蜜。

不論嚴肅文學還是通俗作品，執筆人都希望能帶給讀者一些東西，可以是有用的知識，也可以是有益的情緒。

親愛的讀者，若您翻開本書，能隨著故事得到一絲放鬆，我便滿足啦。

希望文字給您力量，希望小說幫您釋放壓力，希望主人翁的喜怒哀樂，能為您帶來一絲慰藉。

更希望每一位因為本書與我不期而遇的讀者，平安喜樂！

凌嘉 二〇二〇年初夏

第一章

陽春四月，金陵城發生了一件盛事。

金陵巨擘顧氏一族花重金在城郊的紅葉山上修了一座佛寺，屋宇宏大、佛像威嚴，沿著紅葉山而上，占了大半個山頭。

顧夫人親自前往千里之外的峨眉山雷音寺，請回得道高僧無瑕禪師當住持，並將新佛寺命名為「小雷音寺」。

四月初八是如來佛祖的誕辰，小雷音寺選在這天辦開寺大典，不僅有臨近各寺的高僧前來講法，顧夫人還設了施粥棚、義診棚做善事。

一時間，金陵城內外的百姓，都湧上了紅葉山。

曲慕歌正是其中一員。

今日天還未亮，她就被母親曹氏從床上拖起來，說要帶她去小雷音寺，給她開開光、驅驅邪。

上山路上，同行的李家嬸子憂心忡忡地看著迷迷糊糊、還沒睡醒的曲慕歌，問曹氏：「桃花的病還沒好轉嗎？好多天了，看著還是呆頭呆腦的。」

曹氏剜曲慕歌一眼，恨恨地對李氏說：「這個賠錢貨，我看就是欠收拾。我和她爹狠狠抽她幾頓，喏，老實了。」

「光打不行，病還是要趕緊治。」李氏略壓低了聲音。「曾家聽說桃花中邪，打算要回彩禮，我快勸不住了。原打算再敲他們一筆，這一來一去，可少了好多錢。」

「呿。」曹氏不以為意，譏諷道：「過了這個村，就沒這個店，光他們那點彩禮，再想討到桃花這樣的媳婦，作夢去吧！不是我吹，桃花這張臉，十里八鄉沒姑娘比得上，我還後悔彩禮要少了！」

半個月前，曲慕歌穿越成為農家少女葉桃花，一個十三歲便要被父母嫁掉的可憐孩子。

她剛醒來時，有些驚慌，問了不該問的問題，說了不該說的話。得知自己即將嫁人後，激烈反抗，招來葉家夫婦的毒打，關進屋內。

被關的這些天裡，她終於冷靜下來，接受並看清了自己的處境。

她不知道自己為什麼會穿越，更不知道自己能不能回去，眼下要緊的是逃離這對狠心夫婦的控制，想辦法好好活下去。

唯有自由平安地活著，她才能去想自己為何而來，又將何去的哲學問題。

今天上山拜佛，正是她好不容易等來的逃走時機！

走近小雷音寺，趕來開寺典禮的人越來越多。曹氏帶葉桃花在山門前排隊，直到中午才擠進主殿前的廣場。

廣場上置了很多大香爐，大家爭先恐後地上香、磕頭，嘴裡念念叨叨祈求。

曹氏按著葉桃花跪下，磕了幾個頭，又抓幾把香灰抹在她臉上，口中念叨：「妖魔鬼怪快快退散，妖魔鬼怪快快退散……」

葉桃花一陣無語，若憑幾把香灰便能降妖除魔，她一定立刻跳進香爐，才不想留在這封建、落後的時代！

拜完佛，李氏說要給自家男人求個高僧開光的平安符，曹氏也要請高僧替桃花開開光，三人便往招呼香客的側院廂房走去。

廂房的門關著，外面小院裡坐了很多等待開光的百姓，三人便也找了位子，坐下排隊。

經過半天工夫的觀察，葉桃花大概了解了寺廟的地形，打算等李氏先去開光時，撞開曹氏逃走。

廂房後面是一間茅廁，茅廁旁邊有通往寺廟後山的小路。

上山時，葉桃花曾經隔著山谷打量那條臨近山坡的小路，只要跑到後山，鑽進野樹林裡，曹氏就別想找到她了。

她閉起眼睛回想上山時看到的地形，默記逃跑路線，越想越緊張，雙手甚至有些發抖。

為了不讓自己這麼緊張，她分散心思，去聽周圍人的閒聊。

這時，一對婆媳站到她旁邊排隊。

年輕媳婦攙扶著老人，看到人多，有些不耐煩，抱怨道：「娘，人太多了，咱們改天再來吧。」

老人搖頭，堅持道：「今天是佛祖誕辰，日子好，開光的東西更靈驗。」

年輕媳婦低聲念叨：「聽說顧夫人花重金建小雷音寺，是為了替顧將軍積德。每次顧將軍打了勝仗，便屠城、殺降兵，燒殺擄掠無惡不作。替這樣的人建廟，小雷音寺怎能受到佛祖的庇佑……」

老人聽了，臉色一變。「佛門重地，不得胡言亂語。」說完，想了想，跟著媳婦走了。

這對婆媳的話也傳到曹氏和李氏耳中，相視一眼，李氏率先站起來。「咱們也走吧。」

曹氏啐了一口，拽起葉桃花。「算了算了，真晦氣！」

葉桃花有點著慌，若李氏和曹氏不分開，單憑她瘦弱的身子，可不敢保證能掙脫兩人的箝制。

好好的計劃，怎麼就被一句閒言碎語打亂了？

她正焦急著，外面忽然有人高喊，說顧家的粥棚正在發銀子！

一聽見消息，原本還在燒香、求籤、等開光的人，蜂擁著往寺外跑去，曹氏和李氏也不例外。

天賜良機！

葉桃花不再猶豫，趁著混亂，使勁推了曹氏一把，轉頭逆著人群往後山的茅廁跑去。她人矮身細，三兩下便鑽到人群裡。

曹氏轉身要追，卻被往外湧的人群攔著，很快便看不到葉桃花的身影了。

「妳這個死丫頭！要往哪兒跑？回來！」

葉桃花不顧曹氏的吼叫，盡可能飛快跑著，離開了側院。

她沿著路一直跑，就在她以為要跑出小雷音寺的範圍時，山路一轉，一座鋪著青石板路的院落攔在路中央。

繞過茅廁，果然如葉桃花看過的一樣，有條小路直通後山。

院子左邊是山坡懸崖，右邊是寺廟的圍牆，這竟然是一條死路！

山林裡，怎麼會藏著這麼大一座院子呢？

葉桃花出師不利，要急死了！

她焦急地往來路看去，現在折返下山，肯定會被曹氏逮到，絕不能回頭，只得咬牙，翻過小院前半人高的竹柵欄，硬闖進去。

「佛祖保佑，保佑我能順利逃走！」

葉桃花暗自祈禱著，小心翼翼在院落裡找著橫穿過去的路。

這個院落很整潔，呈回字形布局，中間院子有座小花圃，外面環繞屋子種了一片竹子。

竹子後面則是一排兩人多高的石牆，與後山完全隔斷。

站在光滑而堅硬的石牆前，葉桃花有點絕望。

她大概是最遜的穿越女主角了，不會武功，沒有金手指，現在被堵在這裡，肯定會被曹氏逮回去，毒打一頓不說，還得嫁人。

回想之前挨的幾頓打，葉桃花不由抖了一下。

葉氏夫婦打人是真的狠，也是真的疼，彷彿不是打自家孩子一般，拿著竹條和木棍往死裡抽。打的時候，還會避開她的臉，免得破相，不好嫁人。

葉桃花從未嘗過這種皮肉之苦，也不打算再嘗一次。

她捏起拳頭走進主屋，打算找個武器。如果曹氏追來，就算拚個你死我活，也要替自己拚一次！

這間主屋的正中堂上，供奉著一尊白玉觀音，觀音像前燃著兩座佛蓮香爐，堂下放著一只供人跪拜的圓形蒲團。

堂屋右邊有張被書畫環繞的茶几，茶几旁邊的圓形窗臺下，安了紅泥火爐，上面正燒著熱水。

另一邊有扇圓拱門，門上掛著淡青色紗帳。窗下設了軟榻，後面便是臥室。

這間屋子簡潔而溫馨，雖不富麗，但給人很精緻的感覺。

葉桃花氣沖沖地進來，但站在主屋中聞著佛香，心中的慌張和憤怒突然平息了不少。

她靜靜地望著白玉觀音像，看了一會兒後，跪在蒲團上。

「菩薩在上，我曲慕歌從未做過大奸大惡的事，雖然不知因何機緣落入現在這樣的境地，但我相信天道好輪迴，善惡終有報，請菩薩保佑我逢凶化吉、遇難呈祥。」

她磕了三個頭，正要起身出去，外面忽然傳來說話聲。女聲溫和而緩慢，很好聽，絕對不是曹氏。

應該是屋子的主人回來了，葉桃花不由往青紗帳後面躲去。

一輕一重兩道腳步聲傳來，女人聲音更近了。

「你不去京城，卻一聲不吭地跑回來，若讓皇上知曉，小心問你的罪！我在這裡一切都好，唯一放心不下的就是你，你不必為了我和你父親嘔氣，更不可拿自己的性命冒險。只要你平安，我什麼都不求。唉，每每想到你在戰場拚命，我便擔心得吃不好、睡不好，娘就你這一個孩子……」

葉桃花屏息縮在紗帳後面，聽到這些話，心頭一酸。

這才是正常的母親啊，會心疼孩子，會因為擔心孩子而寢食難安。哪像曹氏，要麼打她，要麼指望著拿她換錢。

葉桃花正憤憤地想著，青紗帳突然被撩開，緊接著，她被人掐住脖子，從帳後拖出去。

這人動作太快，一切彷彿發生在一瞬間，她完全沒反應過來，就被拎在半空中。

她的脖子幾乎要被擰斷了，氣息和聲音憋在胸裡，半點也發不出來。

葉桃花不由開始掙扎，奮力睜開眼睛。哪怕是死，也得看清楚掐死她的人到底是誰……

她慌亂無助，憤怒的眼神對上一雙極涼、極冷靜的眸子。

把她拎在半空中的男子有張極俊美的臉，但臉上沒有一絲表情，渾身清冷的氣息似從地獄而來，要終結一切活著的生命。

葉桃花的腦袋開始發脹，刺痛憋悶的感覺在全身瀰漫開來，手腳漸漸麻痺，不能動彈。

在她以為自己要這樣不明不白地死掉時，男子把她丟在地上，毫無情緒地問：「妳怎麼在這裡？」

葉桃花趴在地上，大口呼吸、咳嗽，半天說不出話，眼淚不受控制地往外流，身體也開始抽搐。

男子身後的婦人看到她這副模樣，有些心軟，上前蹲下查看，責備道：「小野，你下手太重了，她還是個孩子。」

男子沒有說話，在旁邊的椅子上坐下，用略帶探究的目光盯著葉桃花。

葉桃花好不容易緩過來，也打量起對面的人。

男人黑衣黑袍，一看就不是什麼善茬，而面前的婦人穿著白青相間的居家道袍，用方巾包住髮髻，頗有幾分仙風道骨的慈善模樣。

於是，葉桃花果斷抱住婦人的手臂，道：「我不是壞人，求求夫人救我……」比起男子，這個溫柔美麗而心軟的婦人，許是她唯一的救命稻草。

婦人扶著葉桃花坐下，替她倒了杯溫水，細聲安慰道：「妳不要怕，我們不是壞人，剛剛我兒子以為妳是刺客，下手才重了些。妳為什麼會躲在這裡？」

葉桃花把被「父母」毒打，又逼她嫁人的事說出來。

「我以為這條路能通往後山，跑到這裡卻無路可逃，迫不得已才躲進屋中。我真的不是壞人……」

為了證明自己的遭遇，葉桃花擼起袖子，讓婦人看她身上的傷。

細細的手臂上滿是被竹條抽打的痕跡，疤痕疊著疤痕，沒有一塊好肉，想必在曲慕歌穿越之前，葉桃花就常常挨打。

她甚至懷疑，原主應該是被葉氏夫婦打死了，才導致她的穿越。

溫柔婦人沒見過這樣的情況，倒抽一口冷氣，眼眶紅了。「做父母的怎麼下得了這樣的狠手？」

一直沈默的男子忽然站起來，走了出去。

男子離開後，屋裡凝結的空氣彷彿重新開始流動起來，葉桃花終於鬆了口氣。

婦人見狀，無奈道：「我兒子是個武將，在戰場上待久了，難免渾身戾氣，但妳不要怕，他不會傷害無辜之人。」

葉桃花點點頭，想起當務之急，問道：「夫人，您可知這裡有別的路能出去嗎？我娘肯定堵在外面，我不想跟她回去……」

婦人笑著說：「放心，若妳不願回家，我保證她帶不走妳。但妳一個小姑娘，離開家之後，有什麼打算呢？」

葉桃花做過很多種打算，她偷偷從葉家偷了些碎銀，可以先找個地方落腳。她有手有腳，還是個文化人，雖然以前讀的書在這裡不一定有用，但她相信自己肯定不會餓死。

她還未說出自己的想法，一個書生模樣的年輕男子走進來，恭敬而溫和地對婦人說：「夫人，主人吩咐留下葉姑娘給您做伴，讓屬下前來安置。如果葉姑娘答應，屬下這就去葉家拿賣身契。」

婦人露出訝異的神情。「留在我身邊？」

男子答道：「是，主人是這樣吩咐的。」

婦人回過頭，仔細打量葉桃花，問她：「妳都聽到了？可願意留下來陪我？」

葉桃花有些懵。雖然覺得這位婦人是好人，但也不能不明不白地把自己賣了。

「不知夫人家住何處？要我做些什麼？」她盡可能客氣地問，畢竟面前的人極有可能是未來的金主。

男子替婦人答道：「這位是金陵顧家的主母，御賜三品誥命夫人。剛剛妳見到的男子是顧家長子、西嶺軍都指揮使顧南野。主人好心救妳，不會逼妳做不好的事，夫人起居有服侍的人，也不會讓妳幹粗活。」

誥命夫人！都指揮使！

雖不知身處什麼朝代，但她前世受過高等教育，聽也聽得出這些人身分不凡。

而且金陵顧家正是建造小雷音寺的金主，有權又有錢，若在這樣的人家打工，就算葉氏夫妻是親生父母，也不敢對她怎麼樣了！

於是，葉桃花真心對顧夫人道：「謝謝夫人救命之恩！但……能不能不簽賣身契，改簽活契？夫人放心，我一定會盡力報答您的大恩大德！」

顧夫人本就沒想扣下葉桃花，點點頭。「就按妳的意思。」

她說罷，讓男子帶葉桃花回去，把葉家的事辦妥再來。

待葉桃花走後，顧夫人到東廂房找顧南野，好奇地問：「我從家中帶出來的人，你一個也不信，怎麼就對這個小丫頭安心？你認識她？」

顧南野點頭，但沒多解釋，只說：「還請母親招待她一段時日。」

顧夫人聽了，又琢磨出一點意思，兒子是把小姑娘當客人，而不是下人，不由更好奇了，看來葉桃花是很重要的人，竟然能被兒子另眼看待。

她太好奇了，但兒子沒有細說，便沒有多問。她很了解自己的兒子，凡事自己拿主意，若是他不願說的話，怎麼問都沒用。

既然兒子這邊問不出端倪，那明天從小姑娘身上打聽好了。

另一邊，葉桃花隨著男子離開小院，男子告訴她，他叫柳敬，是顧將軍的屬下。

葉桃花本以為柳敬會帶她回葉家，沒想到柳敬直接把她安置在小雷音寺的客房裡。

「妳先歇著，晚些我處理好妳家的事，再來找妳。」

葉桃花一頭霧水地望著柳敬。處理她的事，不需要她在場嗎？

不過，她的確不太願意面對葉家夫妻，有人願意全權包攬，她也樂得做個鴕鳥。

待到晚上，柳敬拿了兩份文書給她，一份是她的戶籍，一份是跟顧家的活契。

看著這兩份文書，葉桃花問道：「我、我爹娘怎麼說？他們沒有為難你吧？」

柳敬用手指點了點戶籍，沒回答，只說：「這是妳一個人的戶籍，從今往後，只要妳想跟葉家沒關係，那妳就跟他們沒有任何關係。」

葉桃花驚訝至極，幸福真的來得太突然，她竟然行了大運，直接抱上權貴的大腿，還完全脫離了狠心的葉家夫妻？

柳敬見她呆愣的樣子，笑著說：「若是想道謝，便替我家主人好好伺候夫人吧。」

葉桃花抱著文書，在廂房裡又蹦又跳，這位顧將軍是神仙吧？居然這麼善解人意。

乾淨的身分、安全的環境、穩定的工作，她想要的東西，一瞬間都有了，好棒！

「哇，面冷心熱的神仙小哥哥！」

送走柳敬，葉桃花一掃連日的陰霾和壓抑，心情終於放晴，雀躍得心臟似要蹦出胸口。

她摸摸脖子上被掐出來的痕跡，自言自語道：「好吧，看在你這麼會辦事的分上，我就不跟你計較了。」

紅葉山的後山小院中，柳敬待在東廂房裡，恭敬地向顧南野稟報今日之事。

「紅葉村葉、曹、李、曾四戶，共十七口人，已盡數抓捕歸案，請主人發落。」

顧南野看著手中的軍報，不太專心地點點頭，又吩咐：「留下葉典，其他的都殺了吧。」葉典是葉桃花的父親。

對於這殺無赦的命令，柳敬絲毫不覺得詫異，得令後正要退出去，又聽顧南野補充道：「先廢了葉典的手腳。」

「是。」

顧南野處理完手上的軍務，已是半夜。

他收起文書，拿出一張紙，在上面寫下「曾葉氏」三字。

對於這個女子，顧南野沒有太多的印象。

上一世見到她時，她已經嫁做人婦，十七歲便是三個孩子的母親。

她帶著孩子們跪在朝堂上，眼中無光，拘謹怯懦，唯有在被問到想怎麼處置她的丈夫曾康時，咬牙切齒地說：「我要他死！」

這四個充滿恨意的字，讓顧南野多看她一眼，過目不忘的他因此記住了她的長相。但今世再見，顧南野差點沒認出來，原來在她嫁人後變得形如枯槁之前，也曾是個活潑漂亮的小姑娘。

顧南野坐回太師椅，對著棋盤上的殘局思索。

若他沒有回金陵看望母親，就不會發現她躲在屋裡，她應該會如前世一樣，被曹氏抓回去，被迫嫁人，直到四年後被找到。

今天他出手干預她的命運，很多事會受影響，必須推演清楚，每一步都不容有錯……

第二章

小雷音寺中，葉桃花這一夜睡得並不安穩，彷彿墜入地獄。

夢中，她被曹氏抓回去後，嫁給曾家之子曾康。

她不喜歡曾康，但成親的頭三個月，因曾康喜歡她的美貌，日子還算平順。就在她以為日子要這樣過下去時，曾康因為賭博輸了田地。

為了還錢，曾家父子把她綁到金陵城的賭莊中，用她的身子來還債。

自此，曾家父子會帶不同的男人回家，她淪為他們的賺錢工具，也成了紅葉村的笑柄。

她跑回葉家求助，卻被葉典亂棍打出來，曹氏甚至還找她要錢。

不僅她受罪，她的孩子也沒過過一天好日子。

曾康對孩子不是打就是罵，說他們是野種，不給吃不給喝，最後在一次爭吵中，她拿刀捅了他。

人是不是死了，她不知道，因為她被丟進大牢中，判了秋後斬……

如地獄般的夢境讓葉桃花哭著醒來，夢中的一切太真實了，彷彿發生過。

「是妳嗎？是妳前世的經歷嗎？」她無聲地問著原主，沒有人回答她，但心中已經有了答案。

葉桃花坐在床頭哭了半晌，手中摸著柳敬給她的兩份文書，這才有了一點點安全感。

她無法想像，自己若是落入那樣的境地，要怎麼辦？她或許會更早選擇拚死一搏，但她沒有逆天的本事，還是會遭很多罪。

這般想著，她越來越感謝顧氏母子，他們是她的貴人，替她的人生帶來重大的轉機。

回想前世今生的種種，葉桃花的腦袋越來越迷糊，在小雷音寺的晨鐘中，沈沈睡去……

她的回籠覺一睡就睡到了中午，直到有個老婦人來喊她吃飯，才清醒過來。

葉桃花一下子跳下床，慌亂地穿衣服，道歉道：「對不起，我睡過頭了，其實我不愛睡懶覺的……對不起……」

「上班」第一天就遲到得這麼誇張，睡前還想著要報答顧夫人呢，沒想到自己的身體這般不爭氣，她感到十分抱歉！

叫她起床的老婦人是顧夫人的乳母辛嬤嬤。顧夫人嫁人之後，辛嬤嬤便隨夫家離開，但不久前，顧南野去找辛嬤嬤，請她回來照顧顧夫人。

辛嬤嬤是個很慈祥的老人，上午已經聽顧夫人說了葉桃花的事，並不責怪她睡懶覺，而是笑著安撫她。

「可憐的孩子，夫人知道妳多日沒休息好，特意沒喊妳。只是現在是吃飯的時候，妳想必餓了，吃了再睡吧。」

葉桃花聽了，更是不好意思。她臉皮再厚，也不好意思吃飽再睡呀！

辛嬤嬤幫她帶來乾淨的新衣裳，葉桃花俐落地收拾好自己，便跟辛嬤嬤一起去了顧夫人的小院。

小雷音寺的開寺大典雖然結束，但顧家的施粥棚和義診棚會連開七天，上午顧夫人還親自去棚裡幫忙，這會兒才回來休息。

相較之下，睡懶覺的葉桃花更覺得臉紅了。

顧夫人笑咪咪地看著換上乾淨衣服的葉桃花，招手叫她一起吃午飯。

原以為顧夫人是高門大戶的主母，吃穿用度想必有很多規矩，但沒想到她吃得相當簡單，只有三碟素菜、一碗清粥。

辛嬤嬤端來一盅雞湯，說：「桃花，這是夫人特地幫妳準備的，快趁熱喝。」

葉桃花非常不好意思。「夫人和辛嬤嬤都沒有，我怎麼能喝？應該請長輩先用的。」

顧夫人溫柔地笑著說：「我和辛嬤嬤在佛祖面前發願吃素，但妳還在長身體，不能跟我們一起過清苦日子。快喝吧。」

昨天簽下活契時，葉桃花以為自己會過上丫鬟般的打工日子，沒想到主人家這麼好！

第N次感慨自己遇上好人後，葉桃花一口氣把湯喝了，不得不說，無污染的土雞湯真的香，好喝得她快落淚。
可她沒哭，辛嬤嬤卻抹起了眼淚。
顧夫人關切地問：「辛嬤嬤，妳這是怎麼了？」
辛嬤嬤拉著葉桃花的手，對顧夫人說：「夫人，剛剛我看到桃花換衣服，身上全是傷，沒有一塊好肉，實在心疼。」
顧夫人一驚，坐直了身子。「身上也有？」葉桃花手腳上的傷，已經夠觸目驚心了。
於是，在顧夫人和辛嬤嬤的堅持下，葉桃花被她們按在軟榻上，脫去衣服，檢查傷勢。
她的胸前跟手臂上一樣，有竹條抽打的痕跡，背上的傷更嚴重，不僅有新傷，還有大塊被捶出來的瘀青，腰間甚至有烙鐵燙的疤痕！
「簡直是……禽獸！」饒是顧夫人涵養好也受不了，罵了一句。
辛嬤嬤忍著淚意，找來傷藥替葉桃花塗抹，顧夫人則握住她的手道：「妳這孩子好傻，身上的傷這麼重，怎麼忍著不說呢？昨晚就該幫妳上藥的，一定很疼吧？」
葉桃花的確很疼，但她不敢說。好不容易遇到好心的主人家，不僅收留她，還助她解決麻煩，怎麼敢嬌滴滴的惹人討厭？
「夫人，辛嬤嬤，妳們別擔心我，我真的沒事，皮外傷過幾天就好了……」
她趴在榻上，正軟聲勸著，顧夫人突然站起來，語氣驚訝中帶著責備，輕叫道：「哎呀，你這孩子！」

辛嬤嬤手忙腳亂地把衣服蓋到葉桃花背上，哭笑不得。「哎，怪我怪我，沒關門……」是有人闖進來了嗎？她沒聽到腳步聲啊。

葉桃花一頭霧水，爬起來回頭望去，但除了晃動的門簾，沒看到任何人。

顧夫人有些不好意思地咳嗽一聲，交代辛嬤嬤繼續幫葉桃花塗藥，帶上門出去了。

顧南野背手站在院中，一向沒什麼表情的臉上，眉頭微微皺起。

顧夫人過去，拍了兒子的胳膊一下，低聲責備道：「你進來怎麼不敲門？這麼魯莽！」

顧南野覺得很冤枉，大中午的，正是吃午飯的時辰，且門沒關，誰會料到裡面的姑娘沒穿衣服？

顧夫人又道：「小姑娘面皮薄，這會兒不知有多害羞，你待會兒再進去吧。唉，要我說，你就不該老待在軍營裡，連男女大防都忘了。」

顧南野無奈。「母親，她只有十三歲，還是個孩子。何況，她滿身傷痕，任誰看了也不會有旁的想法。」

提起傷痕，顧夫人憤憤地說：「葉家夫妻怎麼下得了手？那可是自己的孩子啊！」

「是啊，若是自己的孩子，怎麼下得了手？」顧南野似是無意地說了一句。

顧夫人極為聰明，立刻會意。「你是說，他們不是……」

顧南野聞言，瞥屋裡一眼，顧夫人便噤聲，低低道了句：「真是可憐。」

一會兒後，辛嬤嬤幫葉桃花塗好傷藥，葉桃花穿上衣服，和她一起收拾飯桌。

兩人端著碗筷往廚房走時，葉桃花看到顧氏母子在院裡說話，悄悄瞥顧南野一眼，沒想到卻跟他四目相對。

顧南野的眼神太過銳利，彷彿要看到人心裡去。

葉桃花心中一慌，立刻低下頭，差點摔了手中的碗。

只、只是看到在塗藥的裸背，慌什麼啊？就當穿一回露背裝，沒啥好在意的⋯⋯她安撫著自己，但臉色還是紅彤彤的。

到了廚房，辛嬤嬤讓她把要洗的東西交給下人，交代道：「院裡的雜活有人幹，不用妳動手。將軍不喜歡這些人貼身伺候夫人，所以不許他們進院子。」

葉桃花點頭，難怪她在顧夫人身旁看不到伺候的人，遂問起自己的「工作職責」。

辛嬤嬤笑呵呵地說：「夫人的日子過得簡單，早晚禮佛，上午侍弄花草，下午抄佛經，或寫字作畫。妳若覺得沒事做，可以幫著夫人照料園子，或者研墨洗筆。」

這日子也太清閒了⋯⋯葉桃花有些疑惑，顧家家大業大，主母不用管事嗎？

顧夫人年近四旬，但看起來很年輕，雖然穿著和起居非常樸素，氣質卻是溫柔中帶著幾分少女的活潑，不似打算長伴青燈的寡淡之人，反倒像是一隻靈動的鳥被關在籠子裡，不得不過這種日子。

她轉而想起昨日在寺中聽到香客說的閒言碎語，或許顧夫人真是為了減少顧南野在戰場上積累的殺孽，才在這裡禮佛祈福吧。

葉桃花搖搖頭，不再多想了。主人家的事，不是她這個剛上工一天的新人可以探究的。

下午，顧夫人交代辛嬤嬤帶葉桃花到小院中住下。

葉桃花沒有行李，只貼身帶著兩張重要的文書。

辛嬤嬤領她去北面的倒座房。「夫人起居都在正屋，西廂房是夫人的書房，將軍暫住東廂房。我就住在妳的隔壁屋。」

葉桃花安頓好，便去找顧夫人道謝。

顧夫人正在西廂房裡抄寫佛經，聽了她的道謝，停下筆。「若有什麼需要的用物，儘管跟辛嬤嬤說，她會派人幫妳置辦。」

說著，她看看葉桃花身上的衣服。「妳這套衣服是臨時買來的，不是很合身。等過兩日寺中的事了了，我帶妳下山去買。」

葉桃花受寵若驚。「夫人救我已是大恩，我什麼都沒為夫人做，怎好再花您的錢？」

顧夫人搖搖頭。「我只有小野一個兒子，他十四歲便去從軍，長年不在我身邊。如今妳遇到我，是我們的緣分，我心疼妳、喜歡妳，妳就不要跟我見外了。」

葉桃花嘴笨，臉皮又薄，道謝感恩的話說不出花樣來，千恩萬謝全收在心裡。

顧夫人見她臉紅，遂岔開話頭。「妳喜歡讀書嗎？若是願意，我可以教妳識字。」

一般的農家女子沒機會讀書，葉桃花過得這麼慘，顧夫人便以為她不識字。

雖然葉桃花讀過書，但此書非彼書，雖然很多內容能通用，但也有很多不同。如今顧夫人肯教她，她自然願意學了。

一會兒後，顧南野從外面辦事回來，臉上雖一如往常沒什麼表情，但眼眸中冰冷如雪，渾身上下透著一股戾氣。

他路過西廂房，聽到房內傳出母親的笑聲，不由停下腳步。

透過半開的窗戶看去，顧夫人滿臉驚喜地望著葉桃花，問道：「這個字呢？還記得怎麼唸嗎？」

葉桃花望著顧夫人寫在紙上的《千字文》，答道：「闕。劍號巨闕，珠稱夜光。」

顧夫人好開心。「短短半個時辰，妳便學會五十個字。這樣的天賦，不讀書可惜了。」

葉桃花又臉紅了。這些字雖然有繁有簡，但她還是認得的，現在裝作文盲從頭學，她很心虛……

顧夫人說著，瞥見站在窗外的兒子，招手喊道：「小野，你回來了。快進來看，桃花十分聰明……」

顧南野頓了頓，收起身上的戾氣，走進西廂房，喊了聲母親。

顧夫人將葉桃花誇了一通，又吩咐他：「你派人回府，將你啟蒙的書全取來，正好給桃花用。」

聽著顧夫人一直喊她桃花，葉桃花忍不住說道：「夫人，我想改名，不想叫桃花了。」

顧夫人也不喜歡這個土氣的名字，想到她應該有個新的開始，便點點頭。「新名字新生活，妳可想好要改什麼？」

葉桃花頓了頓，指著桌上的《太玄經》。「太玄，我想叫葉太玄。」

顧夫人驚訝地望著她，喃喃道：「妳可能不太懂《太玄經》，這個名字好像不是很適合女子……」

太者初始，玄者幽深。

《太玄經》探索天地人之間的關係。太玄是北方之斗機，且北斗繞北極旋轉，可作為標定，以示時空統一。

她想改名太玄，有她的深意，顧夫人不能理解很正常。

顧南野忽然開口：「天以不見為玄，地以不形為玄，人以心腹為玄。葉太玄，這個名字很好。」

顧夫人訝異地看看兒子，又看看葉桃花，無奈道：「好吧，既然你們都喜歡，我又何必墨守成規。叫太玄，也很好。」

得了新名字的葉太玄很開心，沒有注意到顧南野眼中閃過的訝異之色——

前世，太平四年，雍帝尋回流落民間十七年的公主，賜號太玄，建太玄觀以供其靜養。

這幾年，雍朝並不太平。

雍朝與虯穹部落的戰爭，已經持續了五年。

前三年，雍朝邊軍疲弱，被虯穹打得節節敗退，從西北至東北，數千里的邊關沿線皆是戰場，丟失城池十一座，京城危在旦夕！

兩年前的關鍵時刻，西嶺軍繞過主戰場，跋涉穿過茶哈，如一支利劍直搗虯穹王庭，一舉斬殺留守王庭的四位王子，火燒都城，屠光所有守城官兵，史稱茶哈大捷。

自茶哈大捷後，虯穹遠征軍軍心大亂，接連敗退，兩年來，在突起的西嶺軍帶領下，雍朝已收回十座城池，只餘最西北的光明關還在虯穹手中。

顧南野從西嶺軍發跡，兩年內獲得十次擢升，成為雍朝四大邊軍中最年輕的都指揮使。

一個月前，顧南野帶著西嶺軍兵臨光明關。

百官翹首以盼，以為他會獲得第十一次大捷，順利取回光明關，收復雍朝所有失土。但他卻按兵不動，無論雍帝下幾道旨意催促他速戰速決，都不做任何回應。

一時間，朝中非議之聲四起。

有人參顧南野擁兵自重，藐視王權；有人參顧南野居功自傲，想在結束戰爭前獲得更多封賞。也有人參顧南野勾結敵軍，必然是受了虯穹的賄賂，才不願趕盡殺絕。

雍帝看著如雪花般的奏章，有些心慌。

軍中無人可用，只有一個顧南野。在徹底打敗蚼穹之前，他只能行安撫之策，再下詔書，封顧南野為西嶺侯。

顧南野接了詔書，說要回京叩謝皇恩，這一舉措，讓百官們百思不得其解。顧南野麾下將領則以命死諫，勸他不要回京。

擁重兵者，最忌諱孤身入京，沒了軍隊，皇帝是獎是懲，皆由帝心。何況此時邊關怎麼少得了他坐鎮？豈不是給蚼穹反撲的機會？

但顧南野決定的事，無人能勸阻，他只帶了五十名親衛，離開了西嶺軍大營。

京城中，雍帝坐立難安，一會兒擔心顧南野帶兵回來造反，一會兒又期待能趁著這次機會，削一下顧南野的軍權。

他派出無數斥候前去打探顧南野的行程，斥候卻報，顧南野身體抱恙，待在天健城養病，一時無法入京……

本該在天健城養病的顧南野，此刻卻在金陵城外小雷音寺旁的小院中。

今日是四月十五，顧夫人命人做了茶點，晚上在小院的花圃中擺賞月宴，要與顧南野、葉太玄一起賞月、看星星。

「小玄兒，妳看那顆星星就是太玄，是妳的命星。」

自從改名葉太玄後，顧夫人就喜歡喊她小玄兒，並開始教她看天文跟曆法的書。

隨著相處日久，葉太玄越來越佩服顧夫人，雖是女子，可她上知天文，下知地理，實在是個大才女。

她心中敬顧夫人如師長，非常認真地跟顧夫人學起古代知識。

顧南野看著母親與葉太玄交談甚歡，心中難得地覺得寧靜。這一世，他必要守住母親的平安，和她簡單的幸福。

葉太玄見顧南野的神情難得露出一分和煦，便主動給他斟了杯茶。

她懷裡有一只平安符，裡面收了她親筆抄的一段《心經》，還特地去求小雷音寺的無瑕禪師開光。

比起顧夫人替他修寺廟積功德之舉，這個禮物自然是小之又小，但她現在沒錢也沒本事，只能以這樣的方式答謝顧南野的搭救之恩。

「顧將軍。」大概是因為第一次見面時，差點被顧南野掐死，葉太玄很怕顧南野，小聲喊了他，拿出平安符。「聽夫人說，你過幾天要回戰場了，這是我做的平安符，希望它能保你平安，也謝謝你和夫人救我。」

顧南野瞥了小姑娘手中的紅色錦囊一眼，一看就是廟裡買的，並不是自己動手做的。無數次從死人堆裡走出來的他，並不認為這玩意兒能保自己平安。

葉太玄見他半天沒反應，覺得非常尷尬，只好替自己找臺階下。「我、我不會女紅，做不出像樣的謝禮。要不……要不還是等我以後學了女紅，親手做一個送給你吧。」

顧南野忽然伸手，動作很快，葉太玄還沒看清楚，平安符就被他取走了。

「心領了。」顧南野沒看她，淡淡地說了一句。

葉桃花長舒一口氣，總算把東西送出去了。平安符早拿在手裡幾天，可她總是不敢跟顧南野說話。

顧夫人在旁看了，忍著笑意，怕葉太玄臉皮薄，沒有藉此打趣她，只誇讚道：「小玄兒真是懂事。戰場上刀劍無眼，平安符一定會保護小野平安無事的。」

雖然顧南野不太說話，但小院裡的氣氛還算和樂融融。

顧夫人開心，便說明天帶葉太玄進城去玩。

葉太玄高興地點點頭。

第三章

翌日，顧夫人、葉桃花、辛嬤嬤坐馬車進城，柳敬隨車陪同。

雖然顧夫人搬到山上住，但對金陵城十分熟悉，各大鋪子的掌櫃亦認得她。她先去衣莊替葉太玄買衣服，又帶她去挑首飾。中午逛累了，便去齊芳閣用飯。

在包間坐下後，齊芳閣的東家親自過來向顧夫人問好。

東家笑著說：「顧夫人真是稀客，許久沒光臨小店了。您要來，該提早說一聲才是，可惜今日大師傅休息，不能做您最愛吃的鵝油酥，還請見諒。」

顧夫人也笑。「無妨，只是用頓便飯，而且我現在茹素，吃不得油腥。你揀幾道爽口的素菜送上來，再替小姑娘做些可口的小點心。」

「是，我這就去安排！」

今天進城，葉太玄才感覺到顧夫人的身分之高，各家老闆都認識她，親自接待，這是頂級貴客才有的待遇。

等菜的工夫，顧夫人教她辨茶，兩人正在品茶，房門突然被人粗魯地推開。

一名極美豔的女子站在門前，身後跟著四個丫鬟。

五人魚貫而入，女子極為不客氣地直接在桌旁坐下。

「聽說姊姊在這裡吃飯，妹妹過來看看。有段日子沒見到姊姊，姊姊好像又老了，山上的日子很苦吧？」女子嬌媚地說。

來者不善，柳敬在旁喝了一句：「不得放肆！」

女子聽了，冷笑著瞥柳敬一眼。「一個提鞋的小廝，跟了顧南野幾天，就敢在我面前囂張，怕是忘了你妹妹的下場吧？」

一向鎮定自若的柳敬聞言，額頭立時冒出青筋，似想起極憤怒的事，努力壓制著自己的火氣。

顧夫人放下茶盞，不悅道：「煙娘，我已經離開顧家，妳還如此糾纏不休，到底想要幹什麼？」

煙娘伸手撐著臉頰，眨了眨眼睛，笑著說：「姊姊這話說得不明不白的。離開顧家？老爺連休書都還沒寫，妳怎麼算是離開顧家？若姊姊真想離開，該勸老爺早點寫才對。既然不想做顧家主母，那快些把事情了了，大家方便。」

顧夫人冷笑一聲。「休書寫與不寫，顧家都是妳的了，有何分別？」

煙娘微微皺起眉頭。「姊姊何必裝糊塗？妳的三品誥命，本該是我的。」

向來溫和的顧夫人聽到這句話，終於忍不住把茶盞拂落在地。「可笑！顧南野是我兒子，就算我死了，誥命也落不到妳頭上！」

一直在盡力搞清楚狀況的葉太玄終於聽明白了。煙娘是顧家小妾，想讓顧老爺休妻扶正她，如此顧南野為顧家掙得的封賞，才落得到她頭上。

煙娘不耐煩地看看碎在地上的茶盞。「姊姊敬酒不吃吃罰酒，便別怪妹妹不客氣了。妳說，若皇上知道顧南野偷偷帶兵回金陵，會怎麼處置他？判欺君之罪，還是謀逆之罪呢？」

柳敬一拳捶在桌上，喝道：「姨娘慎言！」

煙娘看到顧夫人和柳敬的神色，得意地笑了。

葉太玄在旁，忽然貌似無心地問：「辛嬤嬤，欺君之罪是不是要抄家？謀逆之罪好像還要株連九族，是不是呀？」

沒人回答小姑娘的話，但大家都聽懂了。

煙娘不會蠢到賭上自己的命去害顧南野，畢竟像她這種貪心的人，最是惜命，遂狠狠瞪葉太玄一眼。

「咱們走著瞧！」

她說完，帶著丫鬟走了。

被這麼一攪和，眾人上街的好心情全沒了。

顧夫人憂心忡忡地問柳敬：「這次小野貿然回來，真的不要緊嗎？」

柳敬安慰道：「主人自有打算，夫人不必憂慮。」

顧夫人依然滿臉憂色，回到小院後也沒吃多少東西，一直關在書房裡抄佛經。

葉太玄不了解內情，幫不上忙。

顧南野不在小院，她想找柳敬打聽消息，但柳敬送他們回來後，也不見了人影，只得去尋辛嬤嬤。

「辛嬤嬤，那個煙娘很得顧老爺喜愛嗎？」

辛嬤嬤聽了，嘆口氣。「前些年我沒陪伴在夫人左右，不是很清楚顧府的事，只聽說，自從生意做大後，老爺便喜歡尋花問柳，夫人和老爺感情漸淡，老爺甚至把那些骯髒人帶回府裡玩樂。夫人實在看不過，搬出來住，少爺也因此常常跟老爺吵架，最後離家從軍。

「煙娘是去年才新進的，正得老爺喜歡，而且她不清楚夫人和老爺的過往，所以總想取而代之。」

辛嬤嬤說著，譏笑一聲。「夫人多次要老爺寫休書，是老爺不敢寫。煙娘什麼都不知道，總跑到夫人面前鬧。」

「不敢寫休書？因為顧將軍嗎？」

辛嬤嬤搖頭。「夫人是帝師宋太傅的獨女，顧家生意之所以能有今天這般光景，全是沾咱們太爺的光，如果老爺休妻，太爺的學生們定然會為夫人討公道。而且，太爺臨去前，把皇上賜的所有田產全留給夫人，老爺唯利是圖，怎麼肯放過這筆錢？」

葉太玄驚呆了。沒想到顧夫人是家裡有礦的大佬，難怪能捐建小雷音寺，她還以為花的是顧家的錢呢！

這時，外院有個粗使雜役跑進來，跟辛嬤嬤說：「嬤嬤，老爺來了，要見夫人。」

辛嬤嬤面色沈了沈，但不敢隨意做主，只得去書房問顧夫人的意思。

顧夫人聽了，臉上露出幾分哀傷，嘆道：「無事不登三寶殿，讓他進來吧。」

顧夫人到主屋坐，辛嬤嬤去外面帶人，葉太玄則在旁燒水煮茶。

暮色中，一名中年男子氣喘吁吁地衝進來，滿臉怒色，掀開主屋的簾子，便指著顧夫人喝罵。

「妳這個毒婦，竟敢指使孽子入室行兇！你們太無法無天，今日我要妳給煙兒償命！」

顧老爺從袖中抽出匕首，揮舞著直撲顧夫人而來。

千鈞一髮之際，葉太玄抱著一壺熱水衝上去，結結實實撞在顧老爺身上。

滾燙的熱水潑出來，顧老爺被燙得亂叫，驚動了內外，接著不知從哪飛出四名侍衛，三兩下把顧老爺按在地上，拖到院子裡。

「放肆！放開我，你們知道我是誰嗎?!」

侍衛們自然知道他是誰，若是不曉得他的身分，才不會讓他接近顧夫人。但剛剛他差點傷了顧夫人，如果顧夫人有個意外，他們就不用活了。

顧夫人受到驚嚇，反應過來後，趕緊抓起葉太玄的手查看，急喊道：「辛嬤嬤，快取冷水來！」

葉太玄用開水燙顧老爺時，自己的手也被燙傷了。

顧夫人和辛嬤嬤一頓忙活，替葉太玄處理傷勢。

顧夫人責備道：「妳這個傻孩子，怎麼這樣莽撞呢！」

葉太玄說：「老爺突然拿著刀闖進來，我找不到其他武器，只好拿開水燙人。我只沾到一點熱水，沒事的。」

顧夫人心疼不已。「他不過虛張聲勢，嚇唬我罷了。真敢殺我，也算做一回男人了。」

聽這話的意思，這種事不是第一次發生。原來顧老爺不僅好色，還是個會家暴的渣滓！

葉太玄有點後悔沒把開水往他臉上潑！

顧南野得到消息趕回來時，一腳踩在顧老爺胸上。

原本燙起一片水泡的地方，又被顧南野用腳底狠狠碾過，痛得顧老爺胡亂叫喚。

「不孝子弒父啦！」

顧南野嫌棄地掃他一眼，森然道：「我敢殺了那個賤人，也敢殺你。你再敢擾我母親清靜，別怪我刀劍無情。」

「你、你這個不孝子！我要去京城告御狀，讓你免官削爵，我就不信沒人治得了你！」

顧南野冷笑。「你以為你離得開金陵城？」

顧老爺又氣又驚，坐在地上，顫抖著手指顧南野。「反了、反了，不過打幾場勝仗，你真以為自己是天王老子了？」

顧南野丟了個不耐煩的眼色給柳敬，柳敬上前，半提半扶地把顧老爺弄走。

顧老爺被拖出去時，仰天罵道：「宋長樂，妳這毒婦，養出這樣的不孝子！我告訴妳，妳修再多廟、抄再多經、唸再多佛，也不會有神佛庇佑這個畜生！他遲早下地獄，咱們等著瞧吧！」

顧夫人面色蒼白，眼中噙淚，半靠在辛嬤嬤懷裡。

顧老爺走後，顧南野不悅地看向留守的侍衛們，剛想發落，卻聽顧夫人嚴肅地開口：「你跟我進來。」

顧南野聽了，讓侍衛退下，隨顧夫人去書房。

辛嬤嬤則帶葉太玄回屋，繼續包紮燙傷。

想著剛剛的事，葉太玄覺得被顧老爺顛覆了看法。好歹是大戶人家的老爺，居然對自己的妻子動刀子，還在地上撒潑打滾、指天大罵。她忍不住問辛嬤嬤：「夫人怎麼會嫁給老爺？」

顧夫人出身名門，顧老爺看起來毫無涵養，這婚事顯然門不當戶不對。

辛嬤嬤露出難過的神色。「宋家是書香世家，但在祖太爺那一輩，受京中大案牽連，家道中落。當時太爺得了重病，供宋家菜米和油鹽的顧家救濟他，還出錢助他繼續讀書科考。

太爺感恩顧家雪中送炭，便讓女兒跟顧家兒子結了娃娃親。

「後來太爺當了帝師，宋家沈冤昭雪，但他重情守信，還是把女兒嫁入顧家，並處處幫扶。只可惜太爺身體不好，早早去了。見夫人沒了靠山，老爺逐漸露出真實嘴臉，夫人的日子再沒有平順過。」

辛嬤嬤說著，落下心痛的眼淚。

葉太玄沈默了，顧夫人好可憐啊……

書房中，顧夫人嚴厲地問顧南野。「你殺了煙娘？」

「是。」顧南野答得乾脆簡潔。

顧夫人氣得手抖，轉身扶住書桌，勉強維持冷靜。「她是正經抬進顧家的良妾，雖然做錯事，但罪不至死！就算犯了死罪，也有王法懲戒。你是王法嗎？竟然直接殺了她?!」

顧南野沒有答話。

顧夫人怒極，拍了桌子，喝道：「顧南野，你在戰場上為國殺敵，不管燒營還是屠城，別人怎麼說，我都信你是為了大局，不得不為，可是這件事不行！煙娘是手無寸鐵的百姓，你真變成殺人不眨眼的魔王嗎？」

顧南野凝視著母親的背影，有些欲言又止。

顧夫人等了半天，沒等來兒子的解釋，轉過頭，失望道：「罷了，你走吧。顧家的一分一毫，我都不在乎，不需要你為我爭、為我搶，也不需要你保護我。回你的戰場，到你能放肆殺人的地方去！」

「娘……」顧南野無奈地喊了一聲。

「你走！」顧夫人傷心至極，不願看到兒子為了她變成殺人如麻的惡魔。

顧南野緊了緊拳頭，轉身走出書房，逕自來到倒座房，大力推開門。

木門撞到牆上的巨響，將葉太玄嚇得從床上跳起來。

「太玄，去陪著我母親。」顧南野丟下這句話後，又離開了。

葉太玄一聽，感覺事情不太妙，趕緊跑去了書房。

顧夫人果然在書房裡哭得上氣不接下氣。

「夫人！」葉太玄從未見顧夫人這樣失態，有些慌了手腳。「是將軍惹您生氣嗎？您別太傷心，當心身體。」

顧夫人以手帕掩面，傷心道：「以後我只當沒生過這個兒子……」

葉太玄雖不知顧家母子到底發生怎樣的爭吵，但結合顧夫人為顧南野修建寺廟祈福、百姓罵顧南野殘暴，以及煙娘之死等事，心中猜到大概。

「夫人，您和將軍是彼此在世上最親近的人，無論他身居高位還是手握重兵，都是您的兒子。如果做錯事，您儘管打罵管教，但是千萬不要放棄他。

「而且，煙娘之死到底怎麼回事，咱們都不清楚，只是聽顧老爺喊了一嗓子。將軍是個悶葫蘆，大概也不會替自己辯解，您是他母親，應該相信他才是。」

顧夫人只是在氣頭上，聽了葉太玄的話，漸漸平靜下來，但仍有些生氣。「殺人便是殺人了，妳還幫他找藉口。」

葉太玄道：「我懂的不多，但要是將軍真殺了無辜之人，連老爺都找上門，官府怎麼會沒有一點動靜？果真像老爺說的那樣，將軍能如此無法無天嗎？」

顧夫人愣了一下，回過神來。

顧南野是偷偷回金陵的，卻敢明目張膽殺人，絲毫不怕驚動官府，的確有些不合理。

「妳說得有道理。小玄兒，是我激動了，還不比妳這孩子想得周全。唉，我身為母親卻不信他，倒不如妳。」

葉太玄見顧夫人平靜下來，鬆了口氣，但隨即想到另一件事，默默憂心起來……

紅葉山上，圍繞小雷音寺的幾個山峰上建了暗哨，將顧家小院監控得嚴嚴實實。

顧南野走進其中一個臨時營地，柳敬迎上來，低聲喊道：「將軍。」

顧南野點點頭，將手中的卷軸鋪在地上，上面星星點點畫著很多紅色叉叉，是這些天他斬殺蚪穹人的地方。

他在顧府的位置添了一個叉叉，然後問柳敬。「還沒找到克爾查？」

柳敬搖頭。「這批偷偷潛入金陵的虯穹人都是死士，根本找不到克爾查的蹤跡。克爾查真的在金陵嗎？」

克爾查是虯穹王僅剩的王子，且金陵是雍國東南腹地，他怎麼有膽子在這個時候來？

顧南野沒回答柳敬的質疑，只道：「就這幾日了，吩咐下去，讓大家提高警惕。」

柳敬斟酌地說：「將軍，如果克爾查真打算報復您，現在夫人是最危險的。雖然咱們在此布了暗哨嚴加保護，但畢竟是山林中。屬下覺得，還是送夫人回城裡比較妥當。」

顧南野聽著，深黑眼眸看向樹林深處，不知在想什麼。

這時，一名士兵上前稟道：「稟將軍，葉姑娘在院中等您，似是有急事。」

顧南野聽了，立刻起身回院子。

顧南野在主屋外看見葉太玄，神色凝重地望向屋內，壓低聲音問：「我母親如何？」

葉太玄低聲回應：「夫人有些頭痛，不過沒有大礙，已經歇下了。我找將軍，是有件要緊的事要告訴你。」

顧南野側身探進主屋，見母親安然就寢，便帶著葉太玄來到他的東廂房。

「說吧。」

葉太玄低頭站在高大威武的顧南野身前，雙手絞在一起，真打算說了，卻不知從何說起。

顧南野見她磨磨蹭蹭，有些不悅，耐著性子問：「為何猶豫？」

葉太玄沒有半分底氣地說：「有些事太過匪夷所思，我怕將軍覺得我在胡言亂語。」

聽到這話，顧南野反而露出幾分認真神色，緩緩道：「那且當胡言亂語，隨便聽聽。」

葉太玄定了定神，說：「自蒙將軍和夫人收留後，這段日子以來，我夜裡經常作夢。這些夢光怪陸離，有過去的，也有像是未來要發生的事，夢境十分逼真，讓我分不清楚哪些是真，哪些是假。

「今天夫人帶我進城，我們在齊芳閣遇到煙娘。初見煙娘，我便覺得眼熟，但想不起在哪裡見過，直到方才夫人向我哭訴，氣你殺了煙娘，我才想起，我是在夢中見過煙娘的。」

顧南野聽葉太玄說出這些話，神色越來越凝重，但他沒有打斷，任由她說下去。

「夢中，我母親曹氏帶我到城中置辦嫁衣，我不想嫁人，趁著試穿嫁衣時翻窗跑了。因為不太認得路，在街巷中亂跑，意外跑到一處賭莊的後院。

「我無路可走，很害怕，便躲在樓梯下面。透過樓梯的縫隙，我看到煙娘跟人交談。因目光被遮擋，我看不到那人是誰，只依稀聽到煙娘說：『你只管把夫人交到我手中，你的大仇，我自會替你報。』」

葉太玄說著，更是緊張。「我作這個夢時，還不認識煙娘，沒聽懂這句話，但剛剛回想起來，很怕煙娘口中的『夫人』指的是顧夫人。是不是煙娘要害夫人，所以你才殺了她？」

一時間，顧南野沒有回答，開始在屋內踱步，心中十分不安。

前世，煙娘擄走他母親，交給蚼穹人，他一直以為是母親不夠提防，才被人所害。

若葉太玄在夢境中看到的是真的，那就說明，比起煙娘，有更讓母親信任的人潛伏在她身邊。

「跟煙娘說話的人，妳完全沒看到嗎？」顧南野追問。

葉太玄努力回憶道：「我看地上的影子，感覺這人並不壯，個子也不高，但從衣著、髮型的輪廓推測，應該是男人。」

顧南野一頓，似是想到什麼。

這時，葉太玄的聲音低了幾分，問道：「將軍，你知道柳敬的妹妹是怎麼死的嗎？」

顧南野的瞳孔猛縮，盯向葉太玄的目光冷徹入骨，讓她嚇一跳，連忙後退，揮揮手。

「我、我不是懷疑柳敬，只是今天煙娘跟他說了句很奇怪的話，所以才想弄清楚。」

顧南野捉住葉太玄的手，不讓她後退，把她拉到身前，逼問：「煙娘跟他說了什麼？」

迫人的氣息逼來，葉太玄躲開他的目光，飛快說道：「在齊芳閣時，煙娘要柳敬別忘了他妹妹是怎麼死的。當時那話聽起來像是在故意激怒柳敬，又像柳敬有把柄被煙娘抓在手上，受她威脅。」

顧南野聽了，鬆開她的手，不得不承認，無論前世還是今生，他都小瞧了這個姑娘，她竟這樣聰明。

「這兩日，妳寸步不離陪著我母親，如果不是我來接妳們，絕對不要離開這個院子，記住了嗎？」

聽到顧南野的叮囑，葉太玄回過神來，有些興奮地上前問道：「將軍，你相信我說的話？你不覺得我說夢境什麼的，全是胡言亂語？江湖上說自己可以預知未來的都是騙子，你不怕我騙你嗎？」

顧南野伸出大手，按了她的腦袋一下，似笑非笑地說：「亂世當道，最不缺的就是稀奇古怪的事，信一信又何妨？」

顧南野重生了，這麼詭異的事都發生在他身上，怎麼會不信她的夢境？且她記得自己的封號，記得前世看到的景象，遂在心中斷定，她應該也重生了。

有了這個想法，他再看她，彷彿看到同類之人，竟生出幾分親近的感覺。

不過小姑娘很單純，居然這樣簡單地跟他說了這麼大的秘密。

於是，他難得囉嗦地叮囑道：「妳若再作什麼奇怪的夢，想找人說，可以來找我，但不可再對別人說，連我母親也不行。並不是每個人都相信這種荒誕的事，妳要學會保護自己，記住了嗎？」

葉太玄點頭應下，心中雀躍。

顧南野又拍拍她的腦袋，讓她快去主屋陪著顧夫人，自己則看了看紅葉山山巔，如閻羅夜遊般，走了上去。

直到臨死，柳敬仍不明白自己是哪裡露出了馬腳，絕望地看著顧南野手中的佩劍。

清野劍下，從不留生魂……

柳敬突然癲狂起來，在士兵手中掙扎著喊道：「我不會告訴你克爾查的下落，就算我死了，還會有其他人！顧南野，你等著吧，我們兄妹到了陰曹地府，也不會放過顧家的！」

顧南野面上沒什麼表情，心中卻覺得有些悲哀。

他淡淡道：「好，記住你的話，不要放過顧家人。」

說罷，清野劍自柳敬喉中穿過，臉上常常帶笑的柳敬，連一聲慘叫都來不及發出，便再也沒了任何動靜。

第四章

三日後，虯穹唯一存活的王子克爾查在金陵賭莊中被顧南野圍剿。

他親手割下克爾查的頭顱，命人快馬加鞭呈送進京，又吩咐士兵把克爾查的無頭屍體送往光明關外，曝屍在敵軍之前！

雖然是敵人，但手段太殘忍狠絕。一時間，顧家魔王的名聲，再次傳遍金陵。

這時顧夫人才知道，煙娘是虯穹安插在顧家的奸細。之前是她錯怪了顧南野，不由十分內疚。

葉太玄勸道：「夫人不必自責，任誰也想不到，虯穹人為了報復顧將軍，那麼早便在顧家安插奸細，現在誤會解開就好了。」

煙娘之事，顧夫人自然可以拋諸腦後，但柳敬的背叛，卻讓她有些氣惱。聽聞顧南野親手殺了柳敬，落下眼淚。

「是我對不起他們。」

葉太玄不知道柳敬兄妹與顧夫人之間發生過什麼，試探著追問，可顧夫人僅是搖頭，怎麼也不肯說，又道想獨自靜一靜。

葉太玄無法，只得告退出去。

葉太玄走出主屋，遇到從外面回來的顧南野。

顧南野打算去向顧夫人請安，葉太玄勸阻道：「夫人正在為柳敬之事傷懷，將軍晚些再進去吧。」

顧南野沈默一下，接受了葉太玄的建議，道：「跟我來。」

葉太玄一愣，還是跟在顧南野身後，去了東廂房。

自葉太玄跟顧南野說過自己夢中之事後，因有了共同的秘密，葉太玄看待顧南野，便有些不同。

雖然她依然畏懼這個手段狠絕、脾氣陰沈的男人，但每每想到就是這個看起來很凶的人，幫她擺脫了葉家，在陌生世界中給了她新生活，還信任她的「胡言亂語」，她就真的很感謝他。

現下兩人獨處，顧南野還特地關上房門，葉太玄便有些緊張。

「將軍找我有什麼事呀？」

顧南野將一只碧綠的圓肚小琉璃瓶放在桌上。「燙傷藥。」

葉太玄驚訝地抬眼望他，沒想到他會記著她手上的傷，特地幫她找藥來。

「給我的嗎？辛嬤嬤已經幫我塗過藥了，將軍不必這樣麻煩。」雖這樣說著，但她的手腳已先一步有了動作，把琉璃瓶握到手中。

顧南野擺擺手。「妳為救我母親而受傷，照顧妳本就應當。這是軍中常用的燙傷藥，要好用些。」

葉太玄道謝收下，正要退出去，顧南野又喊住她。

「等等，還有一事。」他好看的眉眼微微皺了皺，稍頓之後，聲音冷如冰泉。「柳敬死前放走了葉典，我四處派人搜捕，仍沒有找到任何線索。」

顧南野雖查清楚柳敬被虯穹人收買，卻想不明白，柳敬為什麼要放走葉典？柳敬與葉太玄無冤無仇，不該插手葉家的事才對。

葉典與葉太玄的身世相關，這世上唯一覺得葉典有價值的，就是害怕葉太玄身世大白於天下的左貴妃了。

若柳敬不只和虯穹人有干係，還與京中的左貴妃牽扯，這件事便越發麻煩。

顧南野想看看葉太玄是否知道些什麼，遂道：「如果我所料不錯，葉典應該已經落入左貴妃手中。」

「啊？葉典？左貴妃？你在說什麼？」葉太玄呆愣。

顧南野挑起眉頭，重新審視她，一絲之前贈藥的關愛神情都沒有了。

在專注而銳利的目光逼視下，葉太玄慌了，不覺後退一步。

「將軍……我真的不知道你在說什麼……」

見她不像是裝的，顧南野整理自己的思緒。

原以為葉太玄也是重生之人，但若她不記得左貴妃，可能不知道未來會發生的事。所以，她的夢境真的只是夢，是個意外？

顧南野想不明白，遂搖搖手。「罷了，暫時與妳無關。」

葉太玄依然一臉呆愣。

顧南野轉開話頭，問道：「母親的心情還是不好嗎？她對柳敬之死，說了什麼？」

葉太玄嘆氣。「夫人說她對不起柳敬。將軍，這到底怎麼回事，柳敬為何要害夫人？」

顧南野希望葉太玄能幫顧夫人解開心結，便把柳敬兄妹的事講給她聽……

柳敬的妹妹，死於顧家二叔顧益盛之手。年僅十五歲的小姑娘，在床上被折磨致死。十七歲的柳敬拿刀要殺了顧益盛，卻被趕來的顧夫人攔下。

顧夫人替柳敬兄妹報官，顧益盛被關入牢中，但沒過多久，顧老爺便使了手段，讓他輕鬆出獄。

顧夫人知道後，怕柳敬再做傻事，一邊把柳敬送進西嶺軍，讓他去伺候顧南野；一邊逼著顧老爺把顧益盛送到關外打理顧家的生意，不許他再回雍國，希望天涯海角地隔開兩人。

但天下沒有不透風的牆，蚍穹人為了對付顧南野，想盡各種辦法，他身邊和親近的人，自然是首要調查對象。

顧益盛與柳敬的仇被他們查出來，抓了顧益盛，以他為交換，要柳敬背叛顧家。後來，柳敬又受煙娘挑撥，以為顧夫人從一開始就是假意作戲給他看，便也恨上顧夫人。

葉太玄聽完，十分感慨，顧夫人原本一片好心，卻沒得到好結果，世事就是這樣無奈。

顧南野說：「母親不願看到柳敬為了報復一個畜生葬送自己，但她不懂，只有血才能洗刷心中的恨。」

聽到後半句話，葉太玄想起顧南野對待虬穹人的手段。

燒營、屠城、割首、懸屍。

若是只有血才能洗刷仇恨，顧南野到底有多恨虬穹人啊……

「金陵百姓都在討論你處置虬穹王子的事，有人拍手稱快，有人說你手段殘忍，應該拿王子當人質，逼虬穹從光明關退兵，這樣就能和平終結戰事。」

「和平終結？癡心妄想，虬穹王室之人，一個都別想活！」顧南野想起不快之事，眼眸又變得暗黑無光，讓葉太玄覺得害怕。

見葉太玄縮了縮肩膀，顧南野發現自己嚇到人了，她到底只是個小姑娘啊。

顧南野不想跟她講太多戰爭的事，轉而說道：「金陵太守遞來帖子，要替我辦慶功宴，請母親同去。妳問問母親，是否想出門散散心？」

隨著克爾查的頭顱呈送到京城，朝中眾人自然也知道了顧南野的行蹤，雖然有人質疑顧南野欺上瞞下，卻被迫自圓其說，想成是他為了迷惑敵人才隱瞞消息，無人敢在雍帝面前問他的罪，金陵太守甚至殷勤地要為他辦慶功宴。

這種宴請，顧南野沒有興趣，但顧夫人住在金陵，需要金陵太守多加看顧，加之他不希望母親一直沈浸在柳敬之死的哀傷中，所以並未回絕。

葉太玄聽著，從顧南野手中接過金陵太守的帖子，回主屋問顧夫人的意思了。

自搬出顧府後，顧夫人便不太在金陵城中走動，此時更是沒心情赴宴。

葉太玄勸道：「若是夫人不去，將軍肯定懶得應付這些人，說不定會有人藉口說將軍居功自傲呢。」

顧夫人一聽，如醍醐灌頂。

仗要打完了，萬一雍帝有意兔死狗烹，顧南野狼藉的名聲絕對是他最大的致命傷。

「是我疏忽了！」顧夫人立刻改變主意，決定赴宴。

顧南野得了答覆後，喚親信領隊徐保如過來。

徐保如是個看起來憨頭憨腦的年輕人，脫下軍裝就像地裡幹農活的小夥子似的，在柳敬被殺之後，一直守在院子裡保護顧夫人。

顧南野吩咐幾句，讓徐保如拿著他的名帖，去太守府回話了。

既然是為了挽回顧南野的名聲，顧夫人認真準備起赴宴的行頭來。

「小野沒幾件能見人的衣服，辛嬤嬤快去請衣莊的掌櫃來一趟。」

顧南野的衣服幾乎是軍服和官服，不然就是黑得嚇人的常服，顧夫人十分不滿意。交代完，又替葉太玄和自己挑選衣飾。

葉太玄開心地問：「我也去嗎？」

顧夫人笑著說：「當然要帶小玄兒去。」

她從未把葉太玄當丫鬟使喚，經過這段時日的相處，發現葉太玄不僅學東西很快，還懂事有主意，打從心眼裡喜歡了。

金陵太守的宴會訂在五月初一中午，根據京城傳回的消息，褒獎顧南野的聖旨也會在那天送到。

自葉太玄跟顧南野說了自己的夢境之後，她一連好些日子沒有作過夢。原以為夢境就此結束，沒想到赴宴的前一晚，她又夢到了奇怪的事。

夢中的她跪坐在一間空曠的庵堂中，有宮女在窗外閒聊。

「聽說皇上有意把公主嫁給西嶺侯，但被西嶺侯拒絕。」

「啊？公主好可憐。」

「是嫁給西嶺侯可憐，還是被拒絕可憐啊？」

「都可憐！西嶺侯拒絕公主，肯定是嫌棄公主嫁過人，這件事傳出去，公主又要被人恥笑。若是公主嫁給西嶺侯，豈不是羊入虎口？說不定哪天就被他殺了！」

「公主畢竟是公主，西嶺侯怎麼敢動手？」

「他有什麼不敢的？他連自己母親都殺……」

「唉……顧夫人被蚼穹王室羞辱，剝光衣服吊在王帳前，若她能選擇，肯定自盡。西嶺侯射殺顧夫人，是成全了她吧。」

「但不管怎麼說，他也殺了自己的母親！」

顧夫人被蚼穹王室羞辱？顧南野弒母?!

即便是在夢境中，葉太玄都覺得腦袋被這些閒言碎語震得發暈。

她掙扎著醒來，好半天不敢相信自己聽到的話。那些宮女說的，難道是真實發生過的？柳敬的事已經幫葉太玄證明，她夢中看到的，應該是葉桃花前世的經歷。也就是說，前世顧夫人和顧南野經歷了那些可怕的事。

葉太玄的怒火瞬間被點燃，想起顧南野之前說不會放過蚼穹王室的每個人，簡直無法反對他的話。

她終於明白顧南野為什麼如此恨蚼穹。

燒營、屠城、割首、懸屍，絕不放過蚼穹王室的人，他的一切殘忍手段，都能解釋了。

等等，顧夫人的悲劇，明明沒在這世發生，顧南野為什麼還這樣恨蚼穹？

除非他記得！

黑暗中，葉太玄瞬間睜大眼睛，被自己大膽的猜想嚇到了。

她怔怔在床上坐了半宿，一會兒替前世的顧夫人和顧南野感到悲傷，一會兒又對今生顧南野的行徑驚疑不定，輾轉難眠……

好不容易熬到天亮，葉太玄立刻跑到顧夫人房前，等她起床。

顧夫人瞧見守在外面的葉太玄，驚訝道：「小玄兒怎麼起得這麼早？等不及要參加宴會了嗎？」

葉太玄望著溫柔美麗的顧夫人，想到夢中的情景，慶幸悲劇沒有再次發生。她忍著淚意說：「我從未參加過宴會，等不及想跟夫人去做客了。」

顧夫人摸摸她的臉，笑罵道：「妳看看妳，激動得沒睡好，眼圈黑黑的，不漂亮了。」

葉太玄歪著腦袋湊上去，在鏡子前照照，果然生出黑眼圈，有些懊悔。不過這不重要，重要的是，現在她很平安，顧夫人也很平安。

在主屋用早膳時，辛嬤嬤告訴顧夫人，京城派來傳旨的御史提早到了，顧南野和金陵太守去城門迎接，不跟她們同行。

待到午宴開始前一個時辰，顧夫人帶著辛嬤嬤、葉太玄，由徐保如護送，去了金陵太守的府邸。

在馬車上，葉太玄眼睛晶亮地看著顧夫人，一個勁兒地偷笑。

顧夫人摸摸她的頭。「妳這孩子怎麼一路傻笑？」

葉太玄真心道：「今天夫人真美！」
顧夫人本就是個美人，但之前一直穿著樸素的道袍，不施粉黛，也不佩戴珠寶，美則美矣，卻不夠出眾。
今天她為了給兒子撐臉面，精心打扮，雖沒穿誥命夫人的禮服，但身上的蜜色妝花大襟長袍和雙鹿銜枝織金紗馬面裙，把她襯托得格外美麗尊貴。
顧夫人掩唇笑道：「妳這小嘴。今早吃蜜了？」
辛嬤嬤很久沒看到顧夫人這般盛裝，見她變得如此有生氣，打心底高興，也附和道：「今兒夫人的確很美，老婆子看著都臉紅。」也不忘哄小孩開心。「小玄兒也漂亮。」
「是辛嬤嬤幫我梳的頭好看。」葉太玄笑著說。
互誇三人組笑意融融地進城，到了太守府後，太守夫人陳氏親自在大門迎接。
顧夫人是三品命婦，比太守的品階高，陳氏恭恭敬敬向她行禮，請她到廳裡的主位坐。
顧家原本就是金陵大戶，顧夫人與陳氏很早便認識，只是這幾年顧夫人不太走動，少與人往來罷了。
陳氏道：「幾年不見，夫人倒比以前更精神了。兒子爭氣，果然比什麼都強。」她只生了兩個女兒，膝下無子。
顧夫人看著跟在陳氏身後的兩個漂亮姑娘，客氣道：「兒子少小離家，身邊無人陪伴，這其中的苦，妳有所不知。我倒羨慕夫人，有兩個貼心棉襖在身旁。」

陳氏聽了，乘機向她介紹大女兒趙慧媛和小女兒趙慧娟，一個十六歲，一個十四歲。

顧夫人和善地打量兩個姑娘，誇陳氏把孩子養得很好，而後牽起葉太玄的手，說：「小玄兒，來見過兩個姊姊。」

顧夫人向母女三人介紹葉太玄，說是顧家的客人。

這介紹不清不楚的，陳氏不確定葉太玄到底是什麼人，也不便追問，遂誇她長得好看。

趙家大姑娘趙慧媛有些心不在焉，草草看了葉太玄一眼，沒主動招呼她。

二姑娘趙慧娟熱情些，笑嘻嘻地牽葉太玄的手，帶她去屏風後面的小茶室坐下說話了。

兩人坐定後，趙慧娟開口了。

「妳是金陵人嗎？以前我怎麼沒見過妳？」

不待葉太玄回答，趙慧媛對妹妹說：「金陵這麼多人，妳能全認識？」

趙慧娟嘟了嘟嘴，但沒放在心上，目光很快被葉太玄脖子上的蓮花瓔珞吸引了。

「哇，真好看，一定很貴吧？」

趙慧媛見狀，翻了個白眼，推她一把。「妳是沒見過好東西嗎？丟人！」

趙慧娟委屈地閉嘴了。

葉太玄有點看不過去，溫和地對姊妹倆說：「之前我跟著顧夫人住在小雷音寺附近，極少進城，所以二姑娘肯定沒見過我。這瓔珞是在寶華閣買的，如果二姑娘喜歡，可以去看看，還有其他好看的樣式。」

趙慧娟聽完，開心道：「原來是寶華閣的，他家東西最好了，我也有塊玉珮。」說著便帶葉太玄去房間看。

三人離開茶室，往後院走，趙慧媛不想作陪，中途就回房了。

回房後，伺候趙慧媛的大丫鬟勸她。「姑娘心裡再不痛快，在客人面前，也該忍忍。」

趙慧媛煩躁地說：「怕什麼，不過是個小丫頭，又不是顧家的什麼人。」

大丫鬟噤聲，不敢再多說。

過了一會兒，另一個小丫鬟小跑著回來。

她剛進屋，趙慧媛立刻問：「怎麼樣？看到了嗎？」

小丫鬟用手按著自己的胸脯，面紅心跳地說：「看到了，顧將軍俊美英武，沒有三頭六臂，也不凶神惡煞。我從沒見過這麼好看的男人，幾位表少爺完全不能比。」

大丫鬟欣喜地對趙慧媛說：「這下姑娘放心了吧！」

趙慧媛微微臉紅，抿嘴笑了，低聲道：「這還差不多。」

金陵太守趙大人有心跟顧家結親，雖然他職位不高，但趙、顧兩家是同鄉，他幫顧老爺行過不少方便，有這層關係，便想試一試。

原本陳氏不答應，畢竟到處都在傳顧南野殺人如麻，是個非常可怕的人，怕讓女兒受苦，卻耐不住夫君的意思，只好辦個筵席相看相看。

趙慧媛心情好了起來，起身朝門口行去。

「走吧，我們去二妹那裡瞧瞧，免得這傻丫頭怠慢了客人。」

第五章

趙慧娟在房裡招待葉太玄，翻出許多心愛的首飾給她看，又打聽起顧南野的事。

「妳待在顧夫人身邊，是不是經常見到顧將軍呀？他是不是很凶，每天都要殺人？」

葉太玄解釋：「妳這是聽誰說的？將軍殺敵是為了保家衛國，不會無緣無故殺人，也不是每天都殺。」

趙慧娟道：「大家都這麼說，還說他身如巨猿，力大如牛，兩手一扳，就把蚍穹王子的腦袋扯下來。」

她講得繪聲繪色，葉太玄沒忍住，笑了出來。

「妳笑什麼？」趙慧娟堅持道：「顧將軍殺蚍穹王子時，有人瞧見，就是這麼說的。」

葉太玄搖頭。「今天顧將軍也來做客，午宴時，妳可以親眼看一看。」

「我不敢，聽著跟怪物一樣。」

葉太玄抿唇。「顧將軍不僅不是怪物，還長得非常好看。」

趙慧娟瞪大圓溜溜的眼睛，好奇追問。「妳怎麼會說一個男人好看？」

「方才妳見到顧夫人了吧？是不是非常美？顧將軍是顧夫人的兒子，眉眼跟顧夫人極相似，但因長年習武，並不顯得女氣，而是俊美。」

這下，趙慧娟的好奇心被徹底勾起來。

此時，趙慧媛突然推門而入，道：「快開宴了，我們早點回前院吧。」

這正合趙慧娟心意，從椅子上跳起來，拉著葉太玄往外行去。

三人走到半道上，趙慧娟突然說：「姊姊，這是去前廳的路。爹爹不是說今天有貴客，不讓我們過去嗎？」

趙慧媛解釋道：「我們又不進去，怕什麼?從這裡去宴客的地方，近多了。」

葉太玄覺得有些奇怪，但她是客人，不便說什麼，只好向趙慧娟投去詢問的眼神。

趙慧娟沒吭聲，走在趙慧媛後面。

葉太玄只好跟上。

到了前院，這邊明顯比後院熱鬧得多，趙太守請了許多男客，跟著客人來的僕役、護衛更是無數。

趙慧媛熟門熟路地拐進後堂，隔著屏風和花窗，探頭探腦往前堂看。

葉太玄不想給顧家添麻煩，行事小心，站在後堂外的石子路上，沒有進去。

趙慧娟見她不進去，看看趙慧媛，又看看葉太玄，最後因著對顧南野的好奇，還是選擇跟趙慧媛一起躲在屏風後偷瞧。

前堂主座坐的是顧南野和京城御史，下面兩列是金陵城的官員和大戶。

顧南野聽著眾人客套寒暄，面無表情，也沒說話。

大家摸不清他的脾性，只聽說過他的可怕，除了恭維，不敢把其他話題往他身上扯。

趙太守的妻弟陳恒也在列作陪。他是陳家幼子，剛滿二十歲，幼時有父母寵愛，長大有姊姊、姊夫當靠山，性子難免驕縱些。

今日他勉強陪客半天，已經沒了耐心，正無聊時，看到自家外甥女在後堂屏風後探頭探腦的。

反正無人理他，他便悄悄起身，出了前廳，自屋外走廊繞到後堂，打算瞧瞧外甥女們在偷看什麼。

陳恒走到門外，看到一個穿著粉色對襟琵琶袖上衫、白色花鳥百迭裙，披湖藍色山水小斗篷的小姑娘站在那裡。

小姑娘安靜地望著路旁的杜鵑花叢，嫻靜可愛。

有蝴蝶落在杜鵑花上，小姑娘像是發現新奇事物一樣，露出甜美的笑，輕輕用手中的團扇去撲蝶。

陳恒看了，覺得自己的手腳頓時僵住，血液往腦袋上衝去。

他上前，舌頭發直地問：「妳是誰家姑娘？為什麼在前院？是迷路了嗎？」

葉太玄轉身，看著眼前的陌生男子，搖搖頭。「我沒有迷路，是在等趙家姑娘一起去吃午宴。」

男子直勾勾的眼神讓葉太玄覺得很不舒服，不想跟他獨處，遂走進後堂，拉拉趙慧娟的衣袖，低聲催促。

「我們走吧。」

趙慧娟轉身，看到自己小舅舅跟在葉太玄後面走進來。

偷看男客被逮到，趙慧娟嚇得去扯趙慧媛的手臂，驚叫道：「姊！」

「幹什麼呀！」趙慧媛被妹妹的叫聲嚇一跳，慌忙伸手去捂她的嘴。但趙慧娟嚇得後退，姊妹倆撞在一起，碰到屏風，引起一陣亂響。

徐保如身為護衛，跟隨顧南野左右，站得離屏風最近，立即警覺推開屏風，大喝一聲。

「什麼人?!」

三個小姑娘和陳恒尷尬地出現在眾人眼前。

趙太守看到兩個女兒闖入前廳，生氣地問：「媛兒、娟兒，妳們來這裡做什麼？」

兩人嚇壞了，驚慌地望向他，瞧見他身邊高大英俊的年輕男人，瞬間忘了回答，也忘了呼吸。

「還傻站著做什麼？退下！」趙太守見女兒們失態，生氣喝道。

趙慧媛想挽救一下自己在顧南野面前的形象，慌張道：「葉姑娘有事找顧將軍，我才帶她過來的。」

葉太玄愣住，瞪圓了眼睛看向趙慧媛。

趙慧媛求助地迎視她，還對趙慧娟使眼色。

趙慧娟便在葉太玄身邊小聲道：「太玄妹妹，幫幫我們。」

陳恒在旁瞧得明白，一把將葉太玄扯到身後，對姊妹倆說：「明明是妳們自己……」

「小舅舅！」趙慧媛打斷陳恒的話，哀求喊道。

顧南野冷漠旁觀，不管葉太玄願不願意幫趙家兩位姑娘解圍，他都無所謂，只是無關緊要的小事。

但當陳恒抓住葉太玄的手臂，將她半圈在身後時，他幾不可見地皺了眉，出聲吩咐：「徐保如，把太玄帶下去！」

他的聲音本就清冷，加上不耐煩的眼神，便顯得格外嚴厲。

徐保如得令，上前從陳恒手中提走葉太玄。

葉太玄一臉委屈，想說話，但看看滿廳的人，還是忍住了。

陳恒心急如焚，直接伸手去攔徐保如。「你想幹什麼？葉姑娘是趙家的客人，你要帶她去哪裡？」

徐保如看著老實，卻是顧南野親自帶出來的兵，一抬手，一個手刀劈在陳恒手腕上，他的手就麻得動不了，整個人靠在牆上。

顧南野的聲音從旁邊飄來。「顧家之事，輪不到你插手。」聲音不大，但著實嚇人。

趙太守心驚膽戰，連忙上前攔下還要頂嘴的妻弟，連帶一雙女兒，一起轟出去。

等他處理完家事回到前廳時，滿廳客人低頭喝茶，無人敢交談，場面十分冷清尷尬。

趙太守偷偷打量顧南野，見他坐得穩如泰山，沒有半分不自在，只得硬著頭皮跟眾人說午宴已經準備好，請大家入席。

趙家姊妹被趕回院子後，趙慧娟非常害怕，拉著趙慧媛的手問道：「怎麼辦？太玄妹妹會不會被殺了？那個顧將軍好可怕，我們不就是去偷看一下而已……」

趙慧媛也有點慌，畢竟是她把葉太玄拉下水的，卻嘴硬道：「怕什麼？葉太玄是顧家帶來的人，是死是活，跟我們有什麼關係？」

事情傳到後院，兩位夫人聽到的是，葉太玄闖入前廳，惹怒顧南野，被侍衛拖下去。

顧夫人十分訝異。

陳氏慌張地對顧夫人說：「定然是我兩個不懂事的女兒沒照顧好葉姑娘，這才惹怒將軍，葉姑娘千萬不要有事才好。」

顧夫人並不慌張，只是對辛嬤嬤說：「去看看怎麼回事，把小玄兒帶回來吧。」

辛嬤嬤急忙去找，沒走幾步，就遇到葉太玄和徐保如。

見葉太玄一臉鬱悶，辛嬤嬤上前問道：「這是怎麼了？」

葉太玄跟辛嬤嬤親近，跑到辛嬤嬤身邊，抱怨道：「趙家兩位姑娘去前廳偷看男客，被人發現，卻說是我要去的。將軍不待我解釋，就讓徐大哥把我帶走。我好冤枉啊！」

辛嬤嬤摸摸她的頭。「還有這樣的事？回頭讓夫人罵將軍，怎麼能冤枉小玄兒。」

徐保如在旁聽得頭大，解釋道：「辛嬤嬤、葉姑娘，將軍不是怪葉姑娘亂闖，是為了葉姑娘的名聲，才讓屬下先帶葉姑娘離開。」

葉太玄疑惑地望向徐保如。

徐保如的神情冷了幾分。「那個陳恒是個輕浮之人，對姑娘動手動腳，一看就動了歪心思。若姑娘再待在那裡，不知要被人怎麼誤會。」

葉太玄想起那個陌生男子，在人前對她多有維護，的確容易讓人浮想聯翩。

只是，顧南野看起來不似有這般細膩心思的人，真是為了她好？

葉太玄懷疑地問：「徐大哥，你對將軍果真忠心耿耿。如此藉口，是想了一路才編出來的吧？」

徐保如拍著胸脯道：「將軍肯定是這個心思。我跟著將軍出生入死數年，怎麼會不明白將軍的意思？妳看我對陳恒動手，將軍不僅沒責備我，還警告陳恒，對不對？」

葉太玄聽完，心裡舒坦多了，對徐保如也另眼相看，他真是顧南野的貼心好下屬呢。

因前院鬧了事，女眷並沒有去宴廳用飯，陳氏另在後院設席面招待顧夫人，不許趙家姊妹出席，勒令她們閉門思過。
慶功宴並不算十分愉快，飯後顧夫人又坐了一會兒，便告辭了。
晚上，顧南野回到小院，顧夫人單獨把他叫到房裡。
顧南野以為母親是要問趙家客廳發生的事，卻見母親滿臉愁色地開了口。
「趙夫人向我打聽小玄兒的家世，我該怎麼說？」
顧南野一聽便會意。「趙夫人想替陳恒求娶太玄？」
顧夫人訝異問道：「好像是這個打算。你如何知曉？」
用飯之前，趙夫人一直打聽顧南野的事，並時不時提一下自己的長女如何乖巧。
顧夫人以為趙家想跟顧南野結親，沒想到午飯之後，趙夫人突然說，覺得跟葉太玄有緣，想知道她是哪家姑娘，好認識她母親，其意不言而喻。
顧南野冷冷道：「不必理會他們。」
顧夫人的確看不上趙家和陳家，但仍有些擔憂。「可是小玄兒這樣跟著我們，終究不是辦法。她一天天長大，若有好人家來說親，該如何回應？總不能讓小姑娘自己出面吧？」
「母親過慮，她才十三歲，說親還太早。」再過幾年，自有人來操心她的終身大事。
顧夫人以為兒子是個男人不懂這些，耐心解釋道：「十三歲說親不早了，相看好人家、準備嫁妝、學習中饋都需要工夫，可惜小玄兒沒有母親替她操心這些。我倒是想幫幫她，只是……」

顧夫人說著，忽然眼睛一亮。「不如我收小玄兒當義女吧！」

顧南野想也沒想，立刻道：「不行。」

顧夫人沒想到兒子拒絕得這樣乾脆，用奇怪眼神看他，喃喃道：「為什麼不行？難道你對小玄兒……」

顧南野腦殼疼，打斷母親的胡思亂想。「太玄的生父尚在人世，只是現在不適合相認。她的事，我會放在心上，母親就不要亂想了。但凡給她說親的，全先拒了便是。」

怕母親再多問，顧南野說完便走了。

一場慶功宴結束，顧南野的名聲不僅沒有好轉，反而更惡劣。

傳聞他在筵席上處置了一個不慎犯錯的小姑娘，還將太守妻弟的一隻胳膊廢了。

膽大妄為，殘忍至極！

顧夫人嘆氣不已，卻也無可奈何。

辛嬤嬤建議道：「夫人該物色個媳婦啦，將軍已經二十，家中怎麼能沒個貼心的人？若有了少夫人，年輕人多交際走動，外頭人自然就清楚將軍是怎樣的人，哪裡還用您操心？」

從太守府回來後，顧夫人也在考慮這件事。前幾年是因為戰事吃緊耽誤，如今只剩下光明關沒收復，是該操心兒子的婚事了。

顧夫人煩惱起來。「這幾年我深居簡出，一時間哪裡知道誰家姑娘待嫁，又哪裡找得到合適的人？」
而且，顧南野身居高位，不能像普通百姓那樣去找媒人說親。
顧夫人想來想去，又嘆氣。「小野馬上要進京受封，等他爵位加身，想結交的京城權貴應該會很多，他的婚事只怕不是我能做主的。」
葉太玄坐在顧夫人膝下的腳踏旁，正在一針一針繡著扇面。
她靜靜聽兩人聊顧南野的婚事，知道他要進京了，忍不住問：「將軍什麼時候走？」
「小野說日子還沒定，但我看徐保如已經在整頓隊伍，應該快了。」顧夫人不捨地說。
顧南野已經在金陵待了整整一個月，葉太玄都忘了他不會在這邊久留。
他要進京受封，而後回西北繼續打仗，待光明關收復，一軍將領多半還是要繼續帶著兵馬留守邊關，下次再見不知是什麼時候。
分別的情緒突然湧上心頭，葉太玄覺得眼睛酸脹，心情怪怪的。
大概是這段日子顧南野給她帶來的安全感讓她產生了依賴，突然要跟這個世界中值得信任和依靠的人分離，讓她有些心慌。
她努力克制著，裝作沒事的樣子，跟顧夫人說：「夫人，下午我能進城一趟嗎？趙二姑娘寫信給我，說她和她姊姊想向我道歉，請我去齊芳閣吃飯。」
顧夫人雖不喜歡趙家的姑娘，但她不是把事做絕之人，既然對方主動道歉，也沒必要拒人於千里之外。

「那讓徐保如送妳進城，早些回來。」

「好。」

午飯後，葉太玄早早便下山了。

進城後，她並沒有直接去齊芳閣，而是在街上各個茶樓間轉悠。碰上有人說書，就坐下聽一會兒，然後再換一家。

逛完茶樓，她又逛書鋪，看看裡面都賣些什麼書，是不是有好看的話本。

待逛完了，葉太玄問徐保如。「徐大哥，你有去金陵的船坊聽過小曲兒嗎？聽說秦淮河旁有很多有名的歌舞坊。」

徐保如大吃一驚，搖搖頭。「將軍治軍嚴厲，我們斷不能上那種地方找樂子的。難道姑娘想去玩？那可不行，那不是姑娘家能去的地方。」

葉太玄搖搖頭，沒多解釋。

來到這時空一個月，她在顧夫人身邊當米蟲，雖然樂得輕鬆，但心中總是不安。一是無法自食其力，靠著別人不是長久之計；二是她想報答顧家母子的大恩，卻發現根本幫不上什麼忙。

近來顧夫人因顧南野名聲敗壞的事，十分氣惱，她想來想去，心裡漸漸有了主意，想嘗試一下。

前世她是報社編輯，別的事情不會，但寫點稿子還是可以的，亦深知掌握輿論的重要。想掌握輿論，首先得掌控宣傳管道。

她想把顧南野打仗的故事寫成話本，不管讓說書先生講，還是放在書鋪賣，抑或編成小曲來唱，只要有一條路走得通，都能慢慢引導輿論，讓顧南野變成人人愛戴的英雄，而非人人懼怕的魔王。

第六章

金陵是個好地方，百姓生活還算富足，有餘裕享受娛樂，又是顧南野的家鄉，從這裡開始，是個不錯的選擇。

調查完市場，葉太玄覺得計劃可行，便問徐保如一些細節。

「徐大哥，你能跟我講講你們打仗的經過嗎？有沒有非常曲折，或驚心動魄的事？我想聽聽將軍打仗到底有多厲害！」

徐保如自豪道：「那可多了去。將軍剛進西嶺軍的時候，年紀小、資歷淺，說什麼都沒人聽、沒人信，但幾乎每次都是他力挽狂瀾，從兵敗如山倒，到智取敵軍首級，別提多英明神武了！」

兩人說著，提早到齊芳閣，趙家人還沒來，遂要了間包廂，講起西線故事。

葉太玄認真聽著，漸漸入迷，直到趙家姊妹過來，還意猶未盡。

趙慧媛見葉太玄身旁有徐保如陪著，不由害怕，問道：「咱們姊妹之間吃頓便飯，能請這位壯士去外面坐嗎？」

趙慧媛和趙慧娟畢竟是官家千金，徐保如是該迴避，便退了出去。

見徐保如走到門外，葉太玄道：「妳們不必害怕，徐大哥人很好的。」

趙慧娟嘴快地說：「上次他把我小舅舅的手打斷了，現在還吊著胳膊呢！」

葉太玄笑了笑，沒說話。

趙慧媛想起今天來的正事，放下身段，客氣地點菜招待葉太玄。

「上次在我家，是我不好，我很怕父親罵我，想著妳是客人，父親不會苛責，便把錯推到妳身上。為了這件事，父親和母親狠狠責罰我和妹妹，不僅禁足，還打了手板子。看在我和妹妹已經受罰且悔過的分上，希望妳能原諒我們。」趙慧媛淚光閃閃。

葉太玄沒料到趙慧媛會如此正式地道歉，加上自己很容易尷尬和難為情，連忙說道：「沒事，其實將軍並沒有生氣，也沒責罰我。這件事過去了，我沒有怪妳們。」

趙慧娟問：「顧將軍真的沒有為難妳嗎？他叫人帶妳下去時，把我嚇死了，還以為妳活不成呢。」

葉太玄無奈。「妳們誤會將軍了。」

趙慧媛見狀，瞥自家妹妹一眼，低聲說道：「其實我們今天約妳出來，還有一件事。」

葉太玄心中生出不好的預感，果然，看到趙慧媛起身開門，領著陳恒走進來。

葉太玄從位子上站起身，問道：「你們這是什麼意思？」

陳恒的一隻手還傷著，看向葉太玄的神情，很焦慮，很擔心。

「葉姑娘，我有非常重要的事要告訴妳，妳先聽我說！」

房中的窗戶開著，外面街上的人聲傳進來，讓葉太玄略微安心，他們總不敢在臨街酒樓裡做什麼過分的事。

見葉太玄沒有說話，陳恒走到葉太玄身邊坐下。

「葉姑娘，我要告訴妳一件重大的事，希望妳做好準備，不要太震驚，也不要太難過，一定要堅強。」

「你到底想說什麼？」葉太玄稍微離他遠一點。

陳恒嘆口氣。「自從在趙府見過姑娘一面，我就對姑娘念念不忘，請家姊去找顧夫人，希望能與妳和葉家深交，卻被拒絕。不得已之下，我只好找了些關係四處打聽，竟然讓我查到，紅葉村葉、曹、李、曾四家人十七口，全被顧南野以窩藏敵寇的名義殺了！」

葉太玄震驚，臉上露出非常真實的表情。

她不知顧南野殺了紅葉村的人。

柳敬把戶籍文書拿給她時，只說她跟葉家沒關係了，但她完全沒料到是用這樣的方式脫離葉家。

後來，顧南野跟她提過，葉典被柳敬放走，現在想起來，葉典應該是葉家的一員，是葉桃花的父親吧？

陳恒見她震驚得說不出話，伸手去握她的手。

「葉姑娘，妳別怕。顧南野貪圖妳的美色，把妳騙到手，又把知情人全殺了，如此喪心病狂，實在人人得而誅之！我一定會幫妳從他手中逃出來，我已經在想辦法，妳再等我一段日子……」

葉太玄厭惡地甩開陳恒的手，離他遠遠的。

「你誤會了，是我自己願意留在顧家的。而且，顧將軍只殺該殺之人，若那十七人被他殺死，便說明他們的確該死。」

回想夢中的葉桃花被家人和夫家百般折磨，淪為賺錢工具，葉太玄覺得這些人噁心至極，的確該殺！

陳恒和趙家姊妹被葉太玄的話嚇到了。

陳恒尋結巴道：「那、那是妳的家人。」

葉太玄無聲笑了笑。「家人？他們不配！」說罷，開門走了出去。

葉太玄在齊芳閣樓下尋到徐保如，擰著眉頭說：「徐大哥，我有急事想見將軍，你知道他現在在哪裡嗎？」

徐保如有些意外，但上次葉太玄說有急事找將軍，就捉出柳敬這個叛徒，不敢忽視她的話，點點頭，帶她去顧府。

葉太玄第一次來金陵顧宅。

夜色中，她看不清楚這座巨大府邸的模樣，但空曠黑暗的院落，讓她感到無盡的孤寂。

「怎麼見不到人？」葉太玄惴惴不安地問。

徐保如說：「將軍藉煙娘之事，說要清查顧府的虬穹奸細，把家丁全打發了，只餘幾個人在內院照顧顧老爺的身體。」

「老爺病了？」

徐保如點頭。「燙傷沒有及時醫治，嚴重了許多，如今已下不了床。」

上次葉太玄用熱水燙顧老爺，顧南野特地給她送了燙傷藥，顧老爺卻因沒有儘快醫治而傷勢變重，八成還有其他原因。

她進書房見了顧南野，顧南野有些意外。「有急事？」

葉太玄點頭，而後對徐保如說：「對不起，請徐大哥迴避一下。」

徐保如看顧南野一眼，退了出去。

她如此認真的態度，引起顧南野的注意。

「又作夢了？」他放下手中的書信和筆，靜靜望著對面的小姑娘。

葉太玄搖頭，靠近他幾步。「方才我在齊芳閣遇到陳恒，他告訴我，你下令殺了紅葉村十七口人。」

她說完，頓了下，偷偷去看顧南野的臉色。

顧南野依然直視著她，面無表情，對她知道他殺了葉家人的事，沒有多餘的反應，只是問：「所以呢？」語氣理所當然，彷彿那些人就是該殺。

顧南野太深沈，葉太玄在他面前完全是幼稚園的小朋友，試探是得不出任何答案的，所以選擇坦誠相待。

「我曾經夢到紅葉村的人虐待我，對我做了很不好的事，如果那些事真的發生過，他們的確該死，我一點也不怪將軍。只是，我很疑惑，我有恨他們的理由，那將軍呢，為什麼要趕盡殺絕？」

顧南野沈默，是他疏忽了，沒想到葉太玄這麼聰明，對他的舉動起了疑心。

「那妳怎麼想？」

葉太玄有些不開心，用軟軟的嗓音抱怨道：「我感激將軍救我於水火，不管我的夢，還是我的想法，從不對將軍有所隱瞞。但將軍一直不肯正面回答我的問題，如此防備，一開始又為何要救下我，留在夫人身邊？」

顧南野猶豫了。

前世的葉桃花，他清楚她所有的底細。

那個可憐女子前半生受盡虐待，後半生守著青燈古佛了此殘生，對他沒有造成任何威脅和麻煩。

這一世，他早早遇到她，也相信自己能掌握她的命運。可是，這不代表能完全信任她。

他的重生，是他此生最大的秘密，若傳出去，不知會引發什麼樣的後果。一切的不確定，在他這裡都是不允許的。

現在葉太玄結合自己的經歷，怕是猜到了幾分。

要除掉她嗎？

葉太玄根本沒想到自己有了生命危險。

在她的夢中，顧南野尚未露面，只從別人口中聽過顧家的事。如此推算起來，顧南野跟前世的葉桃花並沒有太深的私交。

既然不熟，葉太玄只能嘆氣。「罷了，我對你來說，本就是陌路人，你不肯信我，也是正常。先不提這些，另有一事，將軍卻要留心了。」

顧南野淡淡道：「繼續說。」

「紅葉村那些與我相關的人全被將軍下令殺了，那陳恒如何得知我是紅葉村的葉桃花？我記得將軍之前說葉典跑了，還有左貴妃什麼的，葉典是不是落入陳恒手中？若陳恒繼續查我的事，是不是會給將軍帶來麻煩？」

顧南野聽完，搖搖頭，解開她的疑惑。「我雖是以通敵罪名處置紅葉村那十七人，但此事也需知會趙太守。陳恒應該是從趙太守那裡打聽到的，一查便會發現，葉家女兒不在名單裡。」

原來如此。葉太玄點點頭。

顧南野心中稍微軟了幾分。

小姑娘猜到他是重生之人，這是件麻煩事，但她似乎只擔心之後會不會給他帶來麻煩。加上她之前挺身替顧夫人擋住發怒的顧老爺，縱然不能完全信任她，但暫且先留下吧。

顧南野不肯正面跟葉太玄談自己的秘密，但葉太玄依然堅信自己的推斷。

他不承認便不承認吧，有些事，心裡知道就行了。

佛曰：不可說！

接著，顧南野難得主動地問：「妳今天為何會跟陳恒見面？」

葉太玄將趙家姊妹道歉的局說給顧南野聽。

顧南野並不記得前世有陳恒這號人物，現在只覺得這廝如蒼蠅般煩人，看著小姑娘漂亮的臉蛋，暗暗琢磨起來。

隨著她長大，追求她的人肯定會越來越多，他沒立場也沒必要殺了這些人。這到底是她的私事，讓她自己處理吧。

於是，他問道：「妳打算怎麼處理陳恒？」

「處理」兩個字讓葉太玄覺得有些緊張，想了想，說：「雖然他對我有些亂七八糟的想法，但畢竟沒傷害我。以後我不理他，避開趙家的人就是了。」

顧南野皺眉，還是點點頭，從桌上收起一摞文書，起身道：「天色已黑，回去吧。」

葉太玄無意間瞥見他手中之物，發現全是顧家產業的契書。原來他今天來顧宅，是要打理財產。

這是顧家家事，她不敢多看，裝作沒瞧見的樣子，跟顧南野一起回小雷音寺的小院。

當夜，顧南野跟顧夫人在主屋裡談了很久，直到葉太玄歇下時，兩人還沒有談完。

第二天一早，葉太玄照例去顧夫人房裡用早膳，卻見她已梳妝整齊，打算出門。

「小玄兒，我今天要進城辦事，妳能獨自留在這裡嗎？」

應該是去顧家處理事情，葉太玄不好跟著，便說：「可以呀，我的字帖還沒寫，正好努力在今天寫完。」

除此之外，她還可以做些想做的事，比如寫顧南野打仗的話本。

最近，顧夫人教她背完《千字文》，又教她寫字。她認字、背誦很快，但寫字卻因沒有書法基礎，學得很慢。

顧夫人摸摸她的腦袋。「真乖。午後我就回來了。」

辛嬤嬤替顧夫人披上薄披風，還戴了冪䍦，跟在院中等待的顧南野一起坐馬車下山。

趙家後院裡，趙慧媛正跟陳恒大眼瞪小眼地僵持著。

自慶功宴後，趙慧媛就不想嫁給顧南野。那男人雖然生得好看，卻一直黑著臉，實在讓她覺得害怕。

後來，她又聽陳恒說，顧南野為了搶民女，把姑娘家的人都殺了，還把自己的生父囚禁在府裡，重傷也不許大夫醫治，手段實在可怕。

讓她嫁這樣的人，不是要她去死嗎？

但她父親卻說，顧南野年紀輕輕便位高權重，若是與他結親，趙家必能飛黃騰達。

於是，趙太守天天催陳氏去跟顧夫人走動，讓趙慧媛不得不自己想想辦法。

「我答應舅舅的事已經做到了，舅舅怎麼還不幫我去同母親說情？你若不幫我，今天我就把你的事告訴母親！」

陳恒打著扇子，心情煩躁。「妳急什麼？又不是讓妳明天就嫁給顧南野。現在我做的事，正是在幫妳！」

趙慧媛憤慨地說：「我只知道你滿腦子都想著葉太玄，哪有心思幫我？偏她不領你的情，全家人被殺了，還黏著顧南野，真是不要臉！」

陳恒聽了，用力把扇子一收，湊近趙慧媛。「妳懂什麼？她肯定是因害怕而不敢說實話，若妳全家被殺，妳能不怕？沒看到她出門都有士兵跟著，肯定是被看管起來。等我把她救出來，她就敢跟我說實話了。」

趙慧媛緊張問道：「你真打算虎口奪食嗎？顧南野可不是好惹的。」

陳恒不在乎地說：「我只要辦得人不知鬼不覺，他怎麼知道是誰帶走葉太玄？」

這時，趙慧娟急匆匆地從前院跑來，看到舅舅和姊姊在院子裡說話，立即上前。

「顧家又出大事了！」

陳恒眼神一亮。「快說說看。」

趙慧娟低聲道：「我剛剛聽到師爺跟娘說，顧將軍帶著顧夫人來衙門辦事，要把顧家的產業全轉到宋家名下。」

趙慧媛驚訝不已。「顧家的東西要轉去宋家？哪有這樣的道理？」

若顧家產業全握在顧夫人手中，那嫁進顧家的媳婦還有什麼好日子過？縱然生了兒子，也繼承不到半點家產！

見妹妹點頭，趙慧媛憤憤道：「他家是怎麼回事啊？」

陳恒卻未關注此事，而是問：「顧南野和顧夫人都到衙門來了？」

趙慧娟點頭。「是呀，不僅他們，還帶了好多人，顧老爺是被一群士兵抬來的。」

陳恒眼珠轉了轉，匆匆往外走去。

趙慧媛見狀，急切地在後面喊：「舅舅，你要記得答應我的事，我不要嫁去顧家！」

小院中，葉太玄在書房裡興味濃厚地寫著戲文，筆下如有神，嘩嘩寫了好幾張紙。

臨近中午，在廚房做短工的馬嬸喊她吃飯，又說：「方才在外面遇到小和尚，說夫人送去無瑕禪師那裡開光的經文已經弄好了，若姑娘有空就去拿吧。」

「好。」因顧南野不許短工進內院，所以跟顧夫人有關的事，都由葉太玄或辛嬤嬤來辦。之前葉太玄隨辛嬤嬤去取過幾次經文，已經熟門熟路。

她吃完飯，便去了小雷音寺。

出院門往寺裡的方向有條帶轉角的小路，正是葉太玄當初從曹氏手中逃跑的那條，她剛轉彎，就遇上陳恒。

葉太玄眉頭一皺，裝作沒看到，轉身就走。

但陳恒已看到她，大步追上。

「葉姑娘，等等！我找妳有事！」

葉太玄腳下不停，依然快步走著。「我跟你沒什麼好說的，我的事也不用你管，你不要再找我了。」

小路並不長，眼見她要跑回小院，陳恒突然從後面一把抱住她。

「今天顧南野不在，還帶走了所有士兵。妳不用怕，我帶妳走，絕對不會讓他找到妳！」

葉太玄見他聽不懂人話，著急掙扎。「你有病吧？我哪兒也不去。你放開我！」

少女在他懷裡扭動，清新的甜香縈繞鼻腔，感受手上的溫潤和柔軟，陳恒心中大亂，失了神。

「妳跟我走吧，我會對妳好，顧南野能給妳的，我都能給。我會百倍、千倍對妳好！」

他說著，雙手箍緊葉太玄的腰，使勁拖著她，幾乎要將她攔腰抱起。

葉太玄察覺事情大大不妙，立刻大喊：「救命啊！有沒有人啊？救命！」

馬嬸聞聲，從院內跑出來，葉太玄大喜過望。

孰料馬嬸卻慌張地對陳恒說：「陳少爺，你快點吧，怎麼還由得她在這裡胡叫亂喊？」

馬嬸說著，伸手想捂葉太玄的口鼻，葉太玄這才明白，馬嬸要她去取經文的事，分明是個騙局！

不待她斥問，後腦勺便受了一記重擊，瞬間昏了過去……

第七章

葉太玄又墜入了夢境，但渾身上下都疼，真實的疼痛讓她覺得這不像是個夢。

夢境中，葉桃花還在紅葉村，但已經嫁作曾家婦。

破落的小院中，她抱著曾康的腿，大哭道：「你賣了我?!我懷了你的孩子啊，你怎麼能做這種事！求求你看在孩子的分上……」

曾康惡狠狠地踹開她。「不賣妳，我們都得死！還想生孩子？生了一起去死嗎？」

曾家婆婆上來扭住葉桃花，吼道：「還跟她說什麼，快點綁了送過去！等天大亮了，讓街坊鄰居看笑話啊？」

曾父上前，拿著一團抹布塞住葉桃花的嘴。

很快地，葉桃花被曾家父子套上麻袋，裝入牛車，連夜送進金陵城賭莊。

葉桃花哭了一路，當麻袋揭開的那一刻，一張熟悉的面孔出現在眼前——

陳恒！

陳恒捏住葉桃花滿是傷和淚的臉，左右打量，而後起身，一巴掌打到曾康臉上，又一腳踹向曾父。

「十天沒看到人，你們就把人打成這樣？讓老子怎麼盡興！老子要的是完完整整的人，你們給我送來半死的，搞什麼啊?!」

他發洩了一通，曾康才跪下來求饒。「陳公子高抬貴手，這娘兒們脾氣太壞，我好說歹說，她也不肯服侍公子，只好打了幾頓，才乖順一點。求陳公子可憐，拿她抵了我的債吧，曾家一大家子人，還要活命吶……」

陳恒蹲在葉桃花面前看了半晌，鼻子湊到她的脖子間，猛吸幾口，突然起了興，煩躁地對曾家父子吼道：「行了行了，還不快滾！」

葉太玄看著陳恒逼進葉桃花，遍體生涼，不用再看，已猜到後面會發生什麼。

她不願看屈辱的畫面，在葉桃花一次又一次無助又絕望的嘶喊聲中，還有曾家人的喝罵裡，憤恨地咬下舌頭，打算吃痛讓自己清醒……

由於在夢中掙扎，葉太玄醒來時，從床上滾落。

房外的徐保如聽到動靜，趕緊推開門闖進來。

「葉姑娘，妳醒了?頭上的傷沒事吧？」

葉太玄腦袋發昏，終於看清周圍的環境，她沒有被陳恒帶走，是在小院的房中。

雖是醒了，可彷彿被夢境魘住，陳恒欺負葉桃花的景象歷歷在目，想著夢中的事，葉太玄突然大哭起來。

徐保如立時慌了，伸手去扶葉太玄，卻被葉太玄揮舞著手臂打開。

徐保如退開幾步。「葉姑娘，妳別怕，陳恒那個孬種已經被我捆起來，沒事了。」

葉太玄哭著喊：「我要見將軍……」

前有柳敬和馬嬸的背叛，現在她不敢相信徐保如。

徐保如為難。「將軍進城辦事，一時還回不來。妳放心，待在小院裡很安全，若有什麼事，差我辦也一樣。」

「不一樣！在將軍回來之前，你們誰也別進來！」葉太玄搖著頭，叫徐保如出去，而後把自己鎖在房中。

徐保如站在門外，有些不知所措，看看守在院中的另一個兄弟馮虎，對他招招手。

馮虎是紅葉山暗哨上的士兵，發現陳恒和馬氏在小院外敲暈葉太玄，放箭射傷兩人，救下葉太玄。

「你速速進城一趟，把這裡的事稟告將軍，說葉姑娘心情不好，把自己關在房中，我怕她想不開尋短。」

馮虎領命，趕緊下山，徐保如則把耳朵貼在門上，裡面斷斷續續的哭聲讓他著急不已。

他見到葉太玄時，她衣衫完好，並沒吃太大的虧。這點小事，便把她嚇得又是哭、又是不敢見人，小姑娘實在太嬌氣了。

金陵衙門的後堂中，趙太守坐在高堂上，顧南野陪著顧夫人坐在左列，顧老爺由兩位管家扶著，半躺在右列的太師椅中。

顧家如小山般的契書和帳簿堆在中間，幾位師爺正盤點著，除了算盤珠子的撞擊聲，再沒有半點聲響。

趙太守安安靜靜地坐在位子上，心中卻是千思萬想。

明眼人一眼就能看出，顧老爺受到脅迫，為了性命，不得不交出手中產業，但顧忌顧南野的權勢，問都不敢問一聲。

雍朝重孝悌，他從未見過這樣父不父、子不子的關係，若是有人以罔顧人倫參顧南野一本，子奪父產的事肯定會被查出來，那他必然受到牽連。

趙太守心中惴惴不安，縱然他想巴結顧南野，也不能做鋌而走險的事。

於是，他清了清嗓子，問顧老爺。「顧老爺，待師爺們將帳簿核對清楚，這些文書蓋上官印後，顧家產業就交到你夫人手中。你可想清楚了？」

顧老爺睜開微合的眼睛，沒有看趙太守，而是瞪向顧南野。

顧南野眉頭微皺，盯著師爺們清點帳目，似是嫌他們算得太慢。

沒聽見顧老爺回話，顧南野驀然問道：「父親，趙大人問你是不是想清楚了？」

顧老爺聽到他的聲音，開始喘粗氣，終是咬著牙道：「給你，都給你們！」

顧南野嘴角微勾，抬眼去看趙太守。「趙大人可聽清楚了？」

「清楚！清楚！」趙太守被這一眼看得遍體生寒，解釋道：「例行規矩，問問而已。」

趙太守說著，擦擦腦門上的汗，怪自己太過謹慎。這事連顧南野的老子都管不了，他還多什麼嘴？

後堂重歸安靜，不久，馮虎趕過來，在顧南野身側小聲稟報。「將軍，葉姑娘那邊出了些事。」

顧南野嗯了聲，示意他繼續說。

馮虎看趙太守一眼，再次壓低聲音，道：「陳恒買通廚房的短工馬氏，差點擄走葉姑娘。現在兩人已被捉拿，但葉姑娘受驚，把自己鎖在房中，只肯見您。徐領隊反覆安慰也不奏效，擔心葉姑娘想不開，特要屬下來稟報。」

顧南野聽了，重重將手按到椅子扶手上，讓現場之人皆心驚不已，不知是哪個不長眼的惹了這尊閻王。

顧夫人看向他，關切問道：「出了什麼事？」

顧南野不想讓母親擔憂，搖搖頭。「小事，母親不必費神。」

顧南野叫來隨他們進城的統領范涉水，吩咐他陪顧夫人將顧家的事辦妥，自己先離開。

趙太守起身，把顧南野送到衙門外。

顧南野翻身上馬，俯視著趙太守。「今日我帶家母到趙太守這裡辦事，你的妻舅卻上我家別院做客，如此不巧，不知是不是跟大人商量過的？」

趙太守先是一臉呆愣，待他猜到幾分，渾身發顫，一聲「將軍」還未喊出來，已被顧南野的馬兒餵了一嘴的灰土。

他看著絕塵而去的隊伍，猛拍大腿，著急嘆道：「要壞大事啊！」丟下衙門的事，匆匆往家中後院跑了。

顧南野回到小院，手上按著腰間的佩刀，對跑上前的徐保如問道：「她受了什麼欺負？仔細說來，不許隱瞞。」

葉太玄不是驕矜之人，且平時一向懼怕他，若非出了大事，絕不會在獲救之後，還哭鬧著要見他。

他擔心有隱情，這才匆匆趕回來。

徐保如聽懂他的問話，解釋道：「葉姑娘被陳恒強行摟抱，後來被馬氏敲頭昏過去，但馮虎發現得及時，並未受別的欺負。」

顧南野神色稍霽，又問：「陳恒和馬氏呢？」

徐保如回答：「關在後院，等將軍發落。」

顧南野點頭，伸手去推葉太玄的房門，卻是鎖著推不開。

徐保如立刻上前，敲門喊道：「葉姑娘，將軍回來了，快開門。」

話音剛落，便聽裡面響起噔噔噔跑來的腳步聲，門立刻被打開了。

葉太玄看到顧南野時，心裡的石頭才算落地，但委屈更甚。

她想說話，卻啜泣著說不出；想伸手抓顧南野，又被他渾身的冷冽氣勢嚇得縮回去，最後只能睜著通紅的眼睛，淚汪汪地看著他。

顧南野打量了小姑娘一下，見她神色惶恐，頭髮亂糟糟地被淚水黏在臉上，打著光腳，衣衫也縐巴巴的。不過半天未見，竟像是經歷巨大磨難。

他面色再次沈下，眉頭重新皺起，走進了房間。

顧南野關上房門，然後拎著葉太玄的衣袖，把她帶到床邊坐下。

「鎮定下來，然後慢慢告訴我，妳怎麼了？」

葉太玄用衣袖胡亂擦著眼淚，幾次打算開口，卻哽咽住，好半天才道：「噩夢……太可怕了。」

顧南野明瞭了。

前世葉桃花在回宮前有多慘，他是有耳聞的，看來小姑娘之前沒有憶起，受陳恒刺激，現在想起了一些。

「噩夢跟陳恒有關嗎？」

葉太玄點頭。

對於葉桃花，前世顧南野關注得不多，有諸多不清楚的地方，不記得她的仇人中有個叫陳恒的。

他想問夢境中的陳恒對她做了什麼，但斟酌一下，怕男女有別，小姑娘不便直說，一時間竟不知從何問起。

葉太玄也因此而糾結。

她醒來後，立時想找顧南野，因為她信任他，相信他會保護她，甚至為她報仇。但現在她如何告訴顧南野，陳恒對她犯下的罪惡？

思來想去，她決定向顧南野求助，還是憋著紅臉，說了夢境中的事。

「夢中，曾家人為了還賭債，把葉桃花賣給陳恒，但陳恒發現葉桃花懷了曾家的孩子，又將葉桃花丟回曾家。曾家怨葉桃花不能替他們還債，又嫌棄她被陳恒髒了身子，便開始強迫她……強迫她賣身賺錢……」

顧南野看著她，小姑娘低下頭，瞧不清神情，只見長長的睫毛上掛著晶瑩的淚珠。

「葉桃花日日受折磨，一心赴死，但捨不得腹中的孩子，一直忍耐著。生下孩子後，曾家人又把她送到陳恒面前，陳恒竟將她押到賭桌上，任由勝者欺辱……」

她的聲音顫抖著，說到最後，已是不忍地閉上眼睛。

她用舊名字稱呼著夢境中的自己，顧南野只當她不願接受前世發生的事和悲慘命運，想藉此區分今生和前世。

他安慰她。「一切早已不同，曾家人都死了，葉太玄不會成為曾家婦，也不會被賣給陳恒，那些只是夢。」

葉太玄原本就不是葉桃花，但她作夢時，感覺太過真實，身體上的痛、心中的悲愴，她能跟葉桃花一樣感同身受，甚至開始難以區分哪些是夢，哪些是現實。

見小姑娘不說話，顧南野繼續道：「至於陳恒，以後妳不會再看到他了。」

葉太玄猛地抬頭，欣喜中帶著擔憂，問他。「真的嗎？但是……他畢竟是趙太守的妻弟，會不會給你惹麻煩？」

顧南野心中微暖，在這種時候，小姑娘還在擔心，怕給他惹事。

他難得用帶著玩笑的自大語氣說：「妳可能有些誤會，這些人並不配給我造成麻煩。」

這種自大，給了葉太玄莫名的安全感，讓她長長舒了一口氣。「謝謝你一直幫我。」

一句「職責所在」已滑到顧南野嘴邊，卻沒有說出來。他不太確定葉太玄到底記起多少，有些事還是水到渠成為好。

當天，陳恒和馬氏便被顧南野的人押走了，最後如何處置，顧南野沒告訴她，葉太玄也不想問。

晚上，顧夫人回到小院時，葉太玄已經歇下。

顧南野告訴顧夫人，陳恒白天亂闖，冒犯葉太玄，小姑娘受到驚嚇，有些失神，需要靜心休息。

顧夫人不疑有他，去看看熟睡的葉太玄後，便又跟顧南野去書房商量，如何處理顧家的產業。

前些年，顧家借用宋家太爺宋勿的人脈將生意做大，遂有很多鄉下親戚找上門，加之顧老爺的兄弟姊妹眾多，這些叔伯還在外面養了外室和私生子女，因此人口非常雜亂。

為了和這群人撇清關係，顧南野沒有直接繼承顧家產業，而是轉給宋家。

顧夫人埋怨他。「你快快找人接手，我可管不了這麼多事。」

顧南野好言哄道：「有勞母親替我受累，待我從京城回來，便處理了這些產業。」

顧夫人問：「定好什麼時候進京了嗎？」

顧南野想到葉太玄白天望著他的可憐模樣，猶豫道：「再過兩天吧，還有些瑣事。」

顧夫人叮囑他。「你的事情，我從不過問，但你這般無視皇上的旨意，處處落人口舌，這樣可不好。」

顧南野喝口水，潤了潤嗓子，一副無所謂的神情。「一個戰功赫赫卻品行有缺的人，皇上才能放心去用。」

顧夫人恍然大悟，沈默一下，最後心疼道：「母親明白你的苦衷了。」

從顧夫人房中出來，顧南野又去東廂房整理顧家的帳務。

這次他雖然逼著顧老爺把顧家產業全交出來，但宋家人丁稀少，又都是讀書人，沒幾個打理產業的能手，少不得要他親自上陣。

他忙至半夜，覺得口渴，卻發現水壺空了。起身去主屋取水，卻見倒座房有燈亮著。

顧南野猶豫了一下，朝倒座房走去，敲敲葉太玄的房門。

「若妳不想睡，便過來伺候茶水筆墨。」他的聲音在黑夜中更顯低沈。

葉太玄神思恍惚，趕緊拍拍自己的臉頰，振作起精神出去。

「我這就去燒水。」

深夜寂靜，葉太玄在小院中忙進忙出，先燒水煮茶，又用井水浸涼，配上酸梅和小點心，送到顧南野面前。

今晚顧南野似乎格外喜歡使喚她，喝到茶水後，又讓葉太玄洗筆、磨墨，最後還讓她整理帳簿。

「帳簿按照裝訂線的顏色收到箱中，文書依年月排放，這樣做得來嗎？」

葉太玄小心翼翼地丟了個白眼給他，小聲道：「我又不是傻子。」

她說完，偷偷去看顧南野，他竟然好脾氣地笑了一下。

顧南野在人前極少笑，總是一副老成或冷酷的樣子，但他到底是個二十歲的年輕人，又生得好模樣，一笑起來，彷若變了個人，格外耀眼。

葉太玄見他笑了，心情頓時好起來，腦海中的雜亂思緒也少了。

她不知道之前為何那樣怕他，也許是從文明社會穿越回這個時空，對可以執掌他人生死的武力和權威，有種天生的懼怕。

但仔細想想，其實顧南野對她並不凶。不僅不凶，還一直幫她、照顧她，雖不熱忱，卻非常可靠。

葉太玄嘴角帶笑，默默低頭整理面前的帳本。

一燈如豆，一壺清茶，一室靜好。

第八章

漫漫長夜，兩人有條不紊地做著各自的事。

幫顧南野整理帳簿和文書的時候，葉太玄發現，顧家的生意做得非常大！

顧家從菜販起家，名下有很多飯莊、酒鋪、釀酒作坊，不僅如此，因為太爺宋勿的緣故，還做讀書人的生意，也有多家書鋪、筆墨紙硯的各種作坊。

近幾年，因顧南野在邊關領兵打仗，顧家有了機會，冒著戰火，跟關外做起生意。

她忍不住嘖嘖驚嘆，顧老爺人品雖差，但利用別人的手段，卻是一等一的高啊。

顧南野見她看得認真，突然問道：「能看懂？」

葉太玄緊張地合攏文書，撒謊道：「認得字，但一起看，就不知道是什麼意思了。」

熬了半夜，顧南野有點睏，權當提神，拿起葉太玄手中的文書。「過來，我教妳看。」

葉太玄結巴地問：「這是你家的生意，教我看做什麼？」

顧南野瞟她一眼。「虧我母親待妳這麼好，妳不打算幫她分憂解難，準備一直在我家混吃混喝不成？」

「喔！」葉太玄覺得顧南野說得極有道理。「我一定認真學，早日替夫人分憂解難。」

顧南野卻猶豫了一下。「不過，過幾天我打算帶妳一起進京。」

葉太玄沒問為什麼要帶她進京，經由這陣子作的夢，她已經猜到葉桃花的身世，顧南野必然也是知道的。

「我能不能不去啊？」

葉太玄不想去，在她能獨立之前，不想跟這個時空的人產生過多糾葛，想把命運和生活掌握在自己手中。

若是走葉桃花前世的路，她沒有自信能與皇權抗爭。

顧南野望著她，思索片刻。

如今不是送她回宮的最佳時機，既然她不願意，顧家再養她兩年也無妨。

顧南野點點頭，沒有多說進京的事，重新拿起文書教葉太玄。

原本他只是想給她找些功課做，免得她總想著夢中受欺負的事。但半個晚上的工夫教下來，他發現小姑娘果然如他母親所說，十分聰明！

顧南野起了幾分認真的心思，仔細跟葉太玄說起如何讀帳本，如何查帳，如何記帳，又同她說哪些產業是要留下的，哪些是要整頓的，哪些是要停的。至於要經營的產業，每日需要做哪些事，遇到問題又該找哪些人來辦，諸如此類等等，一直講到天亮。

待後山的鳥雀停在窗櫺上，兩人才察覺，太陽都要升起來了。

顧南野合上文書。「過幾日回顧府，妳便跟在我母親身邊，多聽多看多學。」

顧家產業，包括顧府，都轉到了顧夫人名下。為了方便經營，顧夫人要搬回顧府住。

「好，知道啦，顧哥哥！」葉太玄感覺這一晚跟顧南野熟絡不少，試著親近些地喊他。

顧南野詫異地看她一眼，搖搖頭。「不可隨意亂喊。」

「喔，顧將軍。」葉太玄頓時被打擊到了，這人還真是不近人情。

在顧南野進京的前一天，小院眾人搬回顧府。

顧南野將家中一切安頓好，又留下身邊的得力統領范涉水幫忙，便啟程進京了。

回到顧府，顧夫人的日子比紅葉山上忙碌得多，雖然葉太玄依舊跟在她左右，但她畢竟年紀小，顧夫人沒真的差遣她做打理產業的事，反倒是顧府內的管事嬤嬤和丫鬟們，覺得她年紀小、好說話，又得顧夫人喜愛，紛紛找她商量事情或傳話給顧夫人。

這日，負責門房的嬤嬤趁著葉太玄燒茶時，在茶房攔下她，搭話道：「玄兒姑娘，夫人忙了一天，還不歇一歇呀？」

因顧夫人愛叫她小玄兒，府裡的人便跟著叫，喊她玄兒姑娘。

葉太玄放下手中熱茶。「前廳等著跟夫人議事的管事還有好幾個，夫人哪有工夫歇息？嬤嬤不在門房守著，卻來這裡，是有人要見夫人嗎？」

嬤嬤為難道：「是趙夫人，她日日都來求見，一坐就是半天，現在正在門房。老奴知道將軍進京前吩咐過，不許趙家人進門，但趙夫人畢竟是太守夫人，尋思著，還是要告訴夫人，讓夫人定奪，到底見還是不見。」

葉太玄想了想，趙夫人找顧夫人，多半是為陳恒的事，縱然顧夫人見她，也幫不了忙。

「嬤嬤請先回去，這件事讓我來處理吧。」

等嬤嬤走遠，葉太玄送完茶，便去了前院。

葉太玄找到范涉水，客氣地招呼道：「范統領可否借一步說話？」

范涉水生得人高馬大，據說出身書香門第，學問也不差，是顧南野重要的左膀右臂。

顧南野離開前，特地叮囑范涉水，要保護好顧夫人和葉太玄。雖然不知葉太玄到底為何得顧南野看重，但范涉水對她還是十分友好客氣。

范涉水領葉太玄到涼亭坐下，哄小孩兒似的讓人端了一碟甜糕給她吃。

「玄兒姑娘找我有什麼事？」

葉太玄問道：「范統領可知道將軍是如何處置陳恒的嗎？」

范涉水笑著說：「這可不是小孩子該好奇的事。」

葉太玄愣了愣。之前跟顧南野相處時，他從未把她當孩子，她也沒有孩子的意識，如今聽范涉水這樣說，她才想起，如今葉太玄不過十三歲而已。

可她也不打算裝成孩子模樣，別的不說，首先演技就過不了關。

她頓了一下，說：「陳恒因為冒犯我而被將軍抓起來，這事自始至終都跟我有關。但是，不管將軍如何處置陳恒，總有辦法讓趙家不敢再鬧。如今趙夫人天天上門要人，還要叨擾夫人清靜，這並不像將軍的行事作風。」

范涉水聽了，重新打量葉太玄，心中暗暗稱奇，小姑娘的心思十分敏銳。

但他依舊敷衍道：「原來玄兒姑娘是擔心叨擾夫人。不必擔心，我派人去打發了趙夫人便是。」

「范統領。」葉太玄有些不快，站起來。「既然你不肯同我說，那我就去見見趙夫人，聽聽她怎麼講。想來她是非常願意看到我的。」

「玄兒姑娘！」

范涉水伸手攔她，沒想到自己竟然搞不定一個小女孩。思量再三，只得無奈道出實情。

「陳恒和馬氏被抓住後，一起關在紅葉山的庫房中。兩人起爭執時，馬氏責怪陳恒不該提早動手，應該按照原本計劃，等嬤嬤的人到了，再一起動手。由此可見，要對玄兒姑娘下手的，不僅陳恒一人，還有別人。

「所以，將軍暫且留住他們的性命，想誘出幕後之人。但在我們搬進顧府那天，陳恒和馬氏在路上被人毒殺了。」

葉太玄驚住，沒想到後來還發生這麼多事，她竟然一點也沒察覺到。

「馬氏口中的嬤嬤是誰？將軍走之前沒交代什麼嗎？」

范涉水說：「自然是有交代的，但時機不到，一直沒等到蛇出洞。」

葉太玄默默點頭，思忖道：「既然暗處的人想對我下手，那我就是最適合引蛇出洞的餌，我還是去見見趙夫人吧。」

范涉水不答應。「這樣很危險，不行。」

葉太玄卻說：「那人有本事在將軍眼皮下毒殺陳恒和馬氏，若要殺我，有很多法子，肯定不會找趙夫人動手。既然不想殺我，說明我對他們還有利用價值，我就是安全的。」

范涉水不得不承認，小姑娘分析的是對的。

為了以防萬一，范涉水親自陪著葉太玄，去門房見趙夫人。

短短數日不見，趙夫人陳氏整個人都憔悴了，彷彿變成蒼老的中年婦人。

「葉姑娘！」陳氏上前抓住她的手，激動地說：「我那糊塗弟弟只是愛慕姑娘，對姑娘並沒有不軌的心思，若對姑娘有所唐突，還請姑娘大人大量，求將軍和夫人放了他吧！」

她差點被陳恒欺負的事，兩個當事人死了，而顧南野的人肯定不會說出去，陳氏是從哪裡聽說的？

葉太玄扶著陳氏，道：「趙夫人這話，我聽不懂。我有些日子沒見到陳公子了，他也沒在顧府做客，何來求我們放了他一說？」

陳氏沒想到顧家的人會捉了人不認帳。

陳恒不見了，聽他身邊的小廝說，必是去顧家找葉太玄遇上麻煩。但她沒有證據，張著嘴，一時不知如何爭辯。

葉太玄見狀，追問道：「不知是誰跟夫人說陳公子在顧府，還請夫人再去問問清楚。而且夫人也知道，近日我家夫人忙著整頓家務，實在不便會客。」

陳氏聞言，失神地走了。

葉太玄和范涉水對視一眼，范涉水心領神會，即刻派人跟上。

晚些時候，范涉水拿著零嘴到後院找葉太玄，對她伸出大拇指。

「玄兒姑娘果然聰明伶俐。」

葉太玄問道：「找到幕後之人了？」

范涉水回答：「陳氏回府後，審問了陳恒身邊的小廝，得知陳恒之前查探姑娘來歷時，在紅葉村和馬氏相識。馬氏有個閨中姊妹，早些年在宮中做過嬤嬤，歸老還鄉後，在金陵城開了繡坊。那嬤嬤對陳恒說，顧將軍得罪京城的貴人，要陳恒抓姑娘當證人，好去告將軍一狀，說他欺凌鄉人、強搶民女。陳恒想到背後有大人物撐腰，才敢對姑娘下手。」

葉太玄思忖。「將軍料事如神，肯定早知道這位嬤嬤了，打算怎麼處置？」

京城中誰要抓葉太玄，顧南野早已知曉，所以安排范涉水留在金陵城中監視那位嬤嬤。只是，那位嬤嬤一直沒有任何異動，所以范涉水也沒有動作。

「將軍僅吩咐要注意那位嬤嬤與京城的來往，並保護好姑娘和夫人。」

葉太玄說：「趙夫人在顧家找不到陳恒，估計會去找那位嬤嬤要人。如果趙夫人鬧起來，趙家怕是有大麻煩了。」

范涉水望著葉太玄，一時間神情莫測。

這個小姑娘講的，竟然跟顧南野所料相同。

顧南野說過，不用他們動手，自有人會等不及去處理趙家人。

范涉水再看看自己帶來哄小孩兒的零嘴，此舉在葉太玄眼中，怕是有點傻啊。

金陵卿月閣繡坊中，繡娘們結束了一天的活計，紛紛收起繡筐、繡架，向月嬤嬤告辭，各自回去。

月嬤嬤也放下手中的繡品，回到閣樓上休息。

原本該空著的閣樓上，一個面容白淨的老頭正坐在茶桌旁調茶。

月嬤嬤有些吃驚，定神後，上前福了福。「怎敢驚動魏公公大駕光臨。」

魏公公笑咪咪地請月嬤嬤在茶桌旁坐下，彷彿自己是此間主人一般。

他給彼此斟了茶，聲音尖細卻和氣地笑著說：「主子聽說這邊出事，動了大怒。老奴再不跑一趟，妳我二人的好日子，只怕就到頭了。」

月嬤嬤露出難色，低聲道：「是老奴辦事不力。」

魏公公搖頭。「這件事也不怪妳，怪只怪顧南野多管閒事，怎的就遇上那個丫頭？這件事有些棘手，不知顧南野到底知道了幾分？」

月嬤嬤思忖道：「當年老奴親手將那丫頭丟在紅葉山下，看著葉家人撿走，並未跟任何人說過她的來歷。可紅葉村十幾人被殺，實在蹊蹺，老奴也猜不透顧南野到底知不知情。」

魏公公又問：「趙家和陳家呢？」

提起陳家，月嬤嬤就有些後悔。

自她得知葉桃花落到顧南野手中，擔心其身世暴露，正愁沒辦法，陳恒找上門來。

月嬤嬤本想藉陳恒之手把葉桃花從顧府弄出來，但怎麼也沒想到，陳恒那蠢貨把事情鬧成這樣。

「他們並不知道那丫頭的身世。」

「哦，如此甚好。」魏公公放心地點點頭。「當年主子是為了替剛出世的二殿下積善德，才留下那丫頭的性命。如今二殿下已平安長大，這裡又出了紕漏，便留不得她啦。」

月嬤嬤緊張地問：「那老奴呢？」

當初得知要替左貴妃辦這件棘手之事時，月嬤嬤就擔心自己被滅口，好在左貴妃還需要她在金陵監視這個孩子，才沒有動手。

如今，若要除掉這個孩子，那她也沒有作用了。

未等到魏公公說話，月嬤嬤的面容突然扭曲起來，一手摸著自己的脖子、一手拂掉桌上的茶杯，喊道：「你給我下毒！」

魏公公紋絲不動地坐在椅子上，笑著看她。「犯了這樣大的錯，妳不自裁，還等著主子來發落，真是老糊塗了。」

月嬤嬤痛苦地呻吟起來，倒在茶桌下的地板上，蜷縮著身子，口中開始吐出污血。

魏公公看看噴濺到自己腳背上的幾滴血，嫌棄地踢開月嬤嬤，從袖中取出火摺子，點燃了一旁的簾子。

「能從吃人的宮裡走出來，安安穩穩活了六十多年，也算值得。妳安心去吧。」

大火驟然燒起，卿月閣繡坊很快被火海吞噬。

魏公公如鬼魅的身影從後街消失後，原本該跟著顧南野進京的徐保如，卻出現在街角，一頭衝進了火海……

六月盛夏，金陵出了兩件大事。

一是金陵太守被革職查辦，二是城中發生一起火災，連著燒了附近十餘間店鋪，商戶們損失慘重。

顧夫人趁著這個機會，令名下各鋪子仔細檢查內外，以利防火，好生整頓了一通。

這日，管事散去後，辛嬤嬤端著一盆用井水湃涼的西瓜，送到顧夫人面前。

「夫人快歇歇吧，我跟您說件趣事兒。」

葉太玄從一旁湊過來。「什麼趣事？我也要聽。」

辛嬤嬤臉上滿是歡喜，笑著道：「我聽廚房買菜的婆子說，說書先生把將軍奮勇殺敵的事寫成話本，在茶樓裡講起，聽的人可多了！」

顧夫人驚訝地問：「當真？寫的都是好的，沒說他不好的吧？」

辛嬤嬤搖頭。「沒有。話本裡把將軍寫得如戰神下凡，保家衛國，英勇無比！」

顧夫人起了興。「是哪間茶樓？我也去聽聽。」

「我也想去。」葉太玄心中偷笑，她才讓丫鬟環環把戲本拿去茶樓，辛嬤嬤這麼快就聽說了。

辛嬤嬤安排下去，請范涉水準備出行車馬。

范涉水聽了，去找葉太玄，跟她商量。「玄兒姑娘就不要跟夫人出門了吧。」

葉太玄立時瞪圓眼睛。「為什麼不許我去？」她寫的話本，她當然要去聽一聽！

范涉水說：「自從卿月閣被燒，我們的線索就斷了。如果京城的人想殺人滅口，那姑娘的處境很危險。」

葉太玄道：「可我也不能一輩子不出門啊。再說，夫人出門，范統領必然要親自作陪，留我在府裡，一樣有危險。不如帶上我，我保證乖乖跟著你們，不亂跑，也不亂吃東西。」

范涉水想想也對，於是多帶了幾個侍衛，下午陪著她們去茶樓聽說書了。

第九章

夏日炎炎，午後本是倦怠的時候，街上的小商販們都選擇花幾文錢到茶樓裡消暑歇腳，說書先生的桌前坐了不少人，烏壓壓一片。

顧家一行人來時，說書先生正講得精采，已講到顧南野在軍前立生死狀，帶著一支騎兵以身犯險深入茶哈，打算偷襲虬穹王庭。

他們在二樓雅座坐下，顧夫人很快被說書人吸引，話本裡有很多她沒聽兒子講過的事。茶哈的流沙是怎樣艱險，戈壁的猛獸是如何凶惡，平地突起的風暴是怎樣取人性命，說書先生如臨其境，一一講出。

虬穹敵兵直取雍朝十一城，屠戮百姓、直逼王座，似乎所有反敗為勝的希望，都懸在那支騎兵上。

一時間，說書人和聽書人的心全提到了嗓子眼。

啪！說書人忽然一拍案板，道：「虬穹強破光明關，西嶺軍困陷魔鬼城。顧將軍如何帶兵脫困，請聽下回分解！」

聽書人在下面吵道：「快講快講，別什麼下回分解了，今天講完！」

說書先生笑了。「下回下回，今日已講了五回，我要歇歇了。」

顧夫人也被吊起胃口，便喊來范涉水問：「你們在魔鬼城中斷水斷糧，又遇沙暴，是如何脫困的？」

范涉水回想起橫穿茶哈的經歷，彷彿歷歷在目。

「兄弟們都以為窮途末路了，將軍卻帶大家找到幽都古城的入口。古城中有地下河，沿河漂流而出，就是蚧穹的賽古斯湖。」

顧夫人這才鬆了口氣。「你們這是運氣好，行兵打仗之人，怎能如此莽撞？你們也由著小野胡來，居然敢把性命交託給他。萬一沒有找到幽都古城，豈不是白白送命？」

范涉水笑著解釋：「出發前，將軍已從古籍中找到幽都古城的遺址，並查到幽都人修過引水的運河。但軍中無人信他，所以此事並無太多人知曉。」

顧夫人是讀書人，亦喜歡鑽研古籍，欣慰道：「幽國消失已有千年，記載幽都的史料也不全，他能找到遺址，也不枉讀了十幾年的書。」

於是，顧夫人一會兒心疼兒子受苦、一會兒又為兒子有勇有謀感到自豪，跟范涉水聊了很多關於邊關的事。

雅間裡氣氛和樂，但外面的走廊上卻有人對說書先生的故事嗤之以鼻。

「肯定是顧家人玩的手段，真不要臉，自吹自擂！」一個尖銳的女聲憤恨說道。

另一人喝斥她。「不要亂說話，顧南野有多心狠手辣，妳不清楚嗎？妳舅舅被他殺了，妳爹被他害得流放千里。想要報仇，眼下只能夾著尾巴做人。」

雅間內的人也聽見了動靜，面面相覷，顧夫人猶豫著說：「好像是趙家姑娘的聲音？」

范涉水已起身去查探，不過片刻，回來稟道：「是趙家的大姑娘趙慧媛，和趙太守手下的師爺。趙太守被革職流放，陳家也出事，趙家以為是咱們將軍動的手腳，恨上將軍了。」

顧夫人頭疼，自家兒子果真容易惹上是非，真是沒得解。

過了幾日，遠在京城的顧南野也聽屬下馮虎來報，說是有人在金陵城的茶樓說西嶺軍打仗的話本，秦淮河邊還有歌姬寫了《將軍令》的詞，唱他們的故事。

顧南野皺眉問道：「查到是誰在背後動的手腳嗎？」

馮虎略帶尷尬地回答：「范統領說，故事是徐領隊講的，話本和詞是玄兒姑娘寫的。」

顧南野一時語塞，將手中的書信丟到桌上，良久才說出兩字。「胡鬧！」

話本傳唱的事能傳到顧南野耳中，自然也能傳到京城其他人耳中。

心中畏懼顧南野功高蓋主的文臣們，一時如打了雞血般激動，雪花般的奏章飛到雍帝案前，紛紛告狀，說顧南野收買軍心民意，意圖不軌！

六月二十五日，正值一月三次的大朝之日，也是顧南野正式受封西嶺侯的日子。

這天，朝臣盡數進宮，等著看雍帝如何行事。

顧南野是封疆大吏，鮮少在京城出現，又年輕英俊，在一眾上了歲數的大臣之間，顯得格外出色。
都察院御史左致恒在太和殿前廣場上，遠遠打量著顧南野。
去年秋天時，左致恒曾在兵部匆匆見了顧南野一面。
當時顧南野擢升西嶺軍都指揮使，回兵部交接兵符，百官對這個兩年內獲得十次晉升的年輕人十分好奇，有意結交。
眾人為他設了慶功宴，他卻以戰事緊迫為藉口，沒有參加，匆匆離開京城，自此留下孤傲清高、不可一世的名聲。
不管顧南野名聲如何，左致恒由衷感嘆，這個年僅二十歲便拜將封侯的年輕人，前途不可限量啊！
只是，他的前途，莫要擋了左家的好運數才是。
顧南野在朝中不朋不黨，獨自站著，很快察覺到左致恒的目光。
兩人靜視片刻後，左致恒向他走去。
他們同為正二品官員，但顧南野今日封侯，雖然左致恒年長，仍先跟顧南野拱手問好。
「顧將軍逢戰必勝，實乃雍國福將。今日封侯進爵，都察院御史左致恒在這裡提前恭喜將軍。」
顧南野面上一點客套的神色都沒有，冷若冰霜地說：「左御史客氣，顧某雖在邊疆，但也聽聞左御史大名，明察秋毫、鐵筆直斷，盡心盡力為皇上分憂，尤其是最近金陵太守的案子，聽說從接到信至判定流放，不過十餘日，實在是雷厲風行，吾等楷模。」

本是阿諛話語，被顧南野冷冷說出來，竟滿是嘲諷和威脅。

左致恒的面色凝重起來。

左家與顧家從未有瓜葛，顧南野在朝中也無朋黨和背景，原本想著，若能拉攏顧南野，無疑是替左貴妃和兩位皇子添了一大助力。

但近來金陵出了些事，顧南野也牽涉其中，他有些摸不清顧南野的立場。現在聽他這樣直截了當的幾句話，卻是要與左家為敵了。

如此不把左家、左貴妃和兩位皇子放在眼中，實在猖狂！

左致恒直起腰背，收了笑容，望著顧南野。

「顧將軍果然耳聰目明，那你想必也知道都察院收到多少參你的奏摺了。皇上念你為國征戰勞苦功高，不予計較，但我們這些為人臣子的，卻不能瞧著皇上一味縱容你。」

顧南野冷冷一笑。「縱容？因顧某引得左御史說皇上的不是，顧某還真是惶恐。等會兒左大人不妨在朝上說說這番話，才顯得你清風亮節、剛正不阿。」

左致恒語塞，被他氣得拂袖。

兩人三言兩語一陣交鋒，顧南野不想再理左致恒，轉身往太和殿中走去。

雍帝年過四十，但身體不算硬朗，看起來乾瘦如柴，精神欠佳。

他由太監扶著上朝，受了百官跪拜後，便宣禮部替顧南野加冠授印，正式加封二等侯爵，食邑一千戶，掌西嶺二十萬雄兵。

朝臣們見雍帝對顧南野是該封的封、該賞的賞，心中實在不安。軍中慕強，對顧南野十分崇拜，而民間也開始對顧南野歌功頌德，可見顧南野已有司馬昭之心！

但雍帝不敢表露任何不滿，這般臣強君弱，是亂世之兆。

雍帝彷彿不知道眾人心思一般，笑呵呵地說：「顧卿勞苦功高，此次除去蚪穹最後一位王子，實在解決了朕的後顧之憂。此番嘉賞，聊表朕心，還望顧卿一鼓作氣收回光明關，助朕統一山河。」

顧南野跪在朝上，請命道：「蚪穹率軍毀我朝疆土，欺我國百姓，如今皇天庇佑，光復河山在望，臣懇請吾皇御駕親征，親自收復光明關，以振奮軍民之心！」

御駕親征?!

朝堂上一時譁然，雍帝也嚇一跳。「讓朕去打仗？」

若是以往，臣子們必然不依，會列舉種種不妥，拚死阻攔。但現在的蚪穹已潰不成軍，光明關猶如一座空城，不會有什麼危險。

心思活絡的臣子們頓時恍然大悟，怪不得顧南野遲遲不肯對光明關下手，原來是等雍帝去摘果子！

好個諂媚的佞臣！

雖然左致恒知道顧南野在賣乖討好，偏不能阻攔。比起讓顧南野繼續建功立業，還是請雍帝親征比較好。

「臣附議，請皇上御駕親征，親手結束這場長達五年的浩劫！」

左致恒率先跪在朝上，身後的官員也跟著跪倒了。

散朝後，雍帝要御駕親征的消息，片刻間傳回後宮。

左貴妃驚得摔了手中的茶盞，向來報信的心腹確認。「皇上同意了？我兄長也附議？」

在御前伺候的心腹點頭。「是呀，娘娘，這真是奇怪了。現在皇上和大人們正在養心殿商量出征的事，左大人還沒出宮，娘娘可要見他？」

左貴妃鎮定下來，緩緩搖頭。「不用，此時見我兄長，反而引皇上猜忌。你繼續去打探，若有其他要事，繼續來報。」

心腹應聲退下。

養心殿裡，內閣五位閣老、六部尚書、京軍十二衛，擠了一屋子的人，吵吵嚷嚷籌畫御駕親征之事。

在場的都是能獨當一面的人，別的事都好定，唯獨對新晉的西嶺侯，不知該如何安置。

讓他陪著雍帝御駕親征？西邊是他的地盤，二十萬西嶺軍僅聽他調遣，如何敢把雍帝送到他手中？

把他留在京城？雍帝離京會帶走大部分京軍，等於後院洞開，怎能放心將他獨自留在雍朝帝都？

帶著也不是，不帶也不是，眾人吵來吵去，最後去求雍帝定奪。

雍帝本就精神不濟，被一群老臣吵得腦殼疼，只想早早結束。

「不要問朕，你們去問他，自然就知他是如何打算。」

眾人恍然大悟。「皇上英明，是該試探一下顧侯的意思。」

顧南野下朝後，回了京城的驛所，剛歇息一會兒，又被召進宮。

看著滿殿的人，顧南野道：「臣的父親近來身體欠佳，臣想解甲歸田，服侍床前。」

雍帝嚇了一跳。「顧侯年紀輕輕，正是為國效力之時，怎可解甲歸田？」

顧南野看看同樣吃驚的左致恒。「臣年少離家，從未在父母跟前盡孝，世人都罵我罔顧人倫。如今家父纏綿病榻，無法經營家業，卻有人告我囚禁親父，搶奪家產。臣思來想去，如今虯穹戰事將歇，正是回家盡孝之時。」

雍帝連忙說：「又是哪個混帳在編排你，你只管告訴朕，朕定重重責罰他！世人就是喜歡嫉妒賢能，你不要往心裡去。雖然虯穹兵退，但戍守邊關、整頓邊軍，怎麼離得開你？還是要你主持大局。」

左致恒心中憋得慌，金陵送回來的奏章還在他的書房裡，尚未找人去參顧南野，顧南野倒跑到雍帝面前告狀來了。

雍帝苦口婆心要留顧南野，但顧南野堅持回家盡孝，君臣多番商議之後，決定讓顧南野暫時回鄉半年，待雍帝親征歸來，再決定他的去留。

於是，顧南野大方交出西嶺軍的兵符，瀟灑地走了。

看著他的背影，左致恒心涼至極。

若顧南野不肯交出兵符，他自有辦法讓顧南野免死狗烹、鳥盡弓藏。但顧南野以退為進，在鋒芒最盛的時候，以這樣的方式換取雍帝信任，以後待他重新返回朝堂時，只怕朝堂上會發生翻天覆地的變化。

直至午夜，擠在養心殿的朝臣終於散去。

離宮之前，左致恒在左貴妃的心腹手中塞入一張紙條。

心腹連夜將紙條送進後宮，左貴妃立刻打開來看，上面赫然寫著：絕殺金陵顧！

夏日炎炎，最是好睡。

顧府主屋的綠紗窗下，葉太玄穿著鵝黃棉綢衫裙，躺在一張翠綠的竹床上小憩。

微風拂過窗外綠葉紅花的芭蕉，徐徐吹進，依然溫熱，但並不妨礙她一場好夢。

夢境中，難得沒有人欺負葉桃花，一片靜好。

她坐在太玄觀的太極窗旁，一手執扇輕輕搖著，一手端著一只白瓷碗，白瓷碗中盛著冰鎮梅子湯，盛夏喝來，格外解暑。

午後陽光透過院內的楊梅樹落下斑駁碎影，幾隻小雀在樹蔭中跳來跳去，彷若跳格子一般遊戲著。

葉桃花歪頭望著，覺得有趣，不禁露出幾分恬靜的笑。

「妹妹今日心情很好？」

一個葉太玄沒見過的陌生男子走進來，十分熟絡地坐到葉桃花面前，自己動手從冰鎮的瓷缸裡盛了碗梅子湯，喝了一口後，愜意地長嘆。

「還是妳這裡最自在，酷暑裡的梅子湯，簡直是神仙水。」

葉桃花微微低頭，生澀喊道：「表兄說笑了，這不過是我們鄉下人解暑的東西，宮裡做的冰露，比這個好喝多了。」

葉太玄仔細去打量這個夢中冒出來的表兄，英俊明朗、笑容和煦，身上穿著飛魚曳撒，腰間佩著繡春刀，裝扮竟像是個錦衣衛。

表兄妹倆喝著梅子湯說家常，葉太玄卻漸漸聽不清兩人說了什麼……

一陣腳步聲忽然從耳邊傳來，讓葉太玄從夢境中驚醒。

葉太玄揉揉眼睛，從竹床上坐起，看著床邊白瓷碗裡的梅子湯，有些恍惚。顧府的丫鬟環環從珠簾後跑進來，簾子晃動，一片叮噹亂響。

葉太玄抬頭去看，小聲道：「輕些，夫人剛睡著。」

環環跑到竹床邊坐下，在葉太玄耳邊說：「門房接到消息，將軍已經離京，很快就要回來啦！」

葉太玄一下子提起精神，欣喜地問：「將軍回金陵？誰送來的消息？」

「是將軍身邊的馮虎。」

葉太玄下床穿鞋，叮囑道：「妳在這兒守著，夫人醒了，就告訴她這個好消息。我先去前面看看。」

前院裡，馮虎已和范涉水碰頭，正蹲在地上吃西瓜。

葉太玄小跑著過來，開心地跟他打招呼。「虎哥，你回來啦！」

「玄兒姑娘。」馮虎三兩口吃完西瓜，站起來。

葉太玄道：「我以為你跟將軍進京後，會直接去西嶺軍大營，怎麼又回金陵？」

馮虎嘆氣。「西嶺軍回不去啦，將軍辭了都指揮使之職，交出兵權。以後咱們要改口，不能叫將軍，只能喊侯爺。」

葉太玄沒聽出是玩笑，臉色立時難看了，焦急地問：「怎麼進爵卻丟了官？在京城出了什麼事？」

范涉水見小姑娘被唬到，拍馮虎的肩膀一下。「好好說話，嚇到人了。」

馮虎憨厚地笑。「姑娘別著急，沒出事。」而後把雍帝決定御駕親征、顧南野主動解甲歸田的前因後果說了一遍。

葉太玄拍拍胸脯，這才安下心來。「待會兒夫人問話，虎哥可不能這樣嚇夫人。」

「好好好，是我錯了。」

葉太玄的心情又雀躍起來。

顧南野回來了，還會在金陵待半年，真好！

馮虎見她心情好，就想逗逗她。「侯爺雖是主動辭官，但中間還是出了點事，而且跟姑娘有關。」

葉太玄緊張追問。「怎麼了？」一時間想了很多，是跟她的身世有關，還是跟趙陳兩家有關？她果然還是給顧南野添麻煩了。

「玄兒姑娘為侯爺寫的話本和詞曲，傳到京城了。京中的大人們拿這個參侯爺，說他收買民心。姑娘可要小心點，這次侯爺回來，是要找妳算帳的。」

葉太玄臉紅了。「你們怎麼知道是我寫的？」

馮虎嘿嘿兩聲，側頭去瞟范涉水。

范涉水感覺自己是嚼舌根的人，有點不好意思。「跟侯爺有關的事，事無鉅細，都得查清楚，這是我們職責所在。」

葉太玄不會怪他們，只是想到自己寫的東西被主角知道，有些尷尬。

「原本我是替侯爺委屈，想扭轉一下大家對他的想法，沒想到會給他添麻煩。京城的大人們參侯爺一本，侯爺為了自保，才辭官歸隱嗎？這可怎麼辦，我是不是闖大禍了？」

馮虎嘆氣。「可不是闖禍了？侯爺青雲直上，二十歲便位高權重，若不出意外，肯定能拜上將軍，再熬幾年，進內閣，封異姓王，也不是不可能。如今最好的年紀卻賦閒在家，一身雄圖大志無法施展，真是可惜。」

葉太玄聽了，神情凝重，細眉皺在一起，眼睫低垂看著地面，漂亮小臉紅彤彤，貝齒咬著嘴唇，兩隻手快把手帕撕破，分明是快哭了。

「我真不是有意害他的。」

馮虎看她這樣自責難過，忽然生出欺負人的內疚，忙道：「沒沒沒，我是逗妳玩的，侯爺辭官跟妳沒關係。」

雖是真話，葉太玄卻不信了，心事重重地回後院去。

馮虎無奈地看向范涉水。「范統領，我是不是惹玄兒姑娘不高興了？」

「你又沒瞎眼，自己不會看？」范涉水哼道：「玄兒姑娘對侯爺的事格外看重，心思又細膩，你拿這事逗她，可真會說話。」

馮虎無奈。「我是開玩笑，不是故意的呀，那怎麼辦？」

「你惹的禍，問我有什麼用？我可不會哄小姑娘，你自己想辦法吧。」

范涉水哄小孩兒的手段，僅僅只限於買零嘴玩具，但他早試過了，對葉太玄根本沒用。

一會兒後，顧夫人午休醒來，聽說顧南野要回金陵，歡喜地喊馮虎過去問話。

顧夫人絲毫沒覺得兒子丟官是壞事，不用搏命殺敵，不用駐守邊關，有了皇賜封爵和食邑，還有顧家的偌大產業，還有什麼比眼下的局勢更好？

她問了兒子的歸程後，連忙安排僕從們準備起來。

馮虎回完話退出來，在主屋附近轉一圈，沒見到葉太玄，暗自懊惱，便找環環打探葉太玄的愛好，打算哄哄小姑娘了。

第十章

環環打發了馮虎，立刻去顧夫人的書房找葉太玄。

「玄兒，妳從前院回來後，就悶悶不樂，是不是馮虎惹妳了？剛剛他向我打聽，要怎麼哄妳開心呢。」

葉太玄搖頭。「他沒惹我，是我自己氣自己。」

「怎麼啦？」

環環是內院丫鬟，辦事妥當，之前葉太玄寫了話本和詞曲，需要找人送出去，物色一陣子，才選中環環，跟她走動起來。

葉太玄說：「我寫的東西，好像給侯爺惹麻煩了。我想拿回來，不讓外面再傳。」

「這……當初送出去容易，現在要拿回來，恐怕不太好辦。」環環發愁了。

說書先生和歌姬都靠這些內容賺了錢，自然不願意停下來。

葉太玄想了想，道：「妳帶我去找他們，我跟他們說。」

環環驚訝。「難得妳肯出門！」

顧夫人並不管束葉太玄，但她幾乎不出去玩，環環幾次喊她上街趕集，她都賴在家裡，除非跟顧夫人、范涉水一起，才肯出門。

葉太玄膽子不大，不出門是為了安全考慮。卿月閣被燒、趙太守流放，一樁樁的事情下來，足以說明這世道的動盪。

這次出門，為了保險起見，葉太玄還叫上馮虎作陪。

馮虎本就有意賠罪，自然答應，極力保護兩個小姑娘。

傍晚時分，三人來到茶樓，說書先生剛講完一場《西線戰事》。他下臺喝茶時，看到進門的環環，眉開眼笑地迎上來打招呼。「環環姑娘來了，是慕姑娘又寫新回合了嗎？」

葉太玄寫話本時，用了化名「慕北」。

環環介紹身邊的葉太玄。「先生，這位就是慕姑娘。」

說書先生客氣地將三人請到桌邊坐下，而後打量葉太玄，伸出大拇指讚道：「慕姑娘年紀這麼小，卻能寫出精采絕倫的話本，真乃才女！」

葉太玄搖頭。「先生過獎，才女不敢當，顧將軍的經歷本是傳奇，我如實寫出來罷了。不過，這些故事惹出了是非，以後我不會再寫，也請先生不要再講了。」

說書先生非常意外。「什麼是非？」

葉太玄嘆氣。「顧將軍被御史參了，說他意圖左右民心，丟了官。待他回金陵，若追查起此事，恐怕要連累先生。」

說書先生立時慌了，緊張道：「怎麼會這樣？我可是安分守己的良民，將軍總不能錯怪好人啊。」

葉太玄先抑後揚，安慰道：「先生不必害怕，今日我親自來見你，便是告訴先生，我一人做事一人當，若顧將軍真追究起來，儘管把我供出去。只要你不再講，保證沒事。」

葉太玄連嚇帶哄地從說書先生手中拿回話本，又往秦淮河的仙樂坊趕去。

秦淮河邊，華燈初上，船上、岸邊都是招攬客人的歌姬和彈唱的樂師。環環帶著葉太玄登上仙樂坊的船，找到歌姬夢娘。

夢娘尚在梳妝打扮，見來客是小姑娘，便把她們請進自己的香閨。

葉太玄照著之前說服說書先生的套路，跟夢娘講了一番。

夢娘聽完，卻笑了。

「我一介歌姬，唱的曲兒數不勝數，若是哪支曲兒有問題，將軍自去找寫曲的人，與我何干？再說，將軍所向披靡、舉世無雙，夢娘仰慕已久，若因此能與將軍相識，也算因禍得福了。」

葉太玄聽出來了，夢娘的重點在於後半句。

她默默嘆了口氣。「怪我，不該將他寫得太好，引得夢娘生出誤會。」

夢娘疑惑地看著葉太玄。

葉太玄聲音低了幾分。「聽說前任太守想把女兒嫁進顧家，但顧將軍不近女色，直接拒絕了。」

夢娘驚詫。「難道，趙太守是因為這樣得罪了顧將軍，才被流放？」

葉太玄搖頭。「我可沒這樣說。只是聽聞顧將軍不會憐香惜玉，好心提醒夢娘而已。」

馮虎難以置信地盯著葉太玄，又看看同樣吃驚的環環，原來謠言就是這樣編的，還是被自己人生出來的！

眼見夢娘就要被唬住，一名樂師敲門道：「有位京城來的貴客包了船，點名要聽《將軍令》，快出來接客吧。」

夢娘燦然一笑。「這就來！」轉頭對葉太玄說：「有肥羊來了，先讓我做完今天的生意。以後唱不唱，容我再想想。」

葉太玄氣結，又不能縫夢娘的嘴，只能眼睜睜看她捧著琵琶走出去。

船坊中，一名容貌清貴的年輕男子在丫鬟招呼下入席，帶著幾分好奇打量四周。

夢娘從臺階上迎面走下，道：「奴三生有幸，得公子青睞，今晚就由夢娘為公子奏樂彈唱，歡度良宵。」

男子似笑非笑地點頭。「近日在金陵城聽說，妳這兒有支新曲《將軍令》，十分有意思，我專為此曲而來。」

夢娘上前替他斟酒，笑著說：「公子想聽，奴家自然要唱。不過夜色尚早，公子先吃口酒。奴家還不知公子怎麼稱呼呢？」

男子聽了，用手中的扇子敲了敲掌心。「到這兒聽曲，還得查驗身分不成？」

夢娘嚇一跳，忙道：「不敢不敢，奴家與公子相遇便是緣，不知名也無妨，這就為公子獻曲。」

葉太玄從夢娘的閨房出來，原本打算下船回家，但遠遠聽點歌的男子表明不願透露身分，又想起樂師說他是京城來的貴客，不由多注意了一下。

她撥開酒席和後廂之間的珠簾，看到坐在席間的男子，瞬間驚愕地輕呼一聲。

男子瞧見葉太玄，也有些詫異，立刻起身朝她走來。

馮虎雖默默陪著葉太玄和環環，但一直保持警覺，待男子與葉太玄相距只有三步時，上前伸手攔住他。

男子停下來，依然看著葉太玄，臉上有幾分難以置信。

葉太玄卻默默退了一步。

這名男子是她在夢境中見過的錦衣衛，看他的神情，像是認識她的。

這便有些奇怪了。葉家這種鄉下人家，家裡肯定沒有當官的，他應該是葉桃花回京之後新認的親戚。但那是以後的事，現在他為什麼會認出她？

難道又是個重生的人？

雖然從夢中來看，他們的關係還不錯，但他此時銜著顧南野來金陵，讓葉太玄猜不透他的用意，所以一時間沒有說話，也沒有動作。

男子仔細看她，道：「姑娘長得好像我的一個族妹，不知姑娘怎麼稱呼？」

葉太玄還未說話，馮虎倒笑了。「什麼年月了，還用這種老套搭話？我們家姑娘可不吃這一套。」

「不吃這一套」的葉太玄卻接話了，問男子。「我很像你的族妹嗎？我看你也有幾分眼熟，許是有緣。」

若真是親戚，長得像倒是有可能。既然不是現在就認識她，她便沒那麼緊張了。

男子聽到他的回答，眉開眼笑，表情更顯明朗。「我是京城人士，姓白名淵回。姑娘也是來聽曲的吧？我包了船，不如一起坐下來欣賞？」

葉太玄搖頭。「天色已黑，我要回家了。」

見她要走，白淵回有些著急。「不知姑娘家在何處？我送妳回家吧。」

馮虎皺起眉頭。「我們與你不熟，不需要你送。」

白淵回不理馮虎，只是看著葉太玄。

葉太玄說：「我借居在西嶺侯的金陵顧府老宅中，改天白公子可以來做客。」

白淵回聞言，神色顯出幾分凝重。

葉太玄不再多說，叫上馮虎、環環，一起下船回去。

路上，馮虎責備了葉太玄。
「姑娘怎能隨便對陌生人自報家門？那人包船聽曲，肯定不是什麼正經人。」
環環也在一旁幫腔。「玄兒，妳該不是春心萌動了吧？那位白公子是一表人才，但咱們姑娘家不能主動說什麼有緣，還邀他上門做客，這樣不好。」
葉太玄停下腳步，見四處無人，才問馮虎。「虎哥，那位白公子說他專程從京城來金陵，就是為了聽《將軍令》，你不覺得奇怪嗎？」
錦衣衛離京，必是查辦要案。也許是來找顧南野麻煩，也許是來找她的。
不管是哪種目的，她都要仔細想想，該如何應對。但她沒辦法直接說出白淵回的身分，只得引導馮虎去查探。
「方才我故意報上金陵顧府的名頭試探他，他的神情果然就變了。侯爺還有數日才到，但我擔心這幾天會生出變故，要辛苦虎哥想辦法查查白淵回是何人，並儘快把消息送到侯爺手中。」
馮虎點頭。「是不太對勁，我立刻去查。」
白淵回的身分並不難查，馮虎送兩個姑娘回去後，很快從金陵府的路引造冊中找到他的名字，居然是個錦衣衛。
得知這個消息，馮虎更不敢懈怠，立刻去找顧南野。

尚有幾日才到家的顧南野，此刻已經在小雷音寺的小院中了。

馮虎連夜過來，將錦衣衛出現在金陵的消息告訴他。

一旁的徐保如說：「錦衣衛動作好快！」

顧南野離京時，放了些消息，暗指左致恒涉入金陵縱火案、金陵太守罷黜案，錦衣衛負責監察百官言行，必會派人來查。

顧南野思忖，問馮虎。「來的是白淵回？」

馮虎仔細說了仙樂坊上發生的事，又將男子的容貌形容一番。

顧南野微微點頭，來人的確是白淵回。

徐保如說：「皇上派白家人來查左家的案子，看來皇上是要對左家動真格的了？」

白家和左家是朝中宿敵，若左致恒真有不法之事，白淵回定然不會放過他。

顧南野對徐保如道：「放消息出去，讓左家的人知道錦衣衛到金陵了。你再帶幾個人手暗中去助白淵回，讓他自己查到月嬤嬤。」

「是。」徐保如答道。

顧南野吩咐完，遞出一張請柬給馮虎。「後天是中元節，小雷音寺要辦盂蘭盆會，你把這帖子帶回府中，讓葉太玄來。」

「是。」馮虎領命。

翌日早晨，葉太玄伴著顧夫人吃早飯，辛嬤嬤帶馮虎進來請安。

馮虎呈上小雷音寺盂蘭盆會的帖子，說了佛會的事。

近來顧夫人忙於家務，疏忽了禮佛之事，心生愧疚。她很想去參加，但每月十五是各處管事對帳的大日子，她走不開，只能在府中的小佛堂裡唸唸佛經。

馮虎道：「夫人不得空，讓玄兒姑娘代為參加，也是一樣。」

葉太玄想起之前被馬氏以相似理由騙過，對這種事多一分防備，便問馮虎。「只剩一天才送請柬，未免有些倉促，無瑕禪師為何忽然要辦盂蘭盆會？」

「是倉促了些，但無瑕禪師這兩日才聽說皇上要御駕親征，收復光明關，所以臨時決定開法會祈福。」

聽說？聽誰說？昨夜馮虎不是出城給顧南野送信去了，怎麼這麼快就回來？

葉太玄猜到什麼，神情愉悅起來，立刻答應會替顧夫人去參加盂蘭盆會，祭奠亡靈。

卿月閣的廢墟上，金陵府的右太丞帶著白淵回查看災情。

「火是從這座繡樓燒起來的，繡樓主人是個六旬的老太婆，名叫杜月娥。聽說她年輕時在宮裡當過差，所以大家都喊她月嬤嬤。」

白淵回看著已經被清理過的廢墟，問道：「查清楚為何起火了嗎？」

右太丞回答：「此處沒有任何火油的痕跡，應該是打翻燈檯導致。月嬤嬤上了年紀，難免手腳不便。」

白淵回盯著右太丞，不滿地說：「酉時起火，天都沒黑，哪來的燈檯？月嬤嬤是手藝人，怎會手腳不便？還有，文書上寫著，沒有找到月嬤嬤的屍身？」

右太丞面對錦衣衛，非常緊張，不想落得跟趙太守一般的下場，只得照實說了。「大人明鑑，此案的確有諸多疑點，但當時燒死了不少人，有很多被房屋壓壞的殘肢無法辨認，繡娘們又說月嬤嬤確實在繡樓裡，所以之前由的趙太守做主，按照燒死結案。」

白淵回鄙夷地嗤笑一聲，這樣也能結案？趙太守和這個月嬤嬤的確有問題。

這一笑把右太丞嚇得魂飛魄散，為了撇清關係，連忙道：「大人，還有一案，小人懷疑跟此案有關聯。」

「說。」

右太丞道：「半月前，有山民報案，在荒野中發現一男一女的屍體，經仵作查驗，兩人都是身中劇毒而亡。男屍陳恒是趙太守失蹤的妻舅，女屍是紅葉村村婦馬氏。馬氏與月嬤嬤是閨中密友，也有人看到陳恒曾進出卿月閣。小的懷疑他們的死，和月嬤嬤的死，是同一人所為。」

白淵回聽了，道：「既然沒找到月嬤嬤的屍體，就不能認為她死了，也可能是她毒殺他們後，藉火災金蟬脫殼。如今一切都是推斷，還需要更仔細的調查。」

他想了想，又問：「陳恒為何會跟兩個老婦人來往？他既是趙太守的妻舅，你們可知道些什麼？」

右太丞遲疑不已，不敢答話。

白淵回見狀，用無所謂的語氣道：「你可知趙太守病死在流放途中？若是你們還這樣辦案，就等著去黃泉，跟趙太守相聚吧。」

右太丞嚇出了一身冷汗，急道：「求大人救命！不是我有意隱瞞，實在是沒有證據，不敢亂說。」

「你儘管將所見所聞說出來，是非黑白，我自會去查。」

右太丞說：「陳恒死前，看上了一位姑娘，那姑娘不知是何身分，但一直跟在西嶺侯之母顧夫人身邊。死去的馬氏曾在顧夫人身邊做事，小的懷疑，他們倆的死，或許跟西嶺侯也有關係……」

白淵回立刻想到昨天在仙樂坊遇到的好看姑娘。

他皺起眉頭，這金陵的案子怎麼越來越複雜，不僅跟左家有關，如今還要扯上顧家。

正思索著，另一個錦衣衛忽然對殘垣後的身影喝道：「是誰在那裡窺探？滾出來！」

一個小老頭被人拎出來，還未等白淵回問話，便道：「各位大人，小人是大夫，最近救治了一個燒傷的婦人，她面目盡毀，昏迷多日才醒來。她說她是卿月閣的月嬤嬤，有人要殺她，請小的代為傳信，請官府保護她。」

白淵回和右太丞嚇了一跳，連忙問：「她在哪兒？」
一陣劇烈的碗碟破碎聲從一座幽靜的朱樓中傳出來，面白清瘦的魏公公震怒地瞪著座下的人。
「不可能！杜月娥服了毒藥，絕對不可能從火海逃出去！」
傳信之人回道：「屬下絕不會聽錯，但那燒傷的婦人面目盡毀，聲音也被熏壞，無法確認身分，有可能是別人設的局，引我們動手。」
魏公公起身踱步。「你的懷疑有道理，可是等不得了。錦衣衛已經插手此事，絕不能讓他們察覺到那孩子的存在，這些人都得死！」
傳信之人為難道：「顧府被西嶺軍的暗衛守得如鐵桶一般，我們蹲守多日，仍沒找到機會下手。如今，月嬤嬤被錦衣衛看守保護，若要強來，恐怕會留下諸多破綻。」
魏公公笑道：「中元節那天，那孩子要去小雷音寺參加盂蘭盆會。顧南野尚未回金陵，這是我們最好的動手機會，務必斬草除根！只要她死，縱然月嬤嬤供出什麼，也是徒勞。」
「是，屬下這就去準備！」
中元節早晨，葉太玄早早起床，顧夫人幫葉太玄安排出門的事。
顧夫人望著如小雀兒般活潑的小姑娘，笑著說：「今天小玄兒這麼高興，看樣子是近來在府裡憋著了。平日妳想上街玩，儘管讓范統領安排，不必陪著我拘在府裡。」

葉太玄道：「我不想出去玩，在府裡陪夫人也很開心。」

辛嬤嬤笑著說：「姑娘這樣黏夫人，不知道的人，還以為妳是咱們顧家的姑娘。」

葉太玄道：「若有夫人這樣好的娘親，真是幾世修來的福。」

顧夫人被葉太玄逗得開心，又想到她的身世，有些心酸。

葉太玄收拾好了，正要出門，環環突然來報，說錦衣衛上門辦案，請顧夫人出去回話。

眾人大吃一驚，顧夫人只得先去前廳待客。

葉太玄想到來的人應該是白淵回，忍不住跟去偷聽了。

第十一章

白淵回待顧夫人頗為客氣，說起此行目的，從馬氏之死，講到陳恒糾纏葉太玄，正是這些案子的起因。

「不知葉姑娘可在府中？此案與她有關，需要她回話。」白淵回問道。

顧夫人拒絕。「她只是個孩子，怎麼會知道這些事？縱然如你所說，那兩人企圖抓走小玄兒，小玄兒就是受害之人，你怎能懷疑她？」

白淵回道：「並不是懷疑葉姑娘，但她是當事人，有些事需要跟她求證，還請夫人行個方便。」

顧夫人堅持拒絕。「不行，你有事就問我。若實在不行，待我兒子回來，你再問他。」

兩人僵持不下時，葉太玄緩步從後面走了出來。

因要去小雷音寺參加佛會，今日她穿著素白的立領長衫和淡綠百草褶裙，已如一個亭亭玉立的大姑娘。

她從容地站定，對白淵回說：「大約兩個月前，陳恒的確闖入小雷音寺的小院中，但很快就被守衛發現，和他的內應馬氏一起逃走了。之後，我再也沒見過他。」

白淵回聽著，忍不住上前幾步，走到葉太玄身前。

「真的是妳。」白淵回輕聲說道，語氣頗有些複雜。
葉太玄望著他。「白大人，又見面了。你還想問什麼？」
白淵回整頓思緒，問道：「姑娘是什麼人，為何會在顧府借居？」
葉太玄回答：「我原本是紅葉村葉家女，因家人虐待而離家出走。顧夫人心善，不忍見我流落街頭，所以收留我。」
白淵回面色變得難看，又上前一步。「虐待？」
葉太玄笑笑。「都是過去的事了。」
白淵回追問。「妳自小便在紅葉村長大嗎？」
葉太玄點頭。
白淵回又問：「金陵案卷上記載，葉家人因窩藏敵寇被處斬，妳清楚嗎？」
葉太玄搖頭。「那是我離家之後發生的事，我不清楚。我的父母為了錢財不擇手段，被敵寇收買，也是有可能的。不過，葉家的事，跟陳恒的案子有關嗎？」
白淵回沒有答話，想了想，道：「此案牽扯頗多，在這裡查問多有不便，還請葉姑娘跟我走一趟。」
顧夫人聽了，立刻上前，一把將葉太玄摟進懷裡。「不行，要問就在這裡問。縱然是辦案，也不能隨便把人帶走。」
白淵回見顧夫人如此袒護葉太玄，有些意外，但略微沈吟，便讓了一步。

「那還請葉姑娘不要離開顧府，我隨時會登門查問。」

說罷，他帶著其他錦衣衛走了。

顧夫人被這事惹得極為惱怒。「沒頭沒腦的，竟然上門查案，我兒子好歹是個侯爺，如今的錦衣衛都這般囂張嗎？」又擔心真是顧南野殺了陳恒和馬氏，所以沒太多底氣去爭辯。

葉太玄無法出門，顧夫人只得安排馮虎送辛嬤嬤去小雷音寺送功德錢，代替她參加盂蘭盆會了。

白淵回從顧府出來，並沒有去官府，而是走進一處弄堂。

昏暗的弄堂裡有間小屋，一個被燒得面目全非的婦人躺在裡面，正是月嬤嬤。

白淵回看著苟延殘喘的老婦人，腦海裡反反覆覆都是她昨晚告訴他的陳年秘辛……

十四年前，文妃陪雍帝遊歷江南，南下途中懷上身孕。因身體太差無法再奔波，遂被雍帝安排在金陵城待產。

被留下來照顧文妃的，除了宮人，還有與文妃交好的左嬪。

但文妃臨產之前，突然暴發民變，起義軍攻占金陵城，左嬪貪生怕死，丟下行動不便的文妃，自行逃了。

左嬪本以為起義軍會殺了文妃，孰料起義軍到底沒膽量動妃子和皇嗣的性命，只把文妃當成人質，與朝廷談判。

左嬪擔心文妃獲救後，回頭找自己算帳，趁亂派人刺殺文妃，並抱走早產生下的孩子。因心中對文妃有愧，加之自己懷上身孕，不敢再造殺孽，左嬪便讓人將這個倖存的孩子送給普通人家撫養。

雍帝以為文妃死於起義軍之手，孩子不知生死，更因戰亂無處尋起，此事便漸漸被掩埋，再無人提起。

「娘娘聽說那個孩子被顧將軍找到，擔心揭發當年之事，便命我把孩子弄回來，換地方安置。但後來事情辦得不順利，娘娘便派魏公公來殺人滅口。」

毒殺陳恒跟馬氏、火燒卿月閣、罷黜趙太守，都是左貴妃指示人幹的。

白淵回聽了月嬤嬤的供詞，一夜未睡。

文妃是白家長女，白淵回的大姑母。當年白家因戰亂痛失文妃，傷心許久。

他怎麼也沒想到，文妃竟然是被左貴妃害死的。而且，她的孩子尚在人世。

白淵回想起他在仙樂坊見過的葉太玄，她長得和祠堂裡供奉的文妃畫像十分相像，又住在顧家，極有可能就是左貴妃在找的人。

他擔心葉太玄的安危，也怕顧家對她別有用心，天一亮，便忍不住去顧府尋她。

他本想帶她走，但看她和顧家的關係頗為親密，似乎現在留在顧家更安全，便忍住了。

再看昏睡的月嬤嬤，白淵回有些心焦地問大夫。「我要帶她回京城，她可熬得住？」

大夫忙道：「使不得，她這樣情況，哪裡受得了舟車勞頓，只怕上路沒兩日就死了。」

白淵回嘆氣。如今雍帝御駕親征，沒有三、五個月回不了京，縱使把月嬤嬤帶回京城，只怕也撐不到雍帝親自問話。

他只得找來紙筆，根據昨晚月嬤嬤醒來說的話，寫了一份供詞，再按上月嬤嬤的手印。收好供詞，白淵回又回了太守府。

如今金陵太守一職空缺，由左太丞、右太丞兩位照管衙門。白淵回剛到太守府，就見兩位太丞牽著馬匆匆出門，且神色慌張，一看便是出了大事。

「兩位大人要去哪裡？」

右太丞陪他查看過卿月閣，較為熟識，道：「出大事了！西嶺侯回鄉的車馬在紅葉山上遇到山匪，死傷眾多，我們正要趕去處置。」

顧南野遇到山匪？

白淵回聽完，卻不急了。

死傷眾多的，應該是山匪吧？不知哪裡的山匪那麼想不開，去搶劫顧南野，真的是地獄門開，不請自來。

不過，正因為這事稀奇，白淵回想了想，還是決定跟著兩人，去紅葉山一趟。

夜裡，辛嬤嬤被范涉水送回顧府。

嚇得兩腿痠軟的辛嬤嬤被顧夫人摟在懷裡，帶著哭腔道：「我的老天爺啊，幸好今日姑娘沒有出門，幾十個土匪來勢洶洶，若非遇上侯爺的人，我這老太婆就死在土匪手中了。」

「辛嬤嬤受驚了。」顧夫人心疼不已。

葉太玄十分愧疚，今日原該她上山的，辛嬤嬤是代她受罪了。

不過，在近郊遇到土匪，真是件怪事！

葉太玄想起，是馮虎拿帖子請她參加盂蘭盆會的，便問：「虎哥回城了嗎？他沒事吧？怎麼不見人？」

辛嬤嬤說：「馮侍衛受傷了，在前院上藥呢。」

葉太玄一聽，心中疑竇叢生，待辛嬤嬤歇下之後，立刻跑去找馮虎。

馮虎受了刀傷，房間堆了一地的沾血紗布。

葉太玄貿然闖進去，看到這滿地的血和一身的傷，嚇了一跳，這才感受到白天的圍攻是何等激烈。

「你的傷要不要緊，怎麼沒請大夫看看？」

馮虎擺擺手。「我沒事，都是皮外傷，搽點藥就行了。大夫在幫重傷的兄弟醫治。」

他們都是在戰場上出生入死的悍將強兵，能傷得到他們的人，必定不是三腳貓的山賊、土匪。

「有人重傷？侯爺呢？他回來了吧，他沒事吧？」葉太玄關心問道。

馮虎笑道：「侯爺在忙，沒事。」

葉太玄幫他遞藥水跟紗布，又問：「傷你們的到底是什麼人？是那個叫白淵回的錦衣衛動的手嗎？」

她很想弄清楚白淵回是敵是友。

馮虎搖頭。「不是他，他是後來才上山的。看侯爺的態度，白淵回雖非友，也非敵，姑娘不用害怕。」

葉太玄鬆了口氣。「那到底是誰敢對顧家下手？」

「是之前想抓妳的人。見一直抓不到人，這次派了不少殺手來金陵，侯爺不耐煩百日防賊，索性設局，將他們一網打盡。」

葉太玄臉色唰的白了，居然是衝著她來的。

看到大家受傷，辛嬤嬤還遭那樣的驚嚇，葉太玄有點自責。

「原來是我給顧家惹的禍……」

馮虎不忍小姑娘難過，打算安慰她，卻瞥到門口的人影，立刻起身。

「侯爺。」

顧南野走進來，身上的錦衣和髮梢帶著血跡，讓人不寒而慄。

葉太玄上下打量他一圈，小聲問道：「侯爺，您沒受傷吧？」

顧南野搖搖頭，用熟悉的冷淡語調說：「妳跟我來。」

葉太玄老實地跟他走，去了他的院子。

進了院子，顧南野將沾了血的外衣脫掉，草草披了件衣服坐下。

「聽說妳已經見過白淵回？」

葉太玄默默點頭。

顧南野無波無瀾地說：「過幾日他會回京城，妳跟他走吧。」

葉太玄怎麼也沒想到，顧南野回金陵的第一件事，就是讓她走。

「為什麼要我走？」葉太玄滿心不願意，想了想，自責地問：「是因為我替顧家招惹麻煩嗎？」

顧南野搖頭，打量著她。「妳還沒想起自己是什麼人嗎？」

葉太玄側了側身子，躲開顧南野的眼神。「不太確定，但約莫猜到了幾分……可是，我不是十七歲才回宮的嗎？」

原以為她還有三、四年的時間去適應，學會獨立，把握自己的命運，沒想到顧南野這麼早就要送她回皇宮。

顧南野說：「有些事早晚都會發生，那便選擇最恰當的時機讓它發生。」

葉太玄不明白顧南野所說的「最恰當的時機」是什麼意思，只能失魂落魄地回房，呆呆坐在床邊。

從她在夢境中發現葉桃花是雍帝遺落在民間的女兒時，她就在擔心這一天的到來。

身為公主，或許可以衣食無憂，但也注定再無半點自由。

更重要的是，皇宮之中，沒有她可以信賴、依靠的人。

她不想離開顧夫人，不想離開顧南野……

中元節後的幾天，葉太玄總覺得莫名煩躁，每日練字時，一張帖子寫不到一行就會出錯，只能揉掉重新寫。

環環端著酸梅湯來看她。「玄兒，喝點湯歇一歇吧。」

葉太玄看了酸梅湯一眼，想到葉桃花回皇宮後也愛煮這道湯消暑，便扭了頭說：「太酸了，我不愛喝。」

「欸？之前妳不是最愛喝嗎？」環環驚訝地問。

她說著，蹲下身子收拾地上的紙團，看著葉太玄緊皺的眉頭，道：「如果妳不想寫字，就別寫了吧。今日夫人幫侯爺辦接風宴，之前在仙樂坊遇見的白大人也來了，妳不是覺得跟他有緣嗎？咱們去瞧瞧。」

孰料，葉太玄把毛筆拍在桌上，發脾氣道：「他怎麼又來了？上次來府裡辦案，盤問我和夫人，現在還好意思來做客？」

環環驚呆了。她從來沒見過葉太玄發脾氣，還是這樣無緣無故地亂發火。

「那、那我去前頭幫忙了。」環環無法，只好默默退出去。

葉太玄坐在書房裡，又急又氣，卻沒有一點辦法。

她能賴著不走嗎？去求顧夫人，顧夫人會留下她，但她怎麼好意思賴在顧家，給他們添麻煩。

這次傷了這麼多侍衛，下次是不是就有殺手殺到府裡了？

可若回去京城，每一步都是賭。

皇帝和後宮中的每個人都可以操縱她的命運，嫁給誰、過什麼樣的日子、能做什麼，半點不由己，說不定會變成第二個葉桃花。

想到最後，葉太玄偷偷抹起了眼淚。

思齊院的書房裡，白淵回和顧南野說著話。

「那些山匪都被調教過，用的武器極好，應該是特意豢養的死士。近日侯爺可是得罪了什麼人？」

顧南野見白淵回還在套話，瞥他一眼。「本侯還以為，白大人今天是來登門道謝的。」

白淵回臉上一紅，有點難堪。

他隱隱猜到，那些死士不是想殺顧南野，而是衝著葉太玄來的。

顧家與葉太玄非親非故，卻救她、保護她，白家的確該感謝顧南野。

白淵回便不再繞彎子了。「看來侯爺已經知道太玄的身世，侯爺救助她，日後白家必當重謝。但是，侯爺不惜為了她得罪左家，有何圖謀？」

「一個無依無靠的小姑娘，我能有什麼圖謀？她是皇家血脈，總不能看著她流落民間，任人羞辱，遇到了便出手幫一把。」顧南野雲淡風輕地說。

白淵回倒是笑了。「侯爺竟如此好心？」

顧南野冷冷掃他一眼，白淵回曉得自己太過分了，立刻收起笑意。

今天顧南野在家待客，難得換下戎裝，穿了件家常的圓領袍，手中卻把玩著一枚箭頭。

為了緩和尷尬氣氛，白淵回繼續問：「您既然知道太玄是誰，又沒有圖謀，為什麼不送她回京？」

顧南野把箭頭丟在桌上。「若本侯領她上朝，說她是文妃遺孤，誰會信？換成是你，也不信吧。」

白淵回不說話，算是默認。

顧南野繼續說：「還是讓白家帶她回去，最為順理成章。」

白家是文妃母家，在朝中素有雅名，不似顧南野那般名聲兩極，又樹敵眾多。

白淵回瞬間醒悟。「錦衣衛收到舉發左致恒的匿名書信，是你送去的，你有意引我來查此案？」

顧南野沒有否認，只問：「那白大人可查清楚了？」

白淵回有些窩火。

這次他來金陵查案，一切發展都太順理成章了，送信的大夫、僥倖活下來的月嬤嬤，甚至是兵行險招的山匪，全都是顧南野布好的棋局，讓他一步步地發現一切，而且還不能說顧南野利用他，反而要感恩戴德。

「重要人證、物證，我都已拿到手，只是……」白淵回猶豫著。

這次抓到了月嬤嬤，加上葉太玄與文妃長得太過相似，原本他對她的身分確信無疑，但若是顧南野安排的，可能還得再查證。

顧南野沒有催促，靜靜等白淵回說下去。

「現在我不能帶太玄回京，還請顧府收留她一段時日。」

顧南野挑眉，白淵回的決定倒是出乎他意料，還以為白家會迫不及待地帶走葉太玄。

白淵回解釋道：「此時皇上離京遠征，京城勢力複雜，太玄的身世傳出去，說不定還有人要動手。對她來說，待在侯爺身邊，反而安全。」

顧南野瞥他。「你如此信任本侯，倒讓本侯十分意外。」

白淵回笑了笑。「將軍行事意圖深遠，白某不敢揣測，但顧夫人待太玄的愛護之心，卻是一眼能夠看透。」

顧南野點頭，思慮良久，仍道：「若白家想報文妃之仇，此刻帶她回去，時機最佳。」

葉太玄的存在是舉發左貴妃最佳的罪證，若她此時回京，左家會不顧一切，趕在雍帝從光明關回來前除掉她。人一急便會犯錯，失敗會來得更快。如果錯過這個時機，左家必會利用這段時日，想盡辦法遮掩一切罪行。

前世，左家作惡多端，直到太平四年，左貴妃才因毒殺皇子被賜死。

左家一夜之間倒臺，三司會審時，有宮人供出文妃舊案，雍帝才發現葉桃花的存在。

如今因果顛倒，只要葉太玄回京，左家的報應會來得更早。

白淵回卻道：「太玄何其無辜？她已受了十幾年苦，不該再冒生命風險去當誘餌。我既為錦衣衛，自當竭盡全力查清左家種種罪行，必為文妃報仇雪恨！」

顧南野點頭，接受白淵回的請求。待白淵回離開書房後，自嘲地笑了一聲。

聽了白淵回最後幾句話，他竟有些自愧不如。

重生這幾年來，他為了報前世的家仇國恨，窮盡手段。

如今想來，倒是利用了不少無辜之人。

第十二章

這天的接風宴，葉太玄沒有參加。

筵席散後，顧夫人回主屋沒見到她，問環環。「小玄兒呢？」

環環說：「今天玄兒姑娘一直待在書房裡，請她出來吃飯，她也不肯。」

顧夫人以為她在努力練字讀書，便問：「午飯、晚飯按時送去了吧？」

環環點頭，擔憂地說：「可她幾乎沒吃，看起來心情不太好。」

顧夫人想了想，看向跟著她回屋敘話的兒子。「小野，是不是你欺負小玄兒了？自你回來，她就一直躲著你。」

這府裡除了顧南野，也沒人敢給葉太玄氣受了。

顧南野苦笑。「許是說話得罪她了吧。」

顧夫人責備道：「你多大的人了，還欺負小孩兒？快去哄好她。她一天沒吃，別餓壞了身子。」隨即把顧南野攆出去。

顧南野無奈，尷尬地摸摸鼻頭，吩咐徐保如。「把太玄帶來思齊院，我有話要問。」

徐保如依言找到葉太玄，可葉太玄說什麼也不去見顧南野。

「時候不早，我、我要睡覺了。有什麼話，明兒再說吧。」她怕顧南野今晚就要她收拾東西滾了。

「這才什麼時候，還早呢。」徐保如勸道：「今天姑娘不參加侯爺的接風宴，侯爺已經不高興。妳再不去見侯爺，他生氣起來，可嚇人了。」

葉太玄走投無路地說：「徐大哥，侯爺肯定要趕我走了，你幫幫我吧。我亂寫話本替他招來非議，又惹出一堆命案，他嫌我麻煩了，我不敢去見他。」

徐保如大手一揮。「不會，侯爺不是這種小肚雞腸的人。他要是嫌妳惹麻煩，就直接處置了，哪裡還會這麼客氣地請人。」

直接處置，這麼直接的嗎？

葉太玄更怕了。

顧南野等半天，葉太玄還不來，便開始了夜間的練習，一套劍法耍得虎虎生風，院中的竹葉被劍風掃得落了一地。

葉太玄躲在門口，不敢進去，直到顧南野練完之後，對她勾勾手指，才不得不上前。

葉太玄磨磨蹭蹭地上前，顧南野已經用涼水洗了臉，端起一杯涼茶坐到籐椅上。

他抬眼打量小姑娘。「聽說妳這幾天心情不好，不出房門也不吃飯？」

葉太玄小聲地說：「沒有心情不好。天氣太熱，懶得動，胃口也差。」

還狡辯？

顧南野道：「有什麼心事就直接說，莫說本侯沒給過妳機會。是不願意回京嗎？在我家待著比當公主好？」

葉太玄委屈了。「什麼公主，沒媽的孩子是根草，我生母死了這麼些年，皇上早把她忘了，我回去能有什麼好日子過？話本裡有寫，公主不是和親，就是當作皇帝拉攏臣子的棋子，看著身分尊貴，其實一點自由也沒有。回了京城，說不定還跟前世一樣，嫁不願嫁的人，做不願做的事。」

這幾日，葉太玄心神不寧，夜間多夢，夢裡常出現葉桃花回宮之後的細碎片段。

雍帝下令處置欺負過她的人，但她跟曾康的三個孩子被宮人帶走，母子再也無法見面。

她幽居在太玄觀中，一心向佛，但皇親一直想替她說親，讓她二嫁，卻因她被太多人欺辱過，宗室及官宦人家都嫌棄她，不要這樣的媳婦。

為了解決這個麻煩，一眾臣子向雍帝提議，送她去虬穹和親。

上一世的虬穹，並不似現在這般被顧南野打得七零八落，而是處處威脅雍朝的強悍部族，每每雍朝受到侵犯，只能割地撥款以求和。

顧夫人屈辱地死在虬穹陣前，葉桃花聽說過此事，自然知道虬穹對雍國女人有多麼殘忍，她在夢中的恐懼也深深影響了葉太玄的心情。

葉太玄一股腦的把心中擔憂說出來，生怕此時不說，以後就沒機會說了。

顧南野點頭，了解了她的想法。

「和親、棋子？看來『慕北』平日看的話本不少，不僅會看，還挺會寫。取個假名，就以為本侯不知道是妳寫的了？」

完了完了！說好的不會計較這些小事呢？這不是問罪來了嘛！

葉太玄扭頭去找徐保如，哪裡還看得到人？

「話本的事，是我對不起你，但那是好心辦壞事，你就原諒我這一次吧，以後我絕不亂寫了。」

「既是認錯，便該有認錯的態度，這幾日耍性子又是怎麼回事？」顧南野的聲音本就低沈冷冽，此時聽起來，像是在斥責。

葉太玄慚愧地低下頭。

顧家沒有收留她的義務，要送她回京認親也無可厚非，這幾日鬧脾氣是她不對。

「侯爺，我知錯了。」

顧南野輕輕笑了下。要他哄小孩？稍微嚇一嚇不都好了。

顧南野心滿意足，讓葉太玄去給顧夫人請安，免得她一直憂心。

葉太玄從思齊院出來，兩滴豆大的淚珠砸在地上。

等在外面的徐保如迎上來，錯愕地問：「妳哭什麼？侯爺罵妳了？」

葉太玄用手背擦乾眼淚，搖搖頭。「沒有，只是想到我馬上要離開了，卻沒有辦法報答侯爺和夫人的恩情，心中愧疚不捨。」

原來是傷別離。

徐保如有些驚訝。「侯爺沒有告訴妳嗎？白淵回有重要案子得查，這次不便帶妳回京，妳還要留在顧家一段日子。」

「真的?!」葉太玄猛地抬頭，眼中帶著淚，但臉上已樂開了花。

她的心情從雷雨轉晴，立時覺得神清氣爽，一把抓住徐保如的胳膊。「徐大哥，你真是個好人，謝謝你！」

「謝我做什麼？」徐保如送她回內院。「妳該謝謝侯爺，侯爺為了妳的事，親身涉險，待妳如親妹一般關照。」

「涉險？」葉太玄頓住腳步。

徐保如說：「為了在紅葉山上困住京城來的死士，侯爺放出姑娘會在中元節前往小雷音寺的消息，引他們入甕。但侯爺不想讓姑娘親身犯險，故而引錦衣衛上門查案，將姑娘留在府中。

「本是一切都安排妥當，只待魚兒上鉤，但侯爺擔心有紕漏，堅持親自上陣。死士們見落入圈套，死路一條，而侯爺又在場，幾十人遂奮力取侯爺性命。這一仗雖不比行軍打仗驚心動魄，卻也是險象環生，好在侯爺武藝高強，才能殺敵脫險。」

之前葉太玄雖未同別人說，但對於這次利用她誘敵上山之事，心中有些微想法。但此時聽徐保如說了前因後果，心跳飛快，小彆扭一掃而空，只剩說不出的感激。

為了她的事，顧南野能以身犯險，她又怎能置身事外？

「徐大哥，這次的死士，是左貴妃派來的嗎？」

關於文妃的死因、葉桃花流落民間的原因，葉太玄已在夢境中了解。

徐保如安慰她。「是。但妳不用擔心，有將軍在金陵坐鎮，她不能把妳怎麼樣。」

葉太玄點點頭，左貴妃是不能對她動手，她卻得考慮替文妃和葉桃花報仇的事了。

顧南野的《西線戰事》不能再寫，接下來的日子，葉太玄又開了新話本，寫起《二妃傳》，正是左嬪丟下臨盆的文妃獨自逃跑，為了掩蓋罪行，刺殺文妃的故事。

為了方便傳唱，《二妃傳》裡的主角們用了化名，一個良妃，一個優嬪。朝代背景和地名也改了，並將起義軍改成蚍穹軍。

她悶頭趕了十來天，捧著寫好的十幾回合去找顧南野，如小學生交考卷般忐忑。有了之前的教訓，她不敢再隨便把話本送出去，想跟他商量商量。

回金陵後，顧南野也很忙，從顧夫人手中接過生意，還有從邊關、京城送來的信，天天有成堆的事要處理。

葉太玄見進進出出思齊院的都是不認識的人，便把話本交給徐保如。「等侯爺空閒下來，請他看看我寫的東西，看能不能送出去。」

徐保如收下她的稿子，應了好。

夜間，終於歇下來的顧南野拿起話本看，隨後吩咐徐保如。「交給夕元安排，尾巴擦乾淨，別讓人查到她身上。」

宋夕元是顧夫人娘家的姪兒，顧南野請他來幫忙打理顧家的琴坊和墨莊生意，他也認識不少曲藝人。

徐保如驚訝。「文妃之事只過去十數年，上了點年紀的人便能猜到《二妃傳》寫的是誰，任由民間傳唱，會不會打草驚蛇？」

顧南野無所謂地搖搖頭。

打草驚蛇又何妨？他想看看左貴妃如何堵悠悠眾口，只要她有動作，就會暴露出左家的黨羽，才方便日後一起斬草除根。

安排好此間之事，他丟下話本，打算去提點作者一番。

內院書房的寬大梨花木桌前，小姑娘在油燈下咬著筆頭，情節卡在良妃被刺殺之後，不知道該怎麼收尾，是不是要給優嬪編個很慘的下場才好？

「咳。」顧南野故意弄出一點聲響。

葉太玄手忙腳亂地站起來，墨點灑在稿子上。

顧南野走進來，看著紙上寥寥幾行字，問道：「最終回還沒寫出來？」

葉太玄有些困擾。「還沒想好怎麼收尾。侯爺，你看了我前面的稿子嗎？這次寫的故事可以傳出去嗎？」

顧南野說：「妳想將左貴妃的罪行昭告天下，自然能傳，但光這樣傳出去，恐怕作用不大。如果妳同意，我要借妳的話本一用。」

「做什麼用？」葉太玄驚訝極了，睜著葡萄般的大眼睛看著顧南野。

原來，雍帝御駕已於七月初十啟程，月底抵達光明關附近的天健城。只要一聲令下，幾日之內，西嶺軍便能收復光明關。

為了拉攏邊關軍隊，朝廷打算收復光明關後，在天健城封賞將士，加之中秋節臨近，屆時會辦熱鬧的筵席，軍民同歡。

「好宴必要配好戲，但《二妃傳》講的是宮妃間的仇恨，不足以在御前獻藝。若妳在最終章裡寫皇帝御駕親征，擊退蚼穹軍，並在陣前斬殺優嬪，親手替良妃報仇，藉此歌功頌德一番，就很適合在筵席上演出了。」

高手啊！

葉太玄眼神一亮，連連點頭。「侯爺好計策！」

顧南野拍拍她的頭。「寫好了送過來，這幾日我就安排人送去天健城。」

葉太玄摸摸自己的頭頂，嘟囔道：「侯爺別拍我的頭，都長不高了。」

前世的曲慕歌是個快一百七十公分的高個子女孩，但時下十三歲的葉太玄只有一百五十公分出頭，每每抬頭看著身材高大的顧南野，都擔心自己長不高。

「想長個子就要多動動，妳天天窩在房裡，必定會是個小矮子。」顧南野賦閒在家多日，竟也有了逗小孩兒的閒心。

葉太玄自尊心受挫，暗暗決定，寫完《二妃傳》後，就加強鍛鍊身體。

《二妃傳》的最終回，不僅加入皇帝御駕親征為良妃報仇的戲碼，葉太玄還仿照前世讀過的〈長恨歌〉，加入良妃魂歸御前，夢中與皇帝灑淚道別的感情戲。

戲裡最後一幕，皇帝抱著良妃留下的孩子，親筆寫下「在天願作比翼鳥，在地願為連理枝。天長地久有時盡，此恨綿綿無絕期」的千古絕句。

顧南野收到完結的話本，看完有些驚嘆，反覆讀了最後幾句詩文，難得誇獎小姑娘。

「文采卓然，的確如母親所說，是可造之材。」不禁有些疑惑，前世的太玄公主有如此資質嗎？他居然沒發現。

葉太玄用厚臉皮強撐著接受了顧南野的誇獎。

她借用詩王白居易的詩打感情牌，是為了讓雍帝感動，想起當年與文妃之間的感情。這樣，以後她進宮，或許還能得雍帝的另眼相待。

顧南野把話本裝進封好的木匣子裡，附上一封信，命馮虎送到天健城太守手中。安排好外面的事，葉太玄道：「夫人讓我問問侯爺的意思，想好中秋宴怎麼辦了嗎？」

一聽這事，顧南野臉色便沈了下來。

這幾天，為著這件事，他跟顧夫人有些置氣。

自顧老爺被顧南野以養病的理由囚在農莊上，總有族親到顧府或顧家的鋪子鬧事。雖然都被范涉水帶人阻攔了，但也有不少流言蜚語傳到顧夫人耳中。

顧夫人擔憂兒子的名聲，不希望他背上「弒父」的罵名，有意藉中秋節辦宴，緩和同顧家族親的關係。

這件事，顧南野卻是十分堅持，不僅拒絕跟顧家族親來往，還不許顧夫人把顧老爺接回來過中秋節。

如此恩斷義絕，像仇人一般。

葉太玄不禁揣測，前世顧家是不是做了什麼非常對不起顧南野的事？

「夫人或許不理解侯爺的決定，但全是為了侯爺的名聲著想，才要同顧家來往。這幾天，夫人睡不好、吃不好，侯爺就別跟夫人置氣了。」

顧南野皺了皺眉頭。

上一世，他家破人亡，只剩自己，可以全然不在乎名聲，但現在不能讓母親被他的名聲所累，還是得有所妥協。

葉太玄見狀，出了主意。「不如一人退一步，中秋宴不請顧家族親，但還是把老爺接來過節，如此也能堵一堵外人的口舌。」

顧南野想了想，伸出手指，煩躁地敲敲桌面，不情不願地點了頭。

葉太玄把消息帶去給顧夫人，顧夫人愁了幾天的臉色，終於舒展開來。

「兒大不由娘，如今小野連我的話都聽不進去，倒是能聽妳的勸。」顧夫人有些吃味。

葉太玄抱住顧夫人的手臂，撒嬌道：「那是因為我說夫人急得吃不下飯，侯爺心疼夫人，才答應的。」

「小機靈鬼。」顧夫人點點她的鼻頭，而後想到一事，道：「過幾日，新太守家的夫人會來家裡做客，我請了幾家本地望族作陪。到時，客人帶來的孩子，就交由妳幫忙接待。」

「啊？我不太懂人情世故，怕是辦不好。」

顧夫人說：「有什麼辦不好？橫豎在家裡，我和辛嬤嬤都在，若有不懂，隨時來問。」

葉太玄只好應下，而後去找辛嬤嬤，問這次要來的客人有哪些，拿了名冊細看。

八月初，新任太守謝兆林剛抵達金陵，便讓自家夫人前來拜見顧夫人，足以見得對西嶺侯的尊敬。

謝太守家中有三子一女，三個兒子已經成年，都在外地當官，唯有幼女謝知音還在身邊承歡膝下。

謝家乃官宦世家，謝夫人亦是書香門第出身，謝知音自幼有才名，是大家閨秀的典範。

葉太玄反覆看了謝知音的名字幾遍，過了好一會兒，才翻向下一頁。

被顧夫人請來作陪的，有衛、梁、林等三戶人家的夫人。

衛夫人是前大學士的兒媳，衛大學士與顧夫人的父親宋太傅是同窗，兩家有故交。

梁夫人是西嶺軍鎮撫梁道定的妻子，梁道定是顧南野的下屬，自然與顧家親近。

林夫人是圍棋國手之女、金陵書院院長的夫人，與顧夫人是閨中密友。

三家在金陵都是有頭有臉的門第，早在顧夫人替顧南野辦接風宴時，已經來過顧家，但葉太玄那時在鬧脾氣，並未見過這些貴客。

看著這些陌生的名字，葉太玄有點慌，她最怕打點人情了，便問辛嬤嬤。「這三位夫人會帶哪些晚輩來做客呀？」

辛嬤嬤搖頭。「這說不定。大戶人家的孩子可多了。」

好吧，那只能兵來將擋，水來土掩了。

第十三章

宴賓客這天，定好是下午赴茶會，再吃晚宴。

葉太玄早早梳妝好，忙碌準備各色點心，等時辰差不多後，跟顧夫人一起在前廳迎客。

來的最早的是梁夫人，其實她比顧夫人年長些，但顧南野是梁道定的上峰，梁夫人遂自降輩分，在顧夫人面前十分恭敬。

她領著一個十歲的小男孩，介紹道：「這是我的孫兒梁曙光。」又對小男孩說：「光兒，快向顧夫人請安。」

十歲的男孩正是活潑的時候，梁曙光聲音洪亮地喊：「光兒給夫人請安。」

顧夫人十分高興，拿了金魚錁子當見面禮，誇讚道：「看這小子長得多壯實，很有梁大人的風範。」又交代葉太玄。「好生招待弟弟。」

梁曙光不怕生，一臉高興地跟著葉太玄去側廳吃點心。

沒忍一會兒，他便問：「這位姊姊，今天侯爺在家嗎？」

葉太玄搖頭。「侯爺出門了。怎麼啦？」

梁曙光有些失望。「我聽爺爺和父親說，侯爺的功夫十分厲害，最近我新學了一套拳法，想打給侯爺看呢！」

原來是顧南野的小粉絲！

顧南野在他人眼中，難得有這樣正向的一面，葉太玄便笑著說：「無妨，下回侯爺在家時，我接你過來玩。」

「真的？姊姊真好！」梁曙光瞬間喜歡上這個親切又漂亮的鄰家姊姊。

不一會兒，謝夫人帶著女兒謝知音來了。

謝知音年方十六，亭亭玉立、嫋嫋娜娜，十分端莊優美，清高卻不孤傲的氣質，讓她有幾分不食人間煙火的感覺。

葉太玄回正廳見到她時，心頭生出幾分親近，暗暗道了聲，果然是她。

前世葉桃花所居的太玄觀有位常客，是皇長子的側妃謝氏。

每次謝氏來太玄觀禮佛，並不主動與葉桃花親近，只是禮貌地打個招呼，便各自做各自的事。

葉桃花與謝氏算不上朋友，但在葉桃花落難時，謝氏卻仗義直言過。

此時，謝知音也在打量著葉太玄。

出門前，母親小心叮囑過她，要她對客居顧家的那位姑娘客氣些。母親雖未明說這位姑娘的身分，但想來十分重要。

只是，她最討厭人前作戲、阿諛拍馬那一套，難免有些心煩，暗自決定要離這個姑娘遠一些。

葉太玄有意親近謝知音，但還未說上話，衛家和林家的夫人結伴來了。

除了兩位夫人，衛家帶上兩個男孩、一個女孩，林家則帶了一兒一女，浩浩蕩蕩一行人，瞬間擠滿前廳。

幾家人在客廳裡互相問好，等人齊了，葉太玄才領著小客人們去後院的簪花閣，把前廳讓給諸位夫人說話。

路上，衛家長子衛長風掃了眾人一圈。

林、梁兩家的人是舊相識，他沒什麼興趣。謝家小姐十分清高，正眼都不瞧他，讓他十分沒面子。只有顧家這個小姑娘，待人和氣，長得又不錯，讓他有些興趣。

「葉姑娘，妳是侯爺的什麼人？沒聽說顧家有姓葉的親戚呀。」衛長風問道。

其餘人也對葉太玄的身分有些好奇，紛紛看向她，聽她怎麼說。

葉太玄道：「我不是顧家親眷，但侯爺與我家有些交情。因為一些緣故，我暫時借居在顧家。」

這個回答十分模糊，衛長風便追問道：「與侯爺有交情，想必不是一般的人家。妳父親是誰？」

葉太玄有些為難，只得說：「普通百姓而已，不足掛齒。」

衛長風有些洩氣，以為她是皇親國戚，搞了半天，是普通民女。顧家讓這樣非親非故的人接待他們，未免太怠慢了。

衛家庶子衛問玉怕場面尷尬，連忙道：「普通百姓能與侯爺有交情，也很不一般。聽葉姑娘口音，像是金陵人？」

「嗯，是的。」

話被岔開後，再無人盤問葉太玄的來歷。

林家兄妹走在一起說話，梁曙光熱情地跟在衛家小姐後面，看來也是熟識的，謝知音則不急不慢地獨自走在一旁。

到了簪花閣，環環端來葉太玄一早準備好的豐盛點心，葉太玄準備主持茶會。

長條桌上，衛長風、衛問玉、梁曙光，以及林家公子林有典坐在一側；謝知音、衛家小姐衛曉夢、林家小姐林有儀坐在對面。

「今日各位光臨顧府，夫人特地備下時興小點和今年新茶，不要客氣，盡情享用。」

梁曙光非常捧場，道：「葉姊姊，這是揚州御香村的千絲糕嗎？聽說這糕點只能吃新鮮的，稍放一些時候，就不脆了。」

葉太玄點頭。「是夫人讓人連夜去揚州買的，今早才送到。」

「哇，厲害，夫人對我們真好！」梁曙光驚嘆道，率先伸手去拿。

衛長風譏諷地笑了下，有些看不起梁曙光。武將出身的家庭，就是沒見識，一盤糕點，也值得他這樣驚張。

全場的人，他只勉強看得上林有典，於是轉頭去跟林有典說小話。

葉太玄見他們倆單獨說話，不好打擾，轉而招呼幾位姑娘。「這是七彩蝴蝶糕，上面的顏色是用鮮花染的，妳們嚐嚐看，還能吃出花香。」

衛曉夢不似她哥哥那麼眼高於頂，和氣地說：「當初聽聞顧家捐建小雷音寺，就知道夫人出手不凡，沒想到糕點也準備得這樣精緻。」

葉太玄笑著道：「各位是貴客，夫人自然格外用心。」又去看謝知音。「謝姑娘是京城人氏，不知道吃不吃得慣這裡的甜點，我還請廚房備了些鹹味的酥餅……」

不待葉太玄說完，衛長風就打斷她。「謝姑娘是從京城來的，想必知道京城最近出了件大事吧？」

謝知音沒有理衛長風。

林有典打圓場。「衛兄說的是皇上御駕親征之事嗎？」

衛長風搖頭。「不是，這件事已舉國皆知，不是什麼新鮮事，但跟它也有關係。」有些賣弄地繼續說：「皇上御駕親征後，命二皇子監國，但錦衣衛藉機為難二皇子，要捉拿二皇子的舅舅，都察院御史左大人。我聽說錦衣衛裡都是皇長子的人，嘖嘖，這是什麼用意，顯而易見啊……」

他貿然說起國事和皇子間的爭鬥，縱然在場的都是孩子，但身為官宦世家的兒女，自然知道他的話非常不妥，場面瞬間安靜了下來。

衛問玉拉拉他的衣袖。「大哥，謠言不可輕信。」

衛長風皺眉。「什麼謠言？肯定是真的！左大人多年為官，向來剛正不阿，錦衣衛查到他頭上去，肯定是為了打壓二皇子。」

謝知音淡淡地笑了笑。「這件事我沒聽說過，但聽說衛公子的父親剛擢升大理寺少卿，負責督辦查案。想必衛公子的消息是從令尊那裡得來，或許是真的吧。」

衛長風得意於自己父親升官，張嘴就說：「那當然……」

「那當然不可能是家父說的！」衛問玉強行接了他的話，解釋道：「父親遠在京城，我們許久沒跟他見面，怎麼會是父親傳的謠言？」

衛長風終於回過神來，惡狠狠地瞪了謝知音一眼。好狡詐的女子，竟然給他下套！

衛問玉和衛曉夢長舒一口氣。好險，他們這個嫡兄，差點坑了爹！

葉太玄也聽出幾分深意，看來謝知音前世會成為皇長子側妃，不是偶然，謝家很早就是皇長子一黨了。

「環環，金駿眉泡好了嗎？」葉太玄打破尷尬，替眾人上茶。「這是福建的金駿眉新茶，現在天氣燥熱，可以在茶中加顆梅子，去暑祛倦。」

林有儀驚訝道：「還能這樣喝嗎？」

葉太玄笑著說：「若是妳願意嘗鮮，在裡面加碎冰和牛乳，味道也極佳。」

梁曙光年紀最小，也最貪嘴，立刻捧場地說：「我要試！」

眾人便看葉太玄搗鼓起奶茶，只餘衛長風一人坐在旁邊生悶氣。

等葉太玄做好奶茶，分給眾人品嘗時，發現衛家兩兄弟已不在席間。她連忙起身去找，卻在簪花閣外的樹叢旁，發現衛長風在訓斥衛問玉。

「你不要總想著壓我一頭，你一個庶子，還想翻天？」

衛問玉向他道歉，安撫道：「不是弟弟駁大哥面子，實在是擔心大哥開玩笑的話傳入侯爺耳中。」

「爺爺與他外祖父有故交，就算他聽到了，還能為這點小事到皇長子面前告我們家一狀不成？」

衛問玉低聲道：「據說趙太守也是二皇子一黨的人，卻被侯爺整死了。而且，這些天侯爺在金陵城裡四處抓人，被抓的或多或少都跟左家有些關係。」

衛長風愣住。「沒聽說顧侯是皇長子的人啊？若他是皇長子的人，皇上御駕親征時，他怎麼不舉薦皇長子監國？」

「顧侯是誰的人，尚不清楚，但他絕不可能是二皇子的人。」

衛長風很是氣惱。「哼，管他是誰的人，不過是個被罷了官、毫無職權、私德敗壞的人，不足為懼。」

衛問玉聽了，著急道：「大哥，咱們在顧府，說話還是小心些。」

衛長風譏笑。「那麼多人看著，他敢做，還怕人說？之前他為了一個雛妓，還在鬧市裡把一個商賈的私宅砸了。」

葉太玄納悶，這又是什麼事？顧府內一點消息都沒有啊。

她尚未想清楚，便聽身後傳出一聲大喊：「不許你說侯爺壞話！」

衛家兄弟嚇一跳，葉太玄也嚇得不輕，然後見梁曙光從屋裡衝出來，直接撲向衛長風。

衛長風是個十七、八歲的少年，但被個十歲的皮實小孩一撲，居然倒在地上。

眼見兩人扭打在一起，葉太玄趕緊喊人來勸架。

衛問玉、林有典將兩人拉開時，衛長風氣得滿臉通紅，罵道：「梁家小匹夫，粗魯至極！」

梁曙光呸了一聲。「你背後說人壞話，不要臉！」

「你這個有娘生、沒娘養的小雜種！」

梁曙光的母親在他出生後就被休棄，他是被祖母帶大的。

被人刺到痛處，梁曙光大叫一聲，居然掙脫林有典，又撲上去，與衛家兄弟打在一起。

在場的人全傻了。

前廳裡，幾位夫人和樂融融，湊齊一桌，摸起了骨牌。

顧夫人在謝夫人後面幫她看牌，見葉太玄氣喘吁吁地跑來，便知道出了事，連忙起身問道：「小玄兒，怎麼了？」

葉太玄喘著氣說：「衛大公子和梁小公子打起來了。」

夫人們大為吃驚，紛紛丟下骨牌站起身，隨葉太玄趕去簪花閣。路上，顧夫人問葉太玄。「好端端的，為何打架？」

葉太玄小聲在她耳邊說。「衛大公子妄議國事，編排侯爺的是非，梁小公子替侯爺打抱不平，這才打起來。後來衛大公子又罵梁小公子沒娘養，就越發不可控制了。」

顧夫人一驚，露出尷尬神情。

其餘幾個沒聽見的夫人卻十分會看眼色，當即便知道孩子們怕是說了、做了什麼不合適的事，為了各家情面，誰也不再追問打架的原因。

到了簪花閣，衛、梁兩位夫人領了自家孩子，各自一頓罵。

衛長風自知說了不該說的話，還被人聽到，悶頭不說話，但兩眼都氣紅了。

梁曙光被祖母教訓，十分不甘，想要爭辯，卻被梁夫人吼道：「給我閉嘴，你先動手還敢狡辯，回去讓你爹家法伺候！」

顧夫人從中勸和，衛夫人和梁夫人各自道歉，兩個打架鬧事的孩子則先讓家丁送回去。

「哥哥被十歲的小孩打，真是丟死人！」衛曉夢拉著自己的庶兄，覺得實在待不下去，也一起先回府了。

衛問玉走之前，驚疑不定地去看葉太玄，不知道她偷聽到多少。

衛家跟梁家人走了，只餘下林、謝兩家客人。
林有儀覺得今天的事啼笑皆非，搖頭對林有典說：「看來母親說得很對，以後你少跟衛長風來往。」
葉太玄向餘下的客人道歉。「招待不周，請見諒。」
林有儀解圍道：「這與妳不相干，衛長風肯定是說了梁家小弟弟不愛聽的話，才打了架。他因為嘴壞招惹人的事可多了，妳若想聽，我可以說一天。」
林有典阻攔妹妹。「這有什麼好說的，罷了罷了。」
謝知音也開了口。「我在京城聽說林家棋藝了得，林姑娘可有興趣賜教？」
林有儀的外祖父是國手，對自己的棋藝十分有自信，便進簪花閣和謝知音下棋去了。
葉太玄對圍棋一竅不通，便坐在棋桌旁想著心事。
林有典雖會下棋，但志在詩詞書畫，懸掛在棋室裡的一組畫卷引起了他的注意。
畫卷共有四幅，畫旁有題詞，組成一個故事，正是葉太玄之前根據〈長恨歌〉改寫的「長生殿」。
「排空馭氣奔如電，升天入地求之遍。上窮碧落下黃泉，兩處茫茫皆不見……這組『長生殿』是誰畫的，題詞是誰寫的？」林有典激動地問。
知道這首詞的，除了她，也只有顧南野了。
葉太玄含糊其辭。「這……這是侯爺根據最新的新戲《二妃傳》作的畫。」

林有典滿臉欽佩。「好畫！好詞！以前只聽聞顧侯行軍打仗厲害，沒想到書畫也這麼有水準。」

落子之餘，林有儀看他一眼。「顧侯怎麼說都是宋太傅的外孫，詩詞書畫哪裡會差？」

林有典連連點頭。「是的是的，世人說他只會逞匹夫之勇，可見他們所見所知，僅是片面。能畫出『長生殿』此等深情畫作的人，心中自有一片芬芳天地。」

無意間，顧南野又多了一個小粉絲。

葉太玄眨眨眼，似乎知道該怎麼挽救顧南野的名聲了。

她將畫作取下，遞給林有典。「若你喜歡，便帶回去慢慢欣賞，下次來府中做客時，記得歸還就行。」

「可以嗎？要不要先請示侯爺？」

「不要緊的，既然掛在茶室，就是供人賞玩。如果是顧侯私藏的墨寶，必會留在他自己的書房。」

林有典是半個書畫癡，憧憬道：「要是能欣賞侯爺私藏的墨寶，該多好啊，定然有很多宋太傅的孤本。」

「我幫你問問，侯爺很和善，說不定會答應。」

林家兄妹、謝知音聽了，齊齊看向葉太玄，以為自己聽錯了。

他們承認顧南野是文武全才，但說他和善……有些誇張吧？

林有典哈哈笑了兩聲，敷衍過去。

晚上，顧南野回府，向顧夫人請安時，聽說了家裡的熱鬧。對於衛長風之舉，他並未多作評價，似是早已知道他們的立場一般。

顧夫人感慨。「可憐光兒那個孩子，是為了維護你才打架。我雖同梁夫人好生說了一番，但她回去後，怕是仍會責罰光兒。」

葉太玄乘機提議。「侯爺，曙光弟弟非常崇拜你，想讓你指點他的拳法，你能抽空見他嗎？也算是安慰他因你而受罰了。」

顧南野瞄她一眼，對顧夫人說：「最近母親太慣著太玄了，如今她慣會拿我當槍使，聽說今天還擅自把我的畫作送出去。」

「不是送，是借。」葉太玄糾正他。

顧夫人掩嘴笑道：「慣便慣了，我瞧著沒什麼不妥。」

顧南野搖了搖頭，一副拿母親沒辦法的樣子。

第十四章

顧南野請完安，離開顧夫人的主屋時，葉太玄也悄悄跟出來。

顧南野在廊下駐足，問道：「有事找我？」

葉太玄左右張望，牽著他的袖角，走到角落裡，低聲開了口。

「今天衛長風跟梁曙光打架時，說侯爺在鬧市裡搶了一個……雛妓回府。這件事，夫人還不知道，但今天鬧了這樣一場，難免會有些風聲，若夫人知曉，必會生氣追究，侯爺要想好怎麼應對才是。」

「嗯。」顧南野平靜地應了聲，垂眼看看小姑娘的手還揪著自己的衣服，又問她。「還有事？」

葉太玄糾結一會兒，最終鼓起勇氣，抬頭望著顧南野，認真說道：「侯爺已到了說婚論嫁的年紀，夫人私下也常為此事憂心，只因擔心侯爺另有安排，所以沒有擅自做主，替侯爺張羅。現在侯爺有這方面需要，也是正常，可以跟夫人說，還是不要去找娼妓，就算長得再好看，於身體、名聲都不好。」

顧南野錯愕地笑了，盯著小姑娘晶亮的眼神，一本正經地問：「這方面的需要，是什麼需要？」

葉太玄臉紅了，小聲道：「侯爺，你明知道我的意思。」

顧南野用手指敲敲她的腦門。「那是我爹的風流債。」

葉太玄一聽，驟然輕鬆下來。自她聽衛長風說了這件事，心中就跟墜了石頭一樣。

「喔……是老爺的外室啊？」

自從顧老爺被顧南野送去外面的莊子養病，他養在外面的那些女人就斷了財路。有些找到顧家或顧家親戚那兒的，顧南野都處理了，偏有個起了歪心思的。

那外室名叫蘭娘，娼妓出身，跟了顧老爺十多年，還生了女兒顧盼兒，今年八歲。

沒了顧老爺當倚仗，蘭娘嫌女兒是個拖累，帶著顧盼兒重新回到過往營生的勾欄，並對外四處張揚，說顧盼兒是顧南野的妹妹，意圖喊高女兒的身價。

一個富商出高價買走了顧盼兒，剛把人帶回去，家就被顧南野帶人砸了。

葉太玄聽得目瞪口呆。「她才八歲啊。」比葉桃花還慘。

又一個賣女兒的人，這到底是什麼世道？

顧南野嘆了口氣。「是啊，才八歲。」

「那……她現在在哪兒？」葉太玄問。

顧南野搖頭，沒有說出顧盼兒的下落。他不想讓顧夫人不高興，更沒打算把顧盼兒帶回顧府。

葉太玄也嘆氣，有個這樣的爹，還真是難過。

她曾聽辛嬤嬤私下說過，顧老爺在外養了很多外室，生意做到哪裡，女人養到哪裡，私生子、私生女也不少。

現在那些女人和孩子聯繫不上顧老爺，必然都找上顧南野，不知他是怎麼處理的。女人可以給錢打發，還好解決，可孩子就不好辦了。

「這些孩子，你打算怎麼安置？」葉太玄問。

對葉太玄來說，這或許很難；但對顧南野來說，根本不是問題。

雍朝每年打仗，死了那麼多士兵，家中留下的孤兒不計其數，沒有族親收養的，全歸由撫恤司教養。

撫恤司教授他們技藝，也有人到撫恤司領養孩子，朝廷會安排他們的生活，直到婚嫁。

顧南野便是把這些孩子全送進撫恤司了。前世，葉桃花的三個孩子，也是他親自安排過去的。

顧南野突然想起以前的事，再看看眼前的小姑娘，感覺有些不真實。

他差點忽略了，她曾是人母，並非真是不諳世事的小姑娘，難怪會跟他說什麼需求之類的話。

至於葉太玄，心頭的顧慮被消除後，便安心回房了。

葉太玄睡了個深沈的覺。

在這個盛夏的夜裡，她作了一場大雪紛飛的夢。

葉桃花穿著白色斗篷，站在養心殿外的廣場上，幾乎要與積雪融為一體。

她懷裡抱著一團厚重的包袱，面容憔悴，正翹首等人。

一行人從養心殿裡走出來，葉桃花激動地上前，眼見就要走上臺階，卻突然被兩個衝過來的太監拉走。

「你們放開我，我把東西給他就走，讓我過去啊……」

太監不顧葉桃花的喊叫，將她拉到養心殿側面的角門，有個宮妃等在那裡。

葉桃花還未站定，就被一隻纖長白嫩的手摑了一掌。

「養心殿是妳能亂闖的地方嗎？不懂規矩的東西，還不滾回妳的太玄觀去！」

葉桃花雙手緊緊攥著包袱，含著淚道：「娘娘，求您讓我把東西交給侯爺，雪這麼大，天氣這麼冷，也不知道孩子們穿不穿得暖。他們還小，求娘娘發發慈悲吧。」

那位宮妃冷笑道：「妳還有臉提妳生的那些孽種？皇上怕妳傷心，不願告訴妳，那本宮不妨說說實話，那幾個讓皇家丟臉的東西，早就被處死了！皇上把他們交到顧南野手中，怎麼可能留活口？」

葉桃花聽了，眼睛驀地睜大，難以置信地跌坐在雪裡。

「不會的，父皇答應我會好好待他們……他們沒有錯，他們是無辜的啊！」

宮妃嫌棄地看著倒在雪水裡的憔悴女子，吩咐太監。「把她拖回去，讓外臣看到，又要丟本宮的臉。」

葉桃花受到刺激，如生神力，猛地甩開太監，向養心殿外的人群狂奔而去。

顧南野遠遠便看到剛回宮的太玄公主如瘋婦般向他跑來，安靜地駐足等她。

葉桃花狂奔一陣，脫了力，在臺階的盡頭摔倒在顧南野面前。

她奮力伸手，揪住顧南野的衣襬，嘶喊道：「你這個禽獸！你殺了我的孩子，把我的孩子還給我！」

顧南野單膝跪地，雙手扶住葉桃花，平視著她，冷靜道：「太玄殿下，孩子們很好。」

葉桃花滿臉是淚，頭髮黏在臉上，狼狽不堪，唯有一雙黑亮眼睛目光逼人，滿是恨意。

她搖頭，不肯相信顧南野的話。

「你騙我，你們都在騙我！既如此嫌棄，為什麼要找我們回來？不如讓我們母子在外頭自生自滅！」

顧南野扭頭看看快追到這邊來的宮妃，對葉桃花說：「太玄殿下，我以戰死士兵的亡魂保證，妳的孩子很好，妳可以信我。」

葉桃花哽咽著望向他，雙手緊緊握住他的手腕，一字一句說道：「我要我的孩子！」

最後，葉桃花逃不過，還是被宮妃帶回去了。

過了些日子，一只裝著紅豆手串的荷包，由白淵回送到太玄觀。

「顧侯讓我把這個轉交給妳，請妳放心。」

葉桃花捧著手串，痛哭流涕，這是她做給大女兒的，他們都還活著。

葉太玄感受著葉桃花起伏的激動心情，彎了彎嘴角，默默說道：「永遠可以相信顧南野……」

白淵回安慰著葉桃花。「皇上是為了妳好，才把妳和孩子分開。顧侯已妥善安置孩子們，妳不要太掛心了。」

葉桃花擦擦眼淚。「是我錯怪西嶺侯了。你知不知道他什麼時候會進宮，我想向他當面道歉。」

白淵回搖頭。「他出了事，馬上要被貶去南海平定海患，這陣子恐怕見不到了。」

「他不是深受父皇信任嗎？怎麼被貶了？」葉桃花憂心地問。

「顧侯的父親跟扶桑人做海上生意，竟然偷賣了雍朝的海軍巡防圖。扶桑海寇繞開海軍，將沿海城鎮洗劫一空。顧侯親手捆了父親到殿上請罪，但大錯已鑄成，皇上留了他的性命，貶為前鋒，命他去南海戴罪立功。」

葉桃花聽了，心猛地繃緊。

葉太玄的心也重重沈下。

早晨醒來時，葉太玄多了幾分心事，坐在床頭，半天沒回神。

難怪顧南野那麼恨他父親，不僅因為顧老爺對不起顧夫人，更因為顧老爺通敵叛國。

想到馬上要到來的中秋節，他得多麼隱忍，才能答應接顧老爺回來過節？

葉太玄心中為顧南野不平，他終其一生都在為國、為家付出，卻背負著顧家所有拖累，承擔舉世的罵名，憑什麼這樣不公？

因有心事，連續幾天，葉太玄的心情都不好。

顧夫人以為她是為沒辦好茶會的事自責，想方設法去寬慰她。

「小玄兒，林家兄妹約妳一起去天音閣看新出的《二妃傳》，妳快跟他們去吧，多交些朋友是好事。」

葉太玄默默搖頭。

顧夫人關切地問：「妳不喜歡跟林家兄妹一起玩嗎？」

葉太玄搖頭，解釋道：「不是，明天就是中秋家宴，家裡事情多，我想幫您準備。」

顧夫人笑著說：「家裡這麼多人，都快準備妥當了，妳只管出門玩去。」

葉太玄依然搖頭，卻提議道：「今天不想出去，但聽說明天秦淮河邊有燈會，到時候讓侯爺帶我們去看吧。」

顧夫人有些猶豫，以顧老爺目前的狀況，並不適合外出。但不帶上顧老爺，外人只看到他們母子，不知又要編出什麼樣的謠言。

葉太玄似是看透顧夫人的顧慮，道：「夫人請老爺回府過中秋，是想讓大家都看到老爺還好好的，消除那些侯爺弒父的流言。既是這樣，就該去人多的地方，被更多人瞧見。」

顧夫人覺得這是個好主意，又怕路上出意外，萬一顧老爺當眾說出什麼不好聽的話，該怎麼辦？

葉太玄說：「不如跟侯爺商量，聽聽他的意思？」

顧夫人點頭，葉太玄便跑去思齊院找顧南野了。

顧南野正在思齊院裡見客，聽說葉太玄來了，便讓徐保如帶她進來。

葉太玄高興地進屋，冷不防看到屋裡有陌生人，嚇了一跳。

坐在顧南野對面的男子穿著墨竹圓領袍，面容俊逸，乍看之下，跟顧南野有幾分相像。但他氣質溫潤，仔細看，跟顧夫人更神似。

葉太玄心中尋思著，難不成這位也是顧南野的私生兄弟？

男子站起來，看著葉太玄，問顧南野。「她就是慕北姑娘？真的好小。」

顧南野頷首，而後對葉太玄說：「太玄，這是宋家七公子，天音閣主宋夕元。妳的《二妃傳》就是交由他編成戲曲的。」

方才宋夕元跟顧南野議事時，正好說到《二妃傳》和葉太玄。

《二妃傳》的故事波瀾曲折，將恨意寫得深沈，愛意寫得纏綿，宋夕元以為作者是個久經世事之人，聽顧南野說葉太玄只有十三歲，非常驚訝。

顧南野還誇獎，說葉太玄最難得的一點，是知世故而不世故，不禁讓宋夕元對這個姑娘極為好奇，遂不住地打量葉太玄。

葉太玄也打量著宋夕元，心道原來是顧夫人的姪兒，難怪有些相像。

葉太玄向宋夕元問好，宋夕元溫和地笑著說：「今天下午，《二妃傳》試演，明天中秋節正式上場，慕北姑娘務必來看看。」

葉太玄轉頭對顧南野說：「我正好要跟侯爺商量中秋夜出遊的事。侯爺，明天晚上你能帶老爺、夫人一起去看《二妃傳》嗎？聽說河邊還有花燈，舉家出行，美事一樁。」

顧南野聞言，臉色沈了下來。

宋元夕清楚顧家父子的關係，以為小姑娘不懂事，惹顧南野生氣了，連忙打圓場。「天氣燥熱，顧老爺身體不便，恐怕不妥。」

葉太玄卻是堅持。「老爺身上的燙傷，想必早就好了，哪有什麼不便？他被禁足在莊子裡數月，心中肯定積怨頗深，是時候出門散散心了。」

宋夕元沒想到小姑娘這麼不怕死，敢跟顧南野對著幹。

顧南野的面色十分不好看，揮了揮手，對宋夕元說：「你先去忙吧。」

宋夕元著急道：「慕北姑娘年紀小，你別嚇到小孩子……」

顧南野陰沈地掃他一眼，宋夕元立刻閉嘴，轉身出去了。

「妳想做什麼？」

顧南野聽出葉太玄話中有話，但他不明白她把顧老爺帶出門的目的。

葉太玄道：「聽說，蘭娘又在暖香閣接客了。」突然說了句不著邊的話。

顧南野皺眉。「妳去暖香閣了？」

葉太玄有些心虛。「我只在門口看一眼，找個丫鬟問了幾句話。」

顧南野嚴厲地說：「那娼婦如何，跟妳沒半點關係，妳去那種地方打聽她幹什麼？」

葉太玄便將心裡盤算了幾天的主意說出來。

「顧老爺要是知道蘭娘把女兒賣了，還這麼快就找別的男人，定然會生氣。他一生氣，就容易衝動，上次因為煙娘的死，他能拿匕首刺夫人，這次誰知道他會怎麼對蘭娘？

「明日中秋夜出遊，正是好時機，趁著人多，在秦淮河邊稍作安排，說不定老爺就會衝動行凶，到時候由官府出面處決他，就可以拔出侯爺的心頭刺。」

好厲害的主意，兵不血刃，幾句話便收拾了兩條性命！

啪！顧南野把茶盞摔碎在葉太玄面前。

葉太玄嚇得連連後退，面色蒼白如紙。

「葉太玄！」顧南野森然質問。「誰教會妳這些陰謀詭計？顧家如何，跟妳有何關係？我顧南野與妳又有什麼關係?!」

他真的憤怒了。

前世，葉桃花不管受了多少人欺凌，都未生過害人的心思。

他一直很慶幸，重生的她還保有一份純真和善意，沒被這骯髒的世間污染。他還誇她，知世故而不世故。

可是，現在她居然跟他說出這些陰謀算計，更可恨的是，她不是為了自己，而是為了替他拔除心頭刺！

這世間有他顧南野一隻魔就夠了，若他拚命守護的這些人也變得不擇手段，他所做的一切，還有什麼意義？

葉太玄背靠著牆，瑟瑟發抖。

縱使平日素來陰沈嚴肅，但真正憤怒的顧南野卻如一隻要吃人的猛獸，彷彿下一刻就會要人性命。

葉太玄嚇得哭出來，不知道自己哪兒錯了。

「我……我只是覺得……」

顧南野不待她說話，便一掌打到她耳邊的牆上，俯視著她。「妳覺得如何？覺得是為我好？覺得主意很妙？還是覺得，我該稱讚妳？」

葉太玄雙手捏成拳，放在嘴邊，克制著自己的哭聲。

「我只是覺得命運對你太不公平了，我想跟你一起分擔，不想看你孤軍奮戰。」

顧南野沈默了好一陣子，看著不斷抽噎的小姑娘，終是嘆了口氣，用滾燙的大手抬起她的下巴。

兩人對視著，顧南野認真地說：「前世的命運或許對妳我都不公，但我們有個重新再來的機會，這已是最大的幸運。可妳跟我不同，我生在阿鼻地獄，雙手注定沾血，妳明明可以乾乾淨淨地過一生，不該碰這些事。」

葉太玄倔強地看著他。「你我沒有什麼不同，沒有誰生來就該去做那些髒事，也沒有誰生來就該聖潔高貴，我們都是為了保護自己所珍惜的東西。」

顧南野一怔。

小姑娘是說，她要保護他嗎？他還是頭一次聽人說要保護他，感覺很奇怪。

葉太玄發現自己說了什麼，有點慌，連忙別過臉。

「侯爺是我的恩人，你把我從地獄裡救出來，為了報恩，我也要幫你。如果幫不了你，那咱們一起待在地獄好了。」

顧南野後退幾步，與葉太玄拉開一些距離，審視著她，突然察覺，自己犯了大錯。眼前的人，稚嫩的外表讓他忽略了真正的葉太玄是成熟女子，並不是個小孩。

雖然不太確定，但他多少察覺到葉太玄對他的心意。

如果真是這樣，可不太妙。

他背過身。「這件事到此為止，以後不要再提什麼算計之事。我的事情，我自有安排。妳下去吧。」

葉太玄心中委屈不已，但也只能這樣了。

待葉太玄走後，徐保如小心翼翼地進了書房。

看著一地的碎瓷片和臉色黑沈的顧南野，他低聲問道：「侯爺，出了什麼事嗎？」

顧南野思量後，道：「你進京一趟，通知白淵回，儘快把葉太玄接過去。」

徐保如有些疑惑，想問原因，但打量一地的狼藉後，還是明智地選擇了閉嘴。

第十五章

這個中秋節，顧家過得平淡無奇。

因為長期喝藥，顧老爺回到府中，昏睡的時候多。而顧南野和顧夫人，誰也沒再提出去看花燈的事。

葉太玄被凶了一頓，還洩漏了心事，中秋過後，便有些躲著顧南野。

顧南野亦未再單獨跟葉太玄說過話。

葉太玄從未覺得日子過得這麼無聊，這日收到林有典的帖子時，毫不猶豫就答應了。

自林有典借得「長生殿」的畫作後，便對《二妃傳》起了興趣，不僅去天音閣看了幾次演出，還要在金陵學院裡舉辦一場賞畫雅集。

葉太玄沒參加過雅集，便去請教顧夫人，問問有沒有什麼規矩。

顧夫人很高興葉太玄能出去多交朋友，替她出主意。

「參加賞畫雅集，需要帶一幅畫作給大家共賞。小野有一幅『金雞晨鳴圖』，意在敦促賞畫者聞雞起舞、勤奮向學，很適合帶去金陵學院。」

葉太玄點頭。好幾天沒跟顧南野說上話，如今有了正當理由，便惴惴不安去了思齊院。

守在思齊院外面的人變成了范涉水，葉太玄跟他說明來意之後，范涉水便進去通報。過了一會兒，范涉水抱著一個畫匣出來，遞給葉太玄。

葉太玄悶悶不樂地接過畫匣，三步一回首地走了。

顧南野竟然不見她。

葉太玄驀地想起，前世雍帝曾經想把葉桃花賜婚給顧南野，卻被顧南野明確拒絕。

完了完了，她怎麼就忘了？如今他肯定是討厭她了。

難過而壓抑的心情一直困擾著葉太玄，直到她前往金陵學院參加雅集那天，也是精神萎靡的樣子。

林有典借金陵書院的聖賢院辦雅集，除了與他交好的同窗，還請了葉太玄、謝知音。

葉太玄在門口遇到正在和謝知音說話的林有儀。

三人打了招呼，一起走進書院。

聖賢院中有一面聖賢壁，上面刻著雍朝開國三百多年來的十二位聖賢傳道受業解惑圖。

葉太玄只知孔孟，不知道雍國十二聖賢，十分好奇地觀望。其中有一位名叫宋勿的老先生，正是顧南野的外祖父宋太傅，她不禁多看了幾眼。

參加雅集的人不少，畢竟誰也沒見過顧南野的畫作，都想看看這個名聲顯赫、武將出身的侯爺，到底有幾分功底。

林有典迎上前招呼葉太玄，見她手上抱著畫匣，驚喜問道：「是侯爺的墨寶嗎？」

葉太玄搖搖頭，林有典有些失望，但也不要緊，請她們入座，等待雅集開始。

幾人方坐定，一個青年站出來，沒好氣地說：「林賢弟，咱們書院的雅集向來不請外人，你可不能破壞規矩啊。」

林有典解釋道：「胡兄，今日要鑑賞的『長生殿』，是葉姑娘借給我的，我邀請她過來，有何不妥？」

青年名叫胡海生，聞言道：「『長生殿』又不是她的畫作，一個沒讀過書的鄉下丫頭，憑什麼坐在這兒？還賞畫？笑死人了。」

林有典氣得不得了。「胡海生，注意你的言詞，不要在我的雅集上鬧事！」

林有儀有些憤慨，低聲對葉太玄說：「肯定是衛長風教唆胡海生鬧事的。」

這次林有典特意沒請衛長風，衛長風被排擠在外，心中有氣，而胡海生又是常跟衛長風廝混在一起的人，自然幫著他了。

這時，一向少言的謝知音說話了。「我也不是金陵書院的學生，按照胡公子所說，亦不該坐在這裡。不過，既然是賞畫雅集，自然該以畫作論資格，對嗎？」

雅集有雅集的規矩，謝知音說得倒沒錯，胡海生不好強行爭辯。

「既如此，請大家先行鑑賞我和葉姑娘帶來的畫作，再決定我們有沒有資格欣賞你們的作品吧。」

說罷，謝知音先將自己帶來的畫取出來，是一幅前朝書畫名家的山水圖。

「正德先生乃山水名家，他的畫作，自然夠資格。」林有典說道，沒人反對。

接著，眾人看向葉太玄，等著她展示畫作。

葉太玄起身，搖了搖頭，打算回去。

今天她本就情緒不佳，參加雅集之後，只覺得是一群富家子弟湊在一起攀比炫耀，沒意思透了。

什麼雅集？俗集才對。

胡海生見她不肯拿出畫作，立刻起了興致，攔道：「既然帶來，就展示出來讓大家看看，免得大家說我冤枉妳不夠格。」

謝知音也有些疑惑，看葉太玄帶來的畫作是用最珍貴的金絲楠木裝著，畫匣子底部還烙著宮中庫房的印章，應是宮中收藏之物才對，所以剛才才敢幫她說話。

「我夠不夠資格，輪不到你來評斷。」葉太玄心裡煩透了，只想回去。

胡海生打定主意要讓葉太玄丟人，伸手推開她，搶過畫匣子，粗魯地丟在桌上。

謝知音心驚不已，嚴肅道：「你當心些，這是御賜之物！」

胡海生一愣，又一笑。「她能有御賜之物？妳哄傻子呢。」三兩下打開匣子，抖開畫卷。

「哈哈哈，一隻大公雞，就這水準……」

林有典立時睜大眼睛，趕緊過去護住桌上的畫。「這是宋勿先生的『金雞晨鳴圖』！」

滿場譁然，大家紛紛湧上前。

宋勿不僅是雍朝十二聖賢之一，也是雍帝的帝師，這幅「金雞晨鳴圖」，正是宋勿為了鞭策還是皇子的雍帝勤勉學習而作。

早年，雍帝日日將這幅畫掛在龍床前，但宋勿先生早逝後，便將這幅畫收藏起來，誰也不知道他把畫作賜給顧南野了。

鞭策過皇帝，且被皇帝珍藏的畫作，地位自然不一般。

學子們將這幅畫傳得神乎其神，只因當初雍帝懸掛此畫時，勤勉執政，是個日理萬機、心繫天下的賢帝，但自從他取下這幅畫後，開始懈怠，雖不至於變得昏庸，但其表現，也不好評說就是了。

葉太玄在聖賢壁上看到宋勿先生的壁畫時，認出畫作上的印章，知道顧南野和顧夫人給了她怎樣的畫，也是怕畫作被胡海生等人損壞，所以才不願展示。

她匆匆上前，收好畫作，抱起畫匣。「有些人不配欣賞這幅畫。我先告辭了。」

胡海生氣得咬牙，狡辯道：「妳不敢給我們看，肯定是贗品！就妳這種阿貓阿狗，怎麼可能有真的『金雞晨鳴圖』？」

「就她這種阿貓阿狗？」

一道男聲從門口傳來，大家紛紛轉頭看去，見宋夕元和白淵回結伴走進聖賢院。

宋夕元不僅是天音閣主，還是金陵書院的琴藝先生。

老師來了，學生們如老鼠見了貓，不敢出聲。
但剛剛說話的並非宋夕元，而是白淵回。
白淵回上前，打量葉太玄一下，見她沒受什麼傷，這才轉身看向胡海生。
「我京城白氏家的姑娘，是什麼阿貓阿狗？你給我說說？」
胡海生的臉色瞬間變了。
京城姓白的人很多，但敢說自己是京城白氏的，只有一家。
雍朝幾百年間，京城白氏出過兩后四妃，其餘嬪妃更是不計其數。光是兩后四妃養育的皇子和公主，就有數位。
白氏與皇家宗室的姻親關係錯綜複雜，雖是外戚，但素有雅名，是少數能屹立多朝而不倒的世家，地位卓然。皇家和朝臣皆以能娶到白氏之女為榮。
林有典兄妹、謝知音以及其他人好奇地看向葉太玄，沒想到她竟然是白家的人。但這樣就說得通了，為什麼她能客居顧府，為什麼顧家肯把御賜的畫借給她，一切便順理成章了。
最錯愕的是胡海生，衛長風交代他辦這件事時，明明說葉太玄是鄉下姑娘，在顧府也不過是丫鬟般的地位。
「你爹是誰？」白淵回問道。
胡海生怕了，他爹只是七品小官，不然他也不必討好衛長風，他們家怎麼也得罪不起白家啊，便向宋夕元求情。

「宋先生，幫幫我，我只是替人辦事……」

宋夕元和氣地拍拍他的肩膀。「在學院仗勢欺人是很不好的事，請你父親來一趟吧，我和白大人要跟他談一談。」

胡海生徹底腳軟了。

白淵回的解圍，並沒有讓葉太玄覺得開心，見他去而復返，心中明白，自己恐怕要被帶去京城了。

她不喜歡白家，雖然那是葉桃花的外家，但前世在葉桃花最難熬的時候，白家沒有幫過她，總是避著她，怕葉桃花這個污點染了白家聖潔的名聲。

除了白淵回時不時到太玄觀探望她，白家似乎沒人關心她過得好不好。

一路沈悶地回到顧府，葉太玄甚至沒有跟白淵回說一句話。

白淵回有些尷尬，宋夕元安慰道：「剛才她被欺負，肯定心情差，小孩子嘛，過一會兒就好了。我們先去跟侯爺商量後面的安排吧。」

思齊院中，馮虎正在向顧南野稟報天健城的事。

「……皇上看了《二妃傳》，當眾痛哭，連夜命人作法事憑弔文妃，還寫了八百里加急的文書，敕令二皇子立刻行監國之職，徹查左致恒一案……」

范涉水敲門，將宋、白二人領進來。

顧南野向他們點點頭，指著對面的太師椅。「坐吧。」

白淵回客氣地對顧南野行禮，這才坐下。

顧南野將馮虎呈上來的邸報遞給白淵回。

白淵回看了，精神為之一振。「萬事俱備，只欠東風，這次回京，必讓左致恒下馬！」

顧南野卻搖搖頭。「除掉一個左致恒並不難，難的是左貴妃。」

白淵回犯難了。

這段日子，錦衣衛查出不少左致恒濫用職權、迫害同僚的罪證，如今雍帝下令徹查，左致恒必將下馬。

但左貴妃在後宮做的惡事，目前只得月嬷嬷的證詞。

左貴妃生了兩個皇子，其中二皇子還行監國之職，地位在後宮十分超然，哪怕他帶著月嬷嬷的證詞回京，也不一定能把她拉下來。

「皇上肯動左家，必然也懷疑左貴妃迫害文妃娘娘了，但咱們的證據到底還是不足。」

顧南野敲敲桌子。「我再給一個人，琉慶宮掌令魏公公。如此能保證除掉左貴妃嗎？」

白淵回激動地站起來。「那個老狐狸原來是被你捉了，難怪我翻遍京城內外都找不到。只要撬開他的嘴，左貴妃就完了！」

顧南野點頭。「你帶太玄回京後，不要急著送她進宮，待左貴妃事了了，再奏請皇上接她回去吧。」

及了。」

白淵回感激地說：「還是侯爺想得周全。不然太玄回宮後，我們都在宮外，可就鞭長莫

方才宋夕元一直沒說話，見他們商量完，這才對白淵回說：「依我看，還是等皇上下旨承認太玄姑娘的身分後，再送她進京。方才你在書院也看到了，有些捧高踩低的，就喜歡欺負人，縱然有侯爺和白家替她撐腰，也會有人因為她的出身而欺負她。到了京城，更是如此。」

顧南野抬起眉眼問道：「書院出了什麼事？」

宋夕元簡單把事情說了。「……雖然是孩子們之間的欺凌，但這種事最是傷人。等皇上與她相認時，再接她進京，豈不更周全？」

顧南野想了想，狠心道：「縱然她回宮做了公主，也會有人因為她在民間長大而欺負她。這樣的事在所難免，只能靠她自己應對，早回京早適應吧。」

宋夕元和白淵回對視一眼，顧家不願再留葉太玄，他們倆也不好多說什麼。

待出了思齊院，宋夕元私下去找范涉水，問道：「范大哥，出了什麼事，為何侯爺這麼急著送太玄走？中秋前，他還跟我說要帶夫人和太玄去揚州巡查莊子，讓我準備接待呢。」

范涉水搖頭。「我也不清楚，只知道現在侯爺和玄兒姑娘互不搭理，許多天沒說話。」

宋夕元更納悶了。

另一邊，葉太玄獨自坐在房中，看著桌上的畫匣子，暗自出神。

過了一會兒，似是心中決定什麼一樣，她喊來環環，吩咐道：「將畫送回思齊院吧。這是御賜之物，當心些。」

環環詫異地接過畫匣子。「我去送嗎？」

以往給思齊院送東西、傳話，葉太玄都是親自去的。

葉太玄點頭，讓她趕緊去。

前世今生，顧南野對她的態度都很明顯，先前已經打算送她走，是她厚著臉皮留下來。事不過三，以後還是不要再給他添麻煩了吧。

之前，顧南野一而再地救她，讓她產生錯覺，現在她終於明白，原來她之所以特殊，是因為葉桃花的身世。

她葉太玄對顧南野而言，什麼也不是。

葉太玄上床，把自己埋進被子裡，不斷說服自己要堅強、要獨立，不能把依靠顧南野當成習慣。

以後沒有顧家，沒有顧南野，萬事都得靠自己。

幾聲敲門聲傳來，葉太玄從床上起身，擦擦眼睛，走過去開門。

她以為是環環回來了，開門時說道：「怎麼這麼快，妳飛過去的啊？」定睛一看，卻是白淵回。

今天是他們第三次見面。第一次在船坊，第二次是辦案，這次，白淵回終於可以直截了當地跟她說出他們的關係。

白淵回有些拘束，對葉太玄笑了笑。「我來看看妳。能進去說話嗎？」

葉太玄讓開身子，請他進來坐下。

白淵回緊張地說：「侯爺說，妳已經知道自己的身世了？上次見面時，我還發愁，該怎麼告訴妳。這麼多年，皇上和白家不知道妳還活著，一直沒去找，讓妳流落民間受苦。」

葉太玄強顏歡笑。「你不必這樣說，當年我被抱走，不是你們的錯，怎麼會怪你們？」

白淵回長舒一口氣，總算安心了。

今天葉太玄對他十分冷淡，還以為她心中怨恨白家呢。

「妳能這樣想真的太好了，以後我們一定會好好照顧妳，永遠不會再讓妳受苦。」

永遠……這個詞太假了。

葉太玄勾了勾嘴角。「這次你來金陵，是接我回去的嗎？」

白淵回點頭。「是，京城中的事安排得差不多，我們過兩天就回去。妳在金陵可有什麼要道別的朋友嗎？明天可以安排一下。以後再見，恐怕就難了。」

葉太玄應下，除了顧家的人，她也沒有想道別的人了。

第二日，葉太玄如常起床去陪伴顧夫人，卻發現顧夫人眼睛紅腫，似是哭了許久。

見到葉太玄，顧夫人便把她摟在懷裡。

「昨晚小野跟我說了妳的事，他要送妳回家。這太突然了，我為妳訂製的秋裝還沒有送來，去了京城，天氣轉涼，也不知道那邊有沒有人幫妳準備好衣衫。京城的東西不好吃，不曉得合不合妳的胃口。這幾個月我才把妳養胖幾斤肉，可千萬別瘦回去了。

「辛嬤嬤替妳買的傷藥，妳都帶上，要日日記得塗，這樣身上的疤痕才會慢慢消。我給妳的字帖，也要記得寫。妳這孩子聰明是聰明，就是字寫不好……」

短短四個多月，卻彷彿過了半生。

顧夫人絮絮叨叨，哭著說了半天，葉太玄反覆告訴自己不能哭，不能讓顧夫人牽掛，最終還是忍不住，在顧夫人懷中嚎啕大哭起來。

「夫人，我會寫信給您，以後也會回金陵探望您，您別忘了小玄兒。」她是真心喜歡顧夫人。

顧夫人輕拍著她。「傻孩子，妳就像我女兒一樣，我怎麼會忘了妳？可是，我不放心妳走啊。以前總想著，就算妳找到了家人，我還能去看妳，但沒想到妳是金枝玉葉。我不能去宮裡，妳一定要好好照顧自己。」

葉太玄哽咽道：「您也要照顧自己，不要熬夜看帳本了，身體要緊。等我成年，能出宮了，就回來看您。」

顧夫人連連點頭。「對對對，等妳到了嫁人的年紀，就能出宮了。我好歹是個三品誥命夫人，小玄兒的婚禮，記得請我去。」

辛嬤嬤在旁勸道：「夫人、姑娘，別哭了，姑娘是回去當公主的，這是喜事啊，可比在咱們家要尊貴享福。而且，日子過得很快，咱們肯定還能見面……」說罷，她也哭了。

這時，顧南野來向顧夫人請安，剛進院子就聽到一片哭聲，連環環都站在門口哭。

他站在窗外，忽然生出內疚，彷彿讓眾人傷心，都是他造成的。

等了一會兒，顧南野讓環環進去通報，裡面的哭聲很快就停了。

待他進去時，只餘顧夫人在洗臉，葉太玄不知道躲去了哪裡。

「……車馬都準備好了，范涉水親自送她進京，白家也安排車馬出京來接，已經在路上了，保證安全送她回去。」

這會兒葉太玄不在，顧夫人才說：「皇宮可不是什麼好地方，你跟白家的人，在宮裡到底有沒有準備？別把小玄兒丟進火坑了！」

顧南野道：「白家當外戚這麼多年，宮裡自然是有人的。兒子沒想著會跟後宮有牽扯，是少了些準備，但在京軍十二衛中，還是有幾分薄面，母親就不要太擔心了。」

顧夫人不依了。「我如何能放心？若如你所言，是左貴妃害死文妃，不扳倒左貴妃，小玄兒豈能和殺母仇人同居一個屋簷下；可扳倒左貴妃，二皇子和四皇子又怎能容得下小玄兒這個殺母仇人？昨夜我想了一宿都睡不著，這孩子的路怎麼這樣難？」

說完，她又責怪顧南野。「你說說你，好端端地，為什麼要讓白家的人找到她？她在我們家，倒比回去當那勞什子的公主要好得多！」

顧南野低頭聽訓，一直沒有說話。

顧夫人發洩了一會兒，也知道改變不了什麼，便又去張羅讓葉太玄帶進京的東西。

「你可真是氣死我了，這麼憋得住，要把人送走，昨晚才告訴我，一時間，我哪裡準備得好？」

顧南野被顧夫人劈頭蓋臉地訓了幾遍，終於從主屋出來，眼尖的他立刻發現，有個小人影從門外跑走了。

他不由提步過去，但走了兩步又停住。

他找葉太玄做什麼呢？眼下也沒什麼好說的了。

第十六章

十月的京城，桂香滿京都。

白府管家腳步匆匆地穿過庭院，直奔主屋。

「老太爺，太玄姑娘進城了，再過小半個時辰就到府裡。」

白家老太爺白以誠抽著煙袋在看書，道：「讓老大媳婦好生照顧，休息後，再領她見見家裡的長輩。」

勤伯哭喪著臉說：「可姑娘好像不太好了，六哥兒請老太爺速速請太醫到府中候著。」

白淵回在白家行六，人稱六哥兒。

「怎麼？病還沒好？」

從金陵接到人後，白家便收到消息，說葉太玄水土不服，在途中病倒。

勤伯搖頭。「已經喝不下藥了，醒的時候也很少，瞧著怕是不行了。」

白以誠驚得掉了手中的煙斗，氣得剁腳。

「速速拿我的名帖去太醫院！」

自離開金陵，葉太玄就病了，白家的車馬走走停停，這一路竟是走了一個半月。

她喝了一路的藥，也不見好轉，反倒越病越重，臨到京城時，已是起不了床。

白府裡瞬間亂成一團。

原本聽說找到文妃遺孤，大家都挺高興，但若是人在白家手上歿了，他們沒辦法向雍帝交代啊！

晚些，葉太玄是昏睡著被送進白府的，在特地為她準備的白玉堂中休息，僕婦和大夫進進出出，忙著熬藥伺候。

直到深夜，三名太醫才敢拍案定論，告訴白以誠。「姑娘這是中毒了。」

白以誠攥著枴杖問：「可還有救？」

太醫院院首為難道：「不好說，這毒太複雜，需要逐一嘗試，才能找出解藥。」

香山上，一行穿著黑衣斗篷的人從快馬上跳下，迅速而有序地往京城的天音閣走去。

顧南野遍布陰霾的臉籠罩在斗篷陰影下，只看得見繃得筆直的唇線。

七天前，他才收到范涉水的報信，說葉太玄疑似中毒，病情急轉直下，請他定奪該如何是好。

顧南野當即便動身趕往京城，今天恰好與白家的車隊同時抵達。

他在城門外看了昏睡在馬車中的小姑娘一眼，不過一月未見，臉上已瘦得不見一絲肉，面色更是灰白如土，只見氣出，不見氣進。

徐保如跟在身後，大氣都不敢出一聲。自城門至香山的路上，顧南野一語未發，這是他怒極的表現。

從白府趕來的范涉水跪倒在顧南野面前，請罪道：「太玄姑娘已送至白府，現在正由太醫救治。未保護好姑娘，是屬下疏忽，請侯爺責罰！」

顧南野冷冷道：「疏忽？這一路花了月餘，你竟瞞到最後才報信，為何疏忽至此？」

范涉水有苦難言。

起初他和白淵回都以為葉太玄是不習慣路上的顛簸，或水土不服，連葉太玄自己也這樣認為，而且不許他告訴顧南野。

當時，葉太玄神情慨慨地說：「既然我離開顧家，便與侯爺沒了關係，難道連我生點小病也要讓他知道嗎？你跟他說，是我想沿途遊玩，車隊才走得慢了些。」

范涉水知道葉太玄和顧南野在離別前鬧了彆扭，他身為下屬，不便插手，遂不多嘴，依著葉太玄的意思隱瞞了，孰料竟至今天這樣的地步。

徐保如和范涉水兄弟多年，猜測其中必有隱情，但現下不好求情，只得旁敲側擊道：「范統領失職該罰，但眼下姑娘的性命最要緊，咱們在京城缺少人手，不如讓范統領戴罪辦差，待事情了了，侯爺再罰他也不遲。」

顧南野自然不是為了興師問罪而來，雖未說話，但已提筆開始寫信。

他飛快寫完，把隨身腰牌與信交給范涉水。「將密信送進宮中，親手交給皇上。再有差池，提頭來見！」

「是！」范涉水領命。

待他走後，顧南野又吩咐徐保如。「把魏德賢提來。」

左貴妃手下的人善用毒，全得益於魏公公所教。如果葉太玄的毒是左貴妃派人下的，那魏公公必定能解。

徐保如擔憂道：「在玄兒姑娘進京路上，左貴妃有很多機會動手，但她卻選擇下毒，分明是故意引魏德賢出來，我們不可中計呀。」

顧南野堅持道：「去提人過來。」

徐保如只好應是，快步去了。

押解魏公公進京的，並不是白家的人，也不是顧南野軍中的親信，而是被宋夕元混在戲班中，偷偷帶到了京城的天音閣。

宋夕元親自帶人過來時，也跟顧南野說：「天音閣沒有多少守衛，若被人發現魏德賢在這裡，咱們可保不住他。他是重要證人，若是出事，想扳倒左貴妃就難了。」

顧南野搖頭。「無妨。」

反正過了今夜，留著魏公公也沒用了。

傍晚時，范涉水帶著雍帝的密信回來。顧南野請雍帝到白家密會，雍帝答應了。

顧南野看了回信，親自提著魏德賢去白家。

出發前，宋夕元擔憂勸阻。「侯爺，你怎能將一切賭在皇上身上？若皇上不信你，認為這是黨羽爭鬥，你的性命堪憂啊！伴君如伴虎，不能這麼冒險。」

顧南野披上斗篷。「夕元，我唯一不該冒的險，就是提早將太玄送回京城。此事，我們已經輸了左貴妃一步，若無法保下太玄，才是真的任由左貴妃為所欲為。如今皇上肯見我，便是信我，你無須擔憂。」

他說完，便出了天音閣。

白淵回早已收到宮中和顧南野的消息，早早安排白府的人迴避，將後門通往白玉堂的路清理乾淨。

顧南野提著魏公公進白府，白淵回迎上前，領他去白玉堂。

路上，顧南野問道：「太玄情況如何了？」

白淵回搖頭。「太醫試了幾服藥，餵下之後，不見好轉。」

顧南野不再多問，加快腳步。

待走到白玉堂的病榻邊，他將捆著手腳、堵著嘴的魏公公按在床邊，道：「你兒子活不活得成，就看你今晚的表現了。」

早年魏公公曾是太醫，陪文妃在金陵待產，因文妃之死受了宮刑，才變成太監。

魏公公有家人，也有兒子，但長年不得相聚。在他成為太監後，因會用藥也會使毒，非常受左貴妃器重，但他的家人卻一直被左家控制著。

這次處置左致恒時，顧南野暗中派人去抓他的家人，但晚了一步，他的父母和兄嫂一家，全被左貴妃的人滅口，只救出他的兒子。

魏公公知道左貴妃的行事手段，如今他已落入顧南野手中，左貴妃斷然不會救他，更不會留他，反而只能靠著顧南野了。

「侯爺放心，公主中的是我研製的苗毒，我這就寫解藥的方子。」

顧南野不動神色，但心中終於鬆了一口氣。

魏公公剛寫完藥方，徐保如便來報說雍帝來了。

葉太玄昏天暗地睡了多日，一直陷在前世葉桃花的夢境之中，始終回不到現實。她一度覺得，葉桃花要回來了，她大概真的要死了。

昏昏沈沈之中，耳邊傳來一陣嘈雜，許多人絮絮叨叨，用緊張的語氣說話。

不一會兒，又突然安靜下來，只餘一個男人壓抑的哭聲。

葉太玄抬起沈重的眼皮，見一個乾瘦的中年男人坐在床邊，牽著她的手，正在垂淚。

床邊忽然有人驚道：「皇上，姑娘睜眼了！有真龍護佑，姑娘必能化險為夷！」

男人異常驚喜，俯身上前看葉太玄。「孩子，妳看得到朕嗎？朕是妳父皇啊……」

葉太玄眼神有些飄忽，不是她不肯回答，實在是身體不聽使喚，來不及說一個字，又昏睡過去。

雍帝激動地喊：「太醫，快來看看，這是怎麼回事?!」

太醫上前檢查一番，回稟道：「皇上，姑娘的脈搏平穩不少，看來解藥起作用了。」

「那就好，那就好。」雍帝放了心。

白以誠恭敬地垂首站在旁邊，欣喜道：「這孩子昏睡多日，從未睜眼。今天皇上來看她，便好轉了，定是父女連心，感受到皇上的牽掛啊！」

雍帝點頭。「這孩子與朕有緣，今日朕就帶她回宮，交由太醫好生照料。」

白以誠大喜過望。

不久前，雍帝剛從光明關凱旋，回京途中收到白家上書，秘報葉太玄的事，但一直沒說要見葉太玄，更沒說要相認。

白家以為，要讓葉太玄認祖歸宗得費些功夫，但不知發生什麼事，昨晚雍帝突然私服到白家探病。

據下人說，雍帝還在白玉堂中密會了其他人，但到底是誰，下人不清楚，唯一知道實情的白淵回又不肯說，把白以誠氣個半死。

昨晚探病後，今早雍帝下朝，又急巴巴地趕來，現在還要把葉太玄接回宮，看來遺珠還朝，是板上釘釘的事了。

葉太玄要被雍帝帶回宮醫病的消息，從白玉堂傳出來，守在院中等候的白淵回卻皺緊了眉頭。

眼見宮人們開始準備車駕，送葉太玄進宮，白淵回立刻騎馬出府，趕往香山。

天音閣中，顧南野穿著家常便服，正看著桌上的匣子出神。

見匆匆趕來的白淵回臉色不好，顧南野不由捏緊拳頭站起身。

「解藥沒用嗎？」

白淵回搖頭。「解藥有用，太玄的情況好轉了些。」

顧南野鬆了一口氣。

白淵回繼續道：「但是，方才皇上又來看望，還說今天要帶她回宮，這可如何是好？」

顧南野剛放下的心又提起來。

昨夜雍帝微服私訪白府，瞧見葉太玄閉目睡在床上的清瘦面龐，與昔日文妃如出一轍，還未聽顧南野說任何話，心中就已信了大半。

顧南野跪地請罪，向雍帝承認，《二妃傳》是他派人編寫的。

「當時臣捉到月嬤嬤，但僅聽月嬤嬤一面之詞，無法判斷當年事情的真偽，只得劍走偏鋒，藉《二妃傳》逼左貴妃動手，成功捉住了魏德賢。」

他說著，把魏公公提上來。

魏公公跪地向雍帝行禮，說道：「當年奴才奉太醫院命，留在金陵侍奉文妃待產，亂軍進城時，文妃動了胎氣，不能行走。當時左嬪剛查出懷上身孕，要奴才陪她先逃出城，丟下了文妃娘娘。後來左嬪得知皇上要割城將文妃贖回來，害怕自己母子難保，便命左家死士前去刺殺文妃，嫁禍到亂軍頭上。

「文妃死前已誕下公主，是侍奉左右的月嬤嬤親自接生。月嬤嬤原是左嬪安插在文妃身邊的人，所以左家死士把他們帶回去另行發落。左嬪本不想留公主一命，但她的胎象一直不穩，擔心保不住龍嗣，便先留下公主。萬一失了龍嗣，收養文妃遺孤，也可做為退路。

「後來，二殿下順利落地，左嬪見文妃之事已按下去，又聽高僧警示，說二殿下三歲前恐有血災，要多為二殿下積善德，遂沒有傷公主性命，只叫月嬤嬤把公主送人。」

雍帝聽完，心中大慟，看著瀕死的女兒，想起枉死的文妃，痛哭不已。

「這是朕的孩子！」

雍帝命人將魏公公提回宮中，交給錦衣衛，嚴查此案，可顧南野今日一早收到消息，說魏公公已被人滅口在囚所之中。

雖然魏公公的死是預料之中，但左貴妃動作這麼快，可見她在宮中有足夠的勢力。

徐保如憤慨地捶了下桌子。「左貴妃實在狡猾至極，三番兩次在我們眼皮下殺人！」

顧南野雖未說話，但面色十分不好看。

現在他擔心的不是左貴妃的威脅，而是雍帝。雍帝明知左貴妃未除，此時葉太玄回宮會有危險，為何還要帶走她？

宋夕元問：「侯爺，是不是皇上仍疑心太玄的身分，想以此試探？」

顧南野搖頭，苦笑道：「左貴妃在錦衣衛手中殺了魏德賢，必然觸怒皇上。皇上正是相信太玄的身分，想以太玄為餌，拿到新的證據。」

白淵回著急地說：「不行，我不能看著太玄妹妹就這麼進宮，我回家找祖父商議。」

「等等！」顧南野忽然喊住他。「皇上正氣在心頭，必不會聽你們勸說。而且，皇上並非心狠之人，不至於白白葬送太玄性命。」

顧南野又思索片刻，問了白淵回。「我這裡有個服侍太玄的丫鬟，白家能否想辦法送進宮去？」

白淵回道：「應該沒有問題。」

顧南野對徐保如點點頭，徐保如便從外面把環環領進來，吩咐她。「小妹，進去宮裡，務必小心行事。」

原來環環是徐保如的親妹妹，名叫徐環如。

「侯爺、哥哥，你們放心，我一定會盡力保護姑娘的。」

深宮中，子夜之時，萬籟俱寂。

琉慶宮的燈徹夜亮著，左貴妃扶額坐在八仙床上，遲遲不肯歇息。

她不敢睡。
對她來說，頭頂懸著那把劍，隨時都會落下砍掉她的頭，也斷送皇兒的前程。
幾下輕微的叩門聲傳來，守在屋外的宮女飛翠立刻飛奔過去，打開門，悄悄將左貴妃的心腹放進宮。
「您總算來了，娘娘熬了兩天沒睡覺，就等您的音信呢！」飛翠壓低聲音抱怨。
太監揮揮手，不與她多話，疾步走進寢宮。
左貴妃見他來了，連忙下床，但因僵坐太久，腳下發軟，險些摔倒。
太監連忙扶住左貴妃，將她送回床邊坐下。「娘娘切莫自亂陣腳。」
左貴妃沒了平日的傲氣，軟聲道：「皇上將那個野種帶回宮了，教本宮如何不慌？她醒了嗎？跟皇上說了什麼？」
太監搖頭。「她一直沒醒。我問過太醫，雖然藥對了症，但她中毒日久，要徹底清掉毒，還需要十天半個月。這些日子，夠娘娘籌謀了。」
左貴妃鬆了口氣，又問：「皇上有沒有說什麼？」
太監低聲道：「對這位新主子的事，皇上尚沒說什麼，但今日翻出二皇子監國時處理的政務，挑了幾個錯處，訓斥了二皇子。」
左貴妃聽了，又急又氣，玉掌拍到桌上，咬牙道：「他這是徹底疑心本宮了，連帶皇兒也受牽連。那個小孽種留不得了，你定要找到機會動手，越快越好！」

「在養心殿裡動手，風險太大。」太監不肯。「昨夜您連夜派人除去魏公公，已是惹了皇上震怒，若敢在養心殿殺害公主，皇上定會為自己的安危設想，您這不是逼皇上對您和皇子動手嗎？」

「是本宮糊塗了，不能在養心殿動手。」

太監安撫道：「娘娘少安勿躁，您最憂心的魏公公已經除掉了，皇上查不到證據，就不能對您怎麼樣。新主兒是個什麼都不懂的民間丫頭，在宮中也無靠山，日後還不是任由您捏扁揉圓？」

左貴妃心中稍定，但依然如鯁在喉。

雍帝在沒有查實身分的情況下，就把葉太玄帶回宮，是故意給她出難題。

她動手則被抓，不動手，此事則如懸在頭頂的利劍，隨時會要她的命！

第十七章

葉太玄悠然醒來時，已分不清是何光景，更不知自己身在何處。

滿屋子跪了一地的人，都是生面孔，唯有遠遠跪在角落裡的環環，是她認識的。

她驚訝於能再見到環環，強撐著身子起來，喊道：「環環，是妳嗎？」

環環立刻起身，小跑著跪到她床邊。「姑娘，是我。」

「什麼姑娘？該改口叫公主了。」有不認識的盛裝婦人說道。

「是，娘娘，公主終於脫險了。」

一旁被葉太玄忽視的雍帝忍不住上前，問道：「皇兒，妳終於醒了，現在感覺怎麼樣？還有沒有哪裡不舒服？」

方才說話的宮妃親切地拉著葉太玄的手，道：「太玄，這是妳父皇，快喊人呀。得知妳還在人世，皇上不知有多高興。」

葉太玄望望雍帝，又望望不認識的宮妃，沒有作聲。現在讓她喊爹，她實在叫不出口。

雍帝說：「無妨，快宣太醫來。」

幾個太醫揹著藥箱匆匆跑進來，望聞問切一番，長舒一口氣。「殿下終於脫險了。」

雍帝放心道：「沒事就好，沒事就好。」

又有宮妃在旁說：「公主，這是當朝皇帝，也是妳父皇，不可不敬，快行禮謝恩啊。」

雍帝見葉太玄垂著頭，以為她害怕，便道：「向賢妃不必心急，皇兒大病初癒，現在休養身體要緊，旁的以後再說。」

向賢妃笑著附和。「還是皇上貼心，是妾身著急了。」

「我沒事了，謝謝你們的關心。」葉太玄低頭，吶吶地說，心裡空落落的。

之前昏睡的時候，她似乎聽到顧南野的聲音，醒來後又瞧見環環，以為顧南野在身邊，孰料屋裡的人都被她看遍了，就是沒看到他。

此時，一道壓抑的女子哭聲忽然從門口傳來，緊接著聽向賢妃問道：「貴妃娘娘，太玄公主清醒過來是好事，您哭哭啼啼是何意？」

葉太玄聞聲，立刻抬頭去看，人群後，有個盛裝打扮的宮妃匆匆趕來，用手帕捂著口鼻，正在哽咽哭泣。

左貴妃！殺害文妃的真正凶手！

左貴妃一邊哭、一邊走上前。「這孩子果然跟文妃姊姊長得好像，看到她，我就想到可憐的文妃姊姊，如何不心碎？好孩子，妳別怕，以後跟著我吧，我定會把妳當成自己的孩子般疼愛照顧。」

聽著這些話，葉太玄心中有些作嘔，扭身躲開左貴妃伸過來的手。

向賢妃吃驚地看看左貴妃，又看向雍帝。

「皇上，貴妃娘娘這是何意？之前您不是說會由妾身照顧公主嗎？」向賢妃說著，擠開左貴妃，坐到葉太玄的床邊。

雍帝帶葉太玄回宮，就是為了試探左貴妃，至於把葉太玄放在向賢妃宮中，還是左貴妃宮中，差別都不大。

「妳們兩人都對公主關愛有加，這是好事。等太玄的身體大好了，再看她想跟誰吧。」這時，一直沒說話的環環突然跪在雍帝腳下，插嘴道：「公主從小沒了母親，葉家人又一直虐待公主，當公主得知自己身世，知道還有親生父親時，便期待著跟皇上團聚，求求皇上不要再把公主送人了。」

向賢妃聽了，怒道：「沒規矩的丫頭，皇上說話，哪有妳插嘴的分？交由宮妃撫養，怎麼能叫送人？」

為什麼環環會出現在宮裡？為什麼會主動說這些不該說的話？

葉太玄再遲鈍也反應過來了，環環必是得了顧南野的指示在幫她，立刻道：「父皇恕罪，娘娘恕罪。」強權當前，該喊的還是得喊。

「是我不好，我一直跟環環說，等我找到父親，一定要多跟父親親近，因為我一直渴望能夠在父母膝下承歡。父皇，這次女兒進京，險些丟了性命，不想跟這些不認識的人一起住，只想待在您身邊。」

雍帝本就是多愁善感之人，加上太醫替葉太玄解毒時，還檢查出她身上有舊傷痕。這個孩子的確受了許多苦，他虧欠她甚多。

現在聽了這番話，看著葉太玄欲哭無淚的眼神，雍帝有些心軟了。

左貴妃縱然要除，但他也不想葬送孩子的命，不如留在身邊。若連他也護不住她，那左貴妃真是膽大妄為到不可再容的地步，更好動手。

雍帝前後一想，愧疚道：「好孩子，朕不會再丟下妳了，妳就留在養心殿，由朕親自照看吧。」

向賢妃和左貴妃見狀，難得同心，一起說：「皇上，這不合規矩！」

雍帝拂袖。「什麼規矩不規矩？朕與女兒分離十幾年，妳們難道還想拆散我們？」

二妃不敢當出頭鳥去頂撞雍帝，比起把葉太玄交給對方，還是留在養心殿省事，遂喏喏應下了。

雍帝說完，吩咐宮人把養心殿的側殿收拾出來，讓葉太玄暫時住下。

養心殿的莫心姑姑指揮著一眾宮女將側殿佈置好，葉太玄便搬了過去。

莫心姑姑恭敬地叮囑葉太玄。「殿下，養心殿雖是皇上的寢宮，但時常有外臣來這裡議事，切莫去前殿打擾。您現在所居的側殿，以前也曾做為大臣們臨時議政之處，我會囑咐宮人好生看守，也會告訴大人們別來打擾，您就安心在此養病吧。」

葉太玄乖巧答應不會亂跑，送走了莫心姑姑。

等側殿只剩下她和環環時，她趕緊拉著環環的手，問道：「妳不是留在金陵伺候夫人嗎？怎麼進宮了？」

環環說：「夫人和侯爺得知您中毒，非常擔憂，侯爺帶著我日夜兼程趕到京城，還把我送進宮，是要讓我貼身保護您。」

「侯爺進京了？」葉太玄心中狂喜，忍不住站起來，又怕宮中隔牆有耳，好不容易憋住，沒追問顧南野現在住在哪裡。

而且，問了又如何呢？她出不了宮，顧南野在京城還是金陵，其實都沒差。

環環看看她的神色，小心地試探。「我聽范統領說，您離開金陵時，還在跟侯爺鬧脾氣，一路上氣都沒消，現在總該消氣了吧？」

葉太玄扭開頭。「我哪敢跟他鬧脾氣？是他討厭我，一心要送我走，我才儘量躲開，不惹他生氣而已。」

環環勸道：「您又說氣話了吧？侯爺哪裡討厭您了？得知您中毒，他冒險為您找解藥；擔心您進宮有危險，四處找人張羅，再沒人比他更對您盡心盡力了。」

葉太玄聞言，壓抑著激動的心情，小心翼翼地問：「是侯爺幫我找解藥的？」

「是啊。」環環把魏公公的事說給她聽，並叮囑道：「左貴妃殺害文妃的證人死了，現在咱們動不了她。宮中危險重重，侯爺讓我們千萬小心行事。」

葉太玄苦惱道：「眼下我能求皇上保護，但這樣肯定不能長久。」

環環的聲音小之又小，說：「侯爺說皇上也靠不住，皇上急於清除朝中外戚力量，想藉您懲治左貴妃。」

「我猜到了一些。」葉太玄神情擔憂。

環環以為她害怕，安慰道：「別怕，我帶了好東西進宮！」說完，從懷裡掏出小本子，翻給葉太玄看。

小本子上寫著目前所有妃嬪的出身背景、子女、前朝牽連、彼此的關係等等，消息十分完整。

葉太玄睜大了眼睛，低聲問：「這是什麼？」

環環說：「這是侯爺費了些功夫從白家拿到的，讓我們仔細研究，牢牢記住。」指著最後一頁的名單。「這些宮人跟白家關係不錯，我們若有事，可找他們。」

葉太玄有些感動，顧南野為讓她能在後宮立足，逼著白家，把家底掏出來了。

於是，葉太玄沈寂的心又活了過來，顧南野沒有不管她，她要好好地在宮裡活下去。該報的恩要還，該報的仇也要清！

雍帝御駕親征，徹底剿滅蚩穹，又找回遺落在民間的公主，雙喜臨門，打算於冬月廿七冬至日祭天告祖，大赦天下。

葉太玄也將在冬至大典上被賜予公主玉牒，正式寫入皇家宗譜。

離大典尚一月有餘，但消息靈通的宮妃、宗親都聽說了葉太玄的事，紛紛遞牌子，想進宮探病。

東六宮、西六宮有十七位品階高低不一的妃嬪，宮中有四位皇子、三位公主，還有兩位出嫁的公主。至於宗親王爺、王妃就更多了。

雖然解了毒，但身體到底虧損得厲害，每日葉太玄起來坐一會兒，便覺得非常疲累。看著莫心姑姑懷裡抱著滿滿一盒子進宮對牌，葉太玄有些傻眼。

當年葉桃花落魄回宮，無人問津，如今換成她，怎麼就這麼多人來看望？

她跟雍帝一起吃早膳時，試探著問：「父皇，我時常覺得困頓、眩暈、手腳發顫，還不想見客，可以嗎？」

原本雍帝想讓更多人認同葉太玄的身分，但若她身體不適，也不用本末倒置。他吩咐莫心姑姑。「公主養病時閉門謝客，待病好了，再命內務府辦宗室家宴，讓公主正式露面。」

莫心姑姑領命，又說：「今日白淵回大人進宮謝恩，原本想求見公主，那奴婢一併回絕了。」一說時，特地看了葉太玄一眼。

葉太玄只道：「妳告訴表哥，我一切都好，讓他不用憂心。」並沒有特別對待白家人的意思。

雍帝笑著說：「能把妳找回來，白家當居首功。朕已經拔擢白淵回為千戶，太玄覺得好不好？」

千戶是正五品，白淵回也就二十出頭，雖不能跟顧南野相比，但對他這個年紀的人來說，已是非常不錯的晉升了。

「我不懂，父皇覺得好就好，不必為了女兒特地賞他。」

這個回答讓雍帝很滿意，可見葉太玄還沒有被白家人養熟。

在祭天大典之前，葉太玄除了休養身體，還有很多事要做。

頭一件事就是改名，葉姓肯定不能再用，但太玄這個名字，是她和顧夫人、顧南野一起定下來的，她不想換。

商量之下，最後雍帝決定替她改名為李慕歌，封號太玄。

雍帝懷念地說：「妳母妃的小名就叫歌兒。」

曲慕歌……李慕歌……

她震驚了，不知新名字是巧合，還是命中注定？

改名後，還要做大典穿的禮服，學大典禮儀。

禮部派了執事來教授李慕歌，原本以為民間公主毫不知禮，非常難教，但半天下來，執事連連誇讚，說她有皇家氣度。

雍帝聽聞，更是開心，倒是禮部侍郎葛錚起了疑心。

「皇上，太玄殿下十分知禮，行止有度，世家調養出來的姑娘，也就是這個模樣了。」

雍帝看葛錚一眼，道：「葛卿，你服侍朕近二十年，朝中與朕最親近的，便是你了。有什麼話，大可直說。」

葛錚雖受雍帝信任，仍舊知道分寸，請罪道：「是臣逾越了，但皇室宗嗣是大事，臣心中有疑，不能不說。太玄殿下的言行舉止，並不像鄉野間長大的姑娘，倒像被人調教出來的，臣是怕皇上被人蒙蔽。」

「之前朕不願認這個孩子，也是有這個顧慮。朕派人去金陵一趟，查出一些事情。

「這孩子的確受了不少苦，若非被顧南野救下，不知還會遭什麼罪。南野心思深沈，怕朕疑心他，向來離後宮和外戚遠遠的，這才利用白家的手，將太玄送回來。太玄在顧家的這半年，是長樂親手帶著，知書達理也就不奇怪了。」

葛錚面色一喜，釋然道：「原來是顧夫人教的孩子，可見顧夫人與皇上還是有緣的。」

雍帝聽聞這話，不知想起了什麼往事，喃喃道：「是有緣……」

葛錚乘機問道：「顧侯辭官歸隱的半年之期，眼見就要到了，不知皇上打算怎麼安置顧侯？」

雍帝笑著哼了聲。「辭官歸隱？那是故作姿態給百官看。他這個混小子，最會拿喬作勢這一套，還要朕陪他演戲。」

葛錚說：「之前因左致恒一案，拔了蘿蔔帶出泥，空出不少要職。臣聽說吏部正在擬名單，其中並不見顧侯的名字。若皇上有意讓他回朝，臣就放些消息出去。」
雍帝擺擺手，指指手邊的一份密奏。「不必，他自己挑好位置了。」

香山天音閣中，一桌小筵席擺在水榭上，宋夕元親自奏琴，給客人助興。
顧南野替對面的葛錚斟了一杯酒。「大人知道我在京城，必然是見過皇上了。」
葛錚的神色沒有在宮裡時那麼淡然，而是有些焦慮地敲了敲桌子。
「若非今日跟皇上說起你，我竟不知你要去當京衛指揮使！你連二十萬西嶺軍都不要了，現在跑去管京衛的事做什麼？不是說好了，驅除外患之後，就進三臺六部，協助皇上重振朝綱嗎？」
顧南野笑笑，出聲安撫葛錚。「京衛擔負拱衛京師、守護宮禁的要責，也是替皇上分憂解難。」
「是你當初跟我說，力氣要花在刀刃上，我才說服你母親，答應你從軍。現在京城有什麼危險？宮禁有什麼危險？如今朝綱不振，內閣和三臺六部一片烏煙瘴氣，皇上苦苦支撐，你怎麼還在這裡浪費工夫？」
顧南野見他不喝酒，自行飲了一小杯，而後問：「大人以為，朝綱不振、民生疾苦的根源在哪裡？」
葛錚肅然道：「如今權門林立，結黨爭鬥，百官不思治理，爭名奪利；百姓苦不堪言，民心思變。」

顧南野點頭。「前幾日左致恒被二皇子親自監斬於午門，但除掉一個蠹蟲，左家很快就會扶植起第二個左致恒，不從根源上遏制，權門爭鬥、百官奪利就不會停止。」

葛錚聽懂了，但臉色也蒼白了，俯身上前捉住顧南野的手腕。

「皇上之所以信你，大膽把兵權放給你，是因為你從不參與皇權爭鬥。如果你插手後宮、外戚和立儲之事，不怕失了帝心嗎？」

顧南野又笑了笑。「心中有所畏懼，就會掣肘難前，還談什麼推行新政、重振朝綱？大人是希望我做個得皇上喜歡的寵臣，還是為國為民的純臣？」

葛錚看顧南野的眼神，漸漸變得凝重，恭敬道：「侯爺不愧是先生的外孫，學生自愧不如啊。」

顧南野舉起酒杯敬葛錚。

「大人沈浸官場多年，猶能保持風骨，晚輩也是敬佩不已。」

第十八章

雍朝京軍分為城防四十八衛和親軍十二衛。

城防四十八衛又分成五軍、三千、神機三大營，任務不同，五軍負責營陣、三千主管巡哨、神機執掌火器，與十二親軍衛各司其職，共同守衛京城和皇室。這些都將歸新上任的京衛指揮使顧南野管轄。

雍帝在十一月初五的大朝日上宣佈此事，掀起一片動盪，群臣激憤反對，攻訐顧南野窮兵黷武、手段凶殘，若由他掌管京衛，將成為皇室最大的威脅。

李慕歌在養心殿側殿等雍帝吃早飯，已經餓得肚子咕咕叫了，還不見下朝的動靜。

「環環，妳去太和殿看看，是出什麼事了嗎？怎麼還不下朝？」

環環前去打探一番，回來時，身後卻多了一個人。

顧南野走進養心殿側殿時，正看到李慕歌撐著腮幫子，看著滿桌的飯菜咂嘴。

「環環，要不我先吃吧？父皇應該不會怪罪我的……」

李慕歌一邊說、一邊轉頭朝腳步聲看去，高大的男子身影逆著晨曦走進來，橘色暖陽照在京衛指揮使的銀色鎧甲上，如神仙下凡，讓她看呆了。

小姑娘一臉呆傻，幾乎逗樂了顧南野。一段時日不見，不認得他了？

顧南野主動抱拳行禮。「臣顧南野參見太玄殿下。」

突然見到顧南野，李慕歌有些手足無措。

「侯爺，你快起來！」李慕歌十分不習慣顧南野向她行禮。

顧南野起身，環顧四周後，問道：「身體都好了嗎？殿裡有藥味，還在喝藥？」

李慕歌低頭說：「已經好了，是父皇說我身體底子差，一直讓我喝補藥。」

顧南野點點頭，放下心。

李慕歌問道：「侯爺怎麼進宮了？是找父皇嗎？他還沒下朝……」

顧南野一聽，忽地笑了，在旁的環環也笑了。

李慕歌暗自懊惱，她真的蠢死了，臣子進宮不是找皇帝，還能找誰？顧南野又怎會不知雍帝還在朝上，她真是一緊張就犯傻。

顧南野解釋道：「原本皇上要在今日早朝上賜我軍印，但現在前頭吵起來，一時半會兒不會宣我上殿。聽說妳在這裡，我就過來看看。」

李慕歌高興起來。「侯爺又當官了？真好。不過，你是不是很快就要去邊關了？」

顧南野搖頭。「不走了，做個京官，留在京城。」

李慕歌的心臟都快蹦出來了！

但她不敢再表現出任何越界的心情，只得拚命克制自己。「這樣也很好，就是夫人獨自住在金陵，怕會寂寞。」

「之前妳答應母親會常寫信給她，不要忘了。」顧南野叮囑道。

「我沒忘，只是病剛好，沒有什麼事好寫的。但我現在知道寫什麼了，今天就寫。」

顧南野不便多留，他過來也只是想親眼看看她是否無恙，既然尚好，就該走了。

李慕歌送他到養心殿門前，想向他道歉，也想向他道謝，但話到嘴邊，卻難以開口。

依依不捨地送走顧南野後，李慕歌問環環。「妳知道侯爺要做什麼官嗎？」

環環說：「聽說是京衛指揮使。」

但李慕歌分明記得，顧南野給她的小本子中寫著，現任京衛指揮使是左貴妃的舅舅，驍騎將軍段沛。

他這是在虎口奪食呀！

一場秋雨毫無徵兆地落下，前朝的糾紛也像暴雷一樣，越演越烈。

御史與吏部數十名官員冒雨跪在太和殿廣場上，奏請雍帝收回任命顧南野為京衛指揮使的皇命。

御史說，顧南野性格驕縱，帶領西嶺軍時，多有違抗皇命、擅作主張的舉動，且他治軍暴虐，在外殺敵或許合適，但鎮民撫內卻是萬萬不可。若由他掌管京衛，恐怕會威脅京城和皇室安全。

吏部官員說，原京衛指揮使段沛多年來恪盡職守，並無任何過錯，如今毫無緣由地罷點，不合規制，令百官寒心。

左貴妃聽說前朝的動靜後，氣得說不出話。

雍帝這是在向她示威，他不能直接動她，卻可以動她的左膀右臂！

她吩咐宮女飛翠。「去把二皇子請來！」

二皇子李佑斐很快撐著傘，冒雨趕過來。

他年方十三，正是左貴妃在文妃去世那年生下的皇子。雖還是個半大小子，但神情端正，沒有半點孩童的調皮模樣。

他規規矩矩地向左貴妃問安，而後道：「母妃不是說，最近讓兒臣不要來您這邊嗎？為何今日這麼急的傳召兒臣？」

左貴妃遣退一眾宮女，將兒子拉到身邊坐下，問道：「今日早朝，皇上罷免段大人的事，問了你的意見沒有？」

二皇子搖頭。「父皇沒有問兒臣，但是問了大皇兄的意思。」

「他如何說？」左貴妃問。

二皇子說：「大皇兄說他不知道，全聽父皇的。」

大皇子出身不好，生母是喻太后身邊的宮女，出生後就被喻太后交給向賢妃撫養。早幾年，向賢妃特別疼愛這個兒子，可後來生了三皇子之後，便對大皇子冷淡了。但不管他們母子關係如何，大皇子、三皇子和賢妃，都是一條船上的人。

左貴妃冷笑了下，大皇子李佑顯什麼事都不冒頭，連這麼好的、打壓二皇子的機會也不在乎，是個能忍的人，以後倒要多注意他。

「兒啊，若是皇上問你的意見，你也什麼都不要說，千萬別攪和進去。」左貴妃叮囑。

二皇子不解。「咱們什麼都不做嗎？舅舅已經被斬，現在又要罷免舅公，其他幾個兄弟一直在看我笑話，兒臣從來沒有這麼窩囊過。」

左貴妃搖頭。「皇上先後對左家、段家動手，你要仔細想想你父皇的用意。如今你已開始參與政事，之前更是行了監國之職，這說明他是非常看重你的。皇上越是看重你，越擔心你被外戚教唆，所以有意敲打我們。此時，我們越乖順，你父皇就會越喜歡你。只要你將來有出息，今日我們失去的一切都會拿回來，千萬不能爭這一時的榮辱，明白了嗎？」

二皇子點頭。「兒臣明白了。難怪母妃逼著我去監斬舅舅，就是為了讓我表明心跡。」

左貴妃欣慰地摸著兒子的臉。「兒啊，成大事者，要善忍而心狠，你舅舅明白他非死不可，不會怪你的。」

二皇子恭敬地聽著，又問：「那您呢？兒臣聽到不少傳聞，說文妃是母妃殺的，父皇要您給文妃償命。若父皇處置您，兒臣也不管嗎？」

左貴妃冷笑。

「不過是子虛烏有的事，沒有任何證據，你父皇不會處置我。至於那個李慕歌，她是不是真的皇家血脈，還有待查證，你不必將此事放在心上。」

西六宮的長春宮中，向賢妃可痛快了，她被左貴妃壓制十幾年，這段日子終於可以抬頭做人。

「派人傳消息給父親，讓他務必支持段家。」賢妃吩咐宮女飛花。

飛花不解。「娘娘為何要幫左貴妃？」

越多人跟雍帝作對，雍帝才會越生氣。

向賢妃不想跟下人廢話，斥道：「讓妳去就去，愣著做什麼？」

飛花連忙往外跑去，與來請安的大皇子李佑顯擦肩而過。

李佑顯走進長春宮，規規矩矩地跪下，給向賢妃請安。

向賢妃並沒有讓他立刻起身，看他兩眼，露出些許厭惡的神情。

她慢悠悠地開了口：「聽說今日早朝，皇上問你該怎麼處置段大人的事，你說不知道？本宮將你撫養長大，原沒指望你能將我當成生母一般尊敬侍奉，但本宮自問待你不薄，沒想到今天這麼好的機會，你也不肯幫本宮出出氣，實在讓本宮寒心。」

李佑顯長相平平，神態也有些畏縮。

「母妃，不是兒臣不願為您出頭，是父皇早朝時發了好大的脾氣。吏部大人剛說兩句，父皇便讓他們滾出去跪著。兒臣從未見父皇這樣發怒過，實在害怕。」

「你支持他，他會生氣？你是他兒子，他能吃了你不成？」向賢妃急得拍桌子。「難道我全是為一己之私嗎？若你支持皇上罷免段大人，就能討得顧侯支持。你在朝中沒有助力，連這個都不懂？」

李佑顯小聲道：「父皇一向不喜歡我，我還是什麼都不說的好。近日來，父皇總誇三弟聰明，或許三弟得到顧侯的支持，比我更有用。」

向賢妃又拍桌。「你真是一點出息也沒有，氣死本宮了！」

李佑顯慌忙請罪。「母妃不要生氣，是兒臣不爭氣，不僅不能幫母妃和三皇弟爭更大的前程，連自己的東西也不能保住。」

向賢妃一聽，扶額問道：「這又是什麼意思？」

李佑顯垂首說：「再過一陣子就是冬至祭天大典了，以往幾年都是兒臣代父皇行祭天禮，但禮部到這個時候還沒來找兒臣商量祭天的事。兒臣聽說，今年不一定由兒臣去。」

祭天大典從迎神到送神，行禮者要三跪九叩兩百多次，歷時兩個時辰。

雍帝雖正值壯年，但身虛體弱，從三年前開始，便由大皇子李佑顯代為行禮。

向賢妃立時站起來。「不是你，那會是誰？難不成越過你，讓二皇子去？」說完，自己都愣了。

誰說不可能呢？如今李佑斐開始學著處理政務，自然也有資格代為行禮。

之前雍帝御駕親征，命大臣輔佐李佑斐監國，打了她一個措手不及。這次若又讓二皇子去祭天，可真的大事不妙啊！

她雖沒指望大皇子當儲君，但她的親兒子三皇子李佑翔才十歲，終是小了點，還得倚仗李佑顯壓制李佑斐幾年。

向賢妃按捺著脾氣，道：「你這孩子真是不知輕重緩急，這麼大的事，怎麼現在才說？」說完，便匆匆出門了。

李佑顯從地上站起身，神情明顯輕鬆了幾分，脊背也挺直了，臉上低眉順眼的表情舒展開來。

向賢妃處處拿他當槍使，也不能一點力氣都不出。

這場秋雨下了三天三夜，太和殿外跪暈了一批又一批的朝臣，頗有些誓不甘休的樣子。

但朝臣們跪著跪著，有點慌了，雍帝向來心軟，什麼事都交由內閣商議裁決，從未如此堅持己見，彷彿根本不怕在青史上留下罵名。

原以為君臣間的對峙還會持續幾天，但第四天，段沛就捧著官印，上書請辭了。

對於段沛的請辭，顧南野還是有些遺憾。

左貴妃沒有自大狂妄到盲目的地步，心中非常清楚，不能真的去挑戰皇威。

但她在朝中少了左膀和右臂，也不錯。

對於這個結果，左貴妃自然非常傷神，但她入宮多年，算是很了解雍帝。

雍帝看似軟弱，常以臣子的意見為主，但他最會的便是制衡，從不會讓哪個勢力在朝中獨大。

如今支持她和李佑斐的臣子接連受挫，她相信，李佑顯和向賢妃的苦日子也該來了。可一直這樣互相制約，儲君之位何時才能定下來？必須打破平衡才行。

左貴妃不禁想到了顧南野，雍帝這樣寵他，若能得到他的支持，未來便可期了。

可惜顧南野始終跟她作對，但不要緊，從來沒有永遠的盟友和敵人，只要知道顧南野想得到什麼，她自然有辦法拉攏他。

「難不成顧南野是白家的人？可白家就一個民間找回來的公主，能翻出什麼大浪？」

左貴妃思來想去，一時有些躊躇不定了……

雍帝那邊，也有些大傷元氣的樣子。

養心殿中，他氣得扔了朱筆，痛心地說：「朕在位二十年，就養出這些豺狼虎豹?!」

三天的對峙讓他徹底看清朝臣們的想法，各有心思，卻沒有幾個成大器的皇黨和純臣。

現在他唯一慶幸的是，雍朝歷來重文輕武，又時運頗佳，出了顧南野這樣一個逆天的年輕將才。

顧南野在西北打仗的幾年，雍帝一直裝作疑心他的樣子，故意混淆視聽，讓朝臣們覺得，他利用顧南野打完蚍穹後，便會收拾他，這才一點點將他提拔上來，並逐漸收回各家兵權，交到顧南野手中。

現在權臣手中無兵，不然只要等皇子成年，有些人怕是要逼宮了！

顧南野撿起朱筆，送回御桌上，並不提左、段二家的事，只說：「皇上要保重身體，祭天大典就要到了，四海舉目以待，現在您的龍體才是頭等大事。」

這次，雍帝打算親自上陣，一來是因為今年西北大捷，祭奠亡靈；二來是尋回公主，告慰祖宗；三是彰顯皇威，提醒世人，他身體還好著，有些人的尾巴再多夾幾年吧。

胡公公捧著湯藥進來。「皇上，喝藥的時辰到了。」

雍帝的氣還沒消，擺手道：「先放著吧。」

胡公公又道：「皇上還是趁熱喝吧，今天的藥是公主親手煎的，冷掉就沒了藥效，可惜了公主的一片孝心。」

雍帝心裡有些安慰。「她自己的身體都沒好利索，怎麼還讓她辛苦？」又對顧南野說：「這個孩子，平日在朕面前一聲不吭，但心思卻不錯。前幾天寫給你母親的信，我也瞧了，是個有孝心的好孩子。」

李慕歌寫信出宮，不知會經多少人的手，不僅雍帝看了，顧南野也看了。

李慕歌也知道信裡不能寫太多，主要是告訴顧夫人，她的身體已經大好，皇上待她很好，請顧夫人放心，又說京城的秋天是怎樣多雨寒冷，叮囑她注意身體。

雍帝喝了藥，等胡公公下去後，又私下問顧南野。「還沒有機會聽你說說救下太玄的經過，到底是怎麼回事？」

顧南野半真半假地回答：「當時臣偷偷回金陵捉拿查爾哈，恰逢母親捐建的小雷音寺開寺。我剛到母親的別院，便發現屋裡有泥腳印，原以為是山賊或刺客，一捉出來，卻是個小姑娘。一問得知她是受家人虐待逃出來的，母親便心善地留下她。為確保她不是蚍穹細作，臣特地派人去查，這一查，就牽扯出公主的身分來了。」

雍帝感慨道：「你母親最是心慈，遇到她，是太玄這個孩子有福。近來你母親的身體還好吧？」

很少有人知道雍帝真正信任顧南野的原因，是因為顧夫人宋長樂。

宋長樂的母親去世得早，幼年一直跟隨父親在京城生活。

自雍帝是皇子時，宋勿就是他的太傅。

雍帝與宋長樂情同師姊弟，常在一起讀書，但因宋勿為了履行承諾，堅持要把宋長樂嫁進顧家，導致雍帝和他起了嫌隙。

雖然後來雍帝與宋勿冰釋前嫌，但他再也沒有見過嫁作顧家婦的宋長樂。

五年前，西嶺軍頭一次打了勝仗，葛錚指著功臣名單中的顧南野，感慨顧夫人教子有方，雍帝這才注意到顧南野。

「母親的身體一直不錯。」顧南野道：「只是聽聞太玄殿下中毒的事，十分憂心。臣趕赴京城之前，母親再三叮囑，要臣盡心照顧殿下。其實對於送殿下回宮之事，母親是不贊成的，她只希望殿下能夠安然長大，不願殿下再陷入陳年恩怨之中。」

雍帝沈默片刻，說：「你是在怪朕把太玄帶回宮，讓她以身犯險嗎？」

顧南野跪地請罪。「微臣不敢，微臣知道皇上心中痛恨外戚把持朝政已久，迫不及待想立刻拔除。當初左閣老因不滿皇上提拔臣，以諸多理由阻攔糧草，致使邊關將士餓著肚子打仗，枉死多少人，臣都記在心中。

「但微臣以為，要問罪左貴妃、根除外戚，還有其他辦法，太玄殿下尋回不易，不必非拿她當這顆棋子。」

雍帝傷懷。「朕也心疼這個孩子，但左黨已將所有罪責全推到左致恒身上，再想捉住他們的錯處，怕是不容易。」

顧南野沈吟道：「皇上不必著急，左貴妃手中有一枚關鍵棋子，至今未動，之後必定還有動作。」

雍帝點頭，也沈吟起來……

這日的午膳，雍帝沒回側殿陪李慕歌吃，到了晚上，還傳太醫，聽說是突然病倒了。

李慕歌得到消息，便去前殿探病。

待太醫退下後，胡公公引她進去。

雍帝靠在床頭，並沒有睡覺，而是出神地想著事情。

「父皇，您身體怎麼了？太醫看過怎麼說？」李慕歌行禮後上前，坐在龍床前的小凳子上，關切地看著雍帝。

雍帝搖頭。「皇兒不用擔心，父皇只是操勞，有些累了，睡一覺就好了。」

後宮很快就得到了消息，左貴妃和向賢妃幾乎同時趕到養心殿。

聽到傳報，雍帝又動了氣，甩手道：「讓她們滾！」

胡公公連忙退出去，告訴左貴妃和向賢妃。「皇上是被朝上的政事氣病的，二位娘娘且先迴避幾日，待皇上消氣，再來探望吧。」

向賢妃委屈道：「惹皇上生氣的，又不是本宮的族親，怎麼能連妾身也不見呢？」

左貴妃則懶得與向賢妃爭一時口舌，轉身走了。

回宮路上，左貴妃吩咐宮女飛翠。「去打聽打聽皇上今日見了誰，談了什麼事。」

飛翠應下，很快就回來了。「皇上召見了顧侯和錦衣衛白淵回，聽說皇上動了怒，要安排太玄公主去白家家學讀書。」

「去白家讀書？」左貴妃心中暗喜，難道利用完這個孩子後，雍帝仍對她的身世有所懷疑，所以要把她送出宮？

她又問：「冬至大典上，還賜她玉牒嗎？」

飛翠回答：「胡公公說皇上一直在忙祭文的事，命兵部核對戰亡士兵的名單，要在大典上追悼，並未提及公主玉牒的事。」

左貴妃滿意道：「本宮還當皇上糊塗了，一個無憑無據的丫頭，就要認作公主，如今看來，皇上是醒過神了。讀書是好事，便讓她去讀書吧！」

這天晚上，李慕歌一直留在床前侍疾。

她餵雍帝吃完一碗湯藥後，雍帝看著她說：「好孩子，妳進宮有些日子了，不是在朕身邊，就是把自己關在側殿裡，朕瞧著可憐，也不是長久之計。」

李慕歌搖頭。「兒臣沒事，沒覺得這樣有什麼不好。」

雍帝說：「朕知道妳雖然不說，但心裡很清楚，先前下毒害妳的人，就在這皇宮中。妳一直不願親近後宮的人，躲著她們，是因為害怕。」

李慕歌低下頭，沒說話，算是默認了。

雍帝接著說：「朕聽說妳在顧家時，曾跟隨顧夫人讀過一段日子的書。顧夫人誇妳天資聰穎，是可塑之才。如果妳喜歡，朕送妳去白家的家學讀書吧。」

李慕歌有些驚訝。「去白家家學？」

雍帝點頭。「白家的無涯書院在京城十分有名，許多宗親都把子嗣送去上課。而且白家是妳外家，他們會盡心照顧妳。平日妳便住在白府，初一、十五進宮向朕請安即可。」

雍帝要送她走，是對她的身分產生懷疑，還是有什麼事要發生了？

為了打消她的顧慮，雍帝道：「不過這事不急，待冬至祭天大禮之後，朕再讓白家接妳過去。」

突來的變故讓李慕歌心中有些不安，在她回側殿就寢時，胡公公親自送她，勸解道：

「公主且安心，這是皇上和侯爺下午商量許久才決定的。」

顧南野也同意？李慕歌瞬間心安了。

第十九章

要送太玄公主回白家的消息傳到白家時，引起了不小的反應。

「怎麼又要送回來？是對公主的身分存疑嗎？」白以誠十分不解。

白老夫人尋思道：「若是存疑，就不會在冬至大典後才送出來。等大典上記入宗譜，就是板上釘釘的事，皇上應該是不放心把公主交給宮妃撫養，畢竟文妃娘娘死得不明不白。」

白以誠點頭。「也對，那此事還是交給老大媳婦去辦吧。」

白老夫人搖頭。「交給二房吧，最近大房不太安生。二房的靈秀、靈嘉與公主年紀相仿，也好相處。」

找到李慕歌之前，白家準備讓兩位姑娘參加今年的選秀，打算送進後宮，長房獨女白靈婷就是其中的第一人選。

現在有太玄公主橫亙在中間，不能亂了輩分，只能作罷。

為了此事，白靈婷已在家中鬧了幾日。

「你們從小就跟我說，要送我進宮當妃子，京城的人也知道。如今我已經二十歲了，你們卻說我進不了宮，那我怎麼辦？會被人笑死的！」

長房夫人陶氏安慰她。「是家裡對不住妳，可母親反而慶幸妳沒進宮。妳想想，若是妳先進了宮，後面又找到公主，皇上顧及妳與公主的輩分，必然只能冷落妳，妳就要在宮中孤老終生，現在這樣，反倒是好事。母親一定會再幫妳說個好人家。」

白靈婷哭得傷心，不滿地說：「一個不知真假的鄉下丫頭，把我害得好慘！」

陶氏按住女兒，教訓道：「這話在我面前說說也就算了，在外面切不可亂說。自文妃娘娘去世，皇上冷落白家多年，現在太玄公主就是我們白家的根本，以後妳嫁不嫁得了得勢的人家，還得靠她。」

白靈婷憤懣地咬著嘴唇，終是什麼也沒說。

二房媳婦閔氏得知李慕歌要來家裡上學，帶著白靈秀和白靈嘉進宮見她，商量此事。

「白玉堂原先就是文妃娘娘的閨閣，還是收拾出來給您住。秀兒和嘉兒與您年紀相仿，以後讓她們同您作伴。她倆自幼在家學讀書，知書達禮，性格也好，公主若想讀書，可以與她們多多切磋；若是不想，權當她們是陪您玩的人。」

李慕歌笑著說：「謝謝二舅母，既然父皇特地送我去讀書，我自當盡力，若學得不好，還請姊姊妹妹多幫襯。」

閔氏聞言，心中安定了幾分。她不知李慕歌的底細，生怕她在民間長大，性格頑劣，如今看來，她端莊溫和，輕聲細語，有禮有度，並不輸白家姑娘。

「公主這麼求上進，果然跟文妃娘娘一樣。當初文妃娘娘正是因為文采卓然，才得了皇上特封的敕號。」

李慕歌不想跟她話家常，便說：「上學的日子訂在冬至大典之後，原本我該留兩位姊妹在宮裡住段日子，但因我住在父皇的養心殿裡，不便留客，只能等上學的時候，再與姊妹們親近了。」

「那是自然。」

閔氏很知趣，便向李慕歌告辭，帶著白靈秀、白靈嘉出宮去了。

李慕歌的病已好了大半，內務府訂於冬月十五辦宗室家宴，歡迎她回宮。

左貴妃挑選著家宴的禮服和首飾，嘴角微微上翹，看起來心情很好。

她得到消息，白家人已經來宮裡請過人，李慕歌不日就會被接出宮。

更重要的是，雍帝避開白家，安排錦衣衛去紅葉村辦差。至於辦什麼差，自然是懷疑李慕歌的身世，派人去查了。

宮女飛翠許久沒見左貴妃這樣輕鬆的樣子，也跟著開心起來，幫她梳妝打扮時，說道：「這場家宴根本沒必要辦，皇上都打算把公主送出宮了，何須費這個神？」

左貴妃心情好，便多說幾句。「家宴的事是早吩咐過的，就算演戲，皇上也得把場面活做齊全了。而且人到齊，才好說事情呀。」

她將著正式禮服須戴的朝珠掛在脖子上，興致高昂地去了琉慶宮主殿。

雍帝的皇后早逝，后位空虛已久，左貴妃品階最高，代管後宮，向賢妃協理。

琉慶宮主殿中，已滿滿當當坐了一屋子人。今日宗婦進宮赴宴，要先來向左貴妃請安。

宗婦們各個背景不簡單，進宮前都聽說過《二妃傳》，也知道左貴妃與太玄公主之間，有著傳說中的血仇。

今天的皇室家宴，是兩位正主頭一回一起現身，情勢只怕不簡單。

左貴妃的左膀右臂先後被砍，不知今天是不是就輪到她了？

眾人各有心思，但誰也不會在主角面前提這些事。

當左貴妃氣色極好的出現時，宗婦們有些驚訝，這並不似一個頻繁受打壓的人。

果然，左貴妃能把持後宮多年，心氣不一般，只怕不是那麼容易就能打垮的。

李慕歌那邊，她早早便換好禮服，在養心殿的茶房等著雍帝處理完手上的事，帶她一起去赴宴。

顧南野穿著親軍衛的隊服從外面走過，要去正殿見雍帝。

李慕歌眼尖，一下子就看到了他。

「侯爺！」

顧南野駐足，往茶房這邊走了幾步。

李慕歌已小跑著到他跟前，問道：「今天侯爺也要參加家宴嗎？」

顧南野點頭。「京軍十二衛掌侍衛及御前儀仗，今日的兵仗和巡檢，由我親自監督。」

顧南野打量她，寶藍色的鸞鳳禮服穿在她身上，有些老氣，像小孩兒偷穿大人衣裳，但她神色鎮定，心情很好，神采奕奕的樣子很有生氣。

「殿下準備得怎麼樣？緊張嗎？」

李慕歌搖頭。「有侯爺在，我一點也不緊張。」

他還記得前世葉桃花第一次參加宮宴嚇得不敢拿筷子的模樣，果然是時過境遷，跟變了個人似的。

「殿下，今日人多口雜，若有人為難妳，不要怕，也不必放在心上，記住了嗎？」

顧南野這話說得話中有話，李慕歌更靠近他一步，低聲問道：「難道侯爺在晚宴上安排了好戲？」

顧南野忍不住笑了，伸手按按她的腦袋。「有人要獻藝，橫豎防不住，不如當個笑話看一看。」

又交代幾句，顧南野就去找雍帝了。

李慕歌回到茶房，琢磨著今晚可能會遇到哪些刁難。

這是她第一次正式露面，若被人當個好欺負的啞巴，那以後在皇室可是一點地位都沒有，必然會落得跟葉桃花相同的地步。

就算強撐，今晚她也不能被人小看了去！

臨近晚宴，雍帝自養心殿出來，接上李慕歌，一起去了舉辦宴會的交泰殿。

交泰殿中，絲竹錚錚，雅音齊發，皇親國戚們已盡數就位，等著雍帝和李慕歌駕臨。

李慕歌儀態端方地跟在雍帝身後，在龍椅旁邊的小桌落坐。所有人的目光全落在她身上，有好奇、有驚嘆，也有存疑。

雍帝執金湯匙，在酒樽上敲了兩下，奏樂立刻停下來。

雍帝巡視一周，道：「各位皇室宗親，今日朕舉辦家宴，是要告訴你們一件喜訊，朕尋回了失落民間多年的女兒！當年康威之亂，文妃死於戰禍，身故前誕下公主，卻被人抱走，不知所蹤。幸而朕與公主得皇天庇佑，今日公主還朝，朕甚欣慰，故與眾卿同享喜訊。」

雍帝說完，轉頭看向李慕歌。「歌兒，來，見過各位親戚。」

胡公公唱和。「太玄公主李慕歌，見禮——」

李慕歌起身，恭敬地走到龍椅前，對著殿中環坐的眾人行禮。

禮畢，宗親們齊齊起身，道：「恭喜皇上，恭喜公主！」

雍帝滿意地舉杯。「眾卿共飲此杯！」

李慕歌歸位坐下，偷偷打量眾人，一切如此順利平靜，怎麼沒人搗亂啊？

眾人飲罷，向賢妃搶先單獨向雍帝敬酒。

「恭喜皇上，賀喜皇上，明珠失而復得，可見皇上和公主得老天眷顧，實乃雍國之福。妾身再敬皇上一杯。」

雍帝笑著喝了酒。

向賢妃又說：「妾身聽聞能尋回公主，貴妃娘娘居首功，妾身也敬貴妃娘娘一杯。」

來了來了，唱戲的來了。

李慕歌不動聲色地看著向賢妃，等她繼續演。

左貴妃並不舉杯，淡淡地說：「賢妃弄錯了，尋回公主的是白家，與本宮並無關係，本宮不敢居功。」

向賢妃笑道：「當然有娘娘的功勞。白家之所以會去金陵，是為了調查左御史一案，若非左御史的案件牽扯出陳年舊案，又怎麼會發現太玄公主尚在人世？說起來，當年到底是誰抱走了公主？既然尋回公主，當年的罪人，應該也有眉目了吧？」

左貴妃沒有說話，眾人也沒發出聲響。

向賢妃句句話都在攻擊左貴妃，看來是想藉太玄公主一事，再踩左貴妃一頭。

大家看看左貴妃，又看看皇上，最後又看回向賢妃。這場面，不知誰會繼續說話。

最終，還是左貴妃笑了笑，道：「是呀，看來大家對公主的身世和經歷都十分好奇。本宮原不打算在今天的筵席上說這件事，既然向賢妃問了，那本宮只好給大家一個交代。」

她拿起手帕，側身對飛翠說：「去，把人領上來。」

左貴妃吩咐完，站起身，走到大殿中間，恭恭敬敬地對雍帝行禮。

「皇上，妾身代執鳳印，掌管後宮多年，處理過許多棘手的事，現在碰到一件案子，不知該如何是好。前些日子，有人敲響大理寺登聞鼓，狀告有人冒充皇嗣，因事關皇家顏面，大理寺不敢聲張，只能悄悄找本宮商量。

「本宮深知現在宮內宮外謠言四起，不該再惹火上身，插手此事。但皇家子嗣是後宮頭等大事，妾身不敢放過任何疑點，既然今日皇上、公主和各位宗親齊聚一堂，不如一起斷了這個疑案。若疑點被證實，則可以肅清奸佞，保皇家血脈正統；若疑點消除，也好給公主和本宮一個清白。」

向賢妃和左貴妃一人出了一招，高下立判。

向賢妃直接攻擊左貴妃，若一擊不成，很容易傷害自身。但左貴妃卻只是拋出問題，讓大家一起決斷，成與不成，她都可得個好名聲，實在是高。

李慕歌很想給左貴妃鼓掌。

一會兒後，宮女飛翠從殿外帶了一名男子過來。李慕歌遠遠地就認出來了，是葉桃花的養父葉典。

葉典失蹤多月，果然在左貴妃手上！

殿中來了外人，顧南野便藉護衛之名走進來，站在雍帝身側。

雍帝沈下臉色，問道：「殿中何人？」

葉典畏畏縮縮地跪在地上，頭都不敢抬。「小、小人葉典。」

左貴妃往他身邊走了兩步。「葉典，你在大理寺狀告何人何事，現在當著皇上的面，再說一遍。」

「小人、小人的女兒葉桃花，冒充公主……」

殿中紛紛響起議論聲，看向李慕歌。

李慕歌從位子上站起來，走到葉典面前。

「你抬起頭來看著我。」李慕歌不急不躁地說。

葉典無措地抬頭，看向面前的少女。

李慕歌問道：「你告訴我，我是誰，和你是什麼關係？」

葉典有一瞬間的疑惑。

少女穿著錦緞禮服，頭戴珠寶華冠，從容不迫，甚至面帶微笑地跟他說話。

這真是他養大的葉桃花嗎？不過半年不見，怎麼跟變了個人一樣？

他不會真的認錯人了吧？

葉典一時沒有說話，左貴妃皺眉，卻不敢明顯地表現出不滿，只能提醒他。「這是你親生女兒嗎？」

「是……是。」

「那你跟皇上說清楚，你女兒為什麼會假冒公主？」左貴妃引導著。

葉典說：「我們是金陵紅葉村的普通百姓，半年前，村裡突然來了些士兵，出一大筆錢買我女兒。我是個本分人，不敢賣女，誰知道那些士兵把我女兒搶走後，居然還把我家的人全殺了。」

「呵。」一聲陰沈冷笑從殿上傳來，顧南野出聲了。「下令殺你全家的是我，你是在說我嗎？」

葉典慌了，他沒見過顧南野，之前左貴妃安排他指認的畫像之人，好像也不是長這樣。

左貴妃有些驚訝，沒料到顧南野自己給自己找事。

李慕歌不想額外替顧南野添麻煩，接過話道：「左貴妃帶這人上來，想必是想讓他跟我對質。既然如此，我有幾個問題想問問他，讓大家來評評理。」

不待左貴妃和葉典同意，李慕歌問道：「你說我是你女兒，那你肯定知道我今年多大，何年何月生？」

葉典說：「妳今年十三歲，康威五年三月生的。」正是文妃死的那個月。

李慕歌笑了下。「不錯，你記得很清楚。那你家五年前溺水死去的兒子，又是哪年生的？想必你也記得很清楚。」

葉典有個兒子，五年前在村裡的池塘洗澡時淹死了。為了這件事，他虐打葉桃花一個月，怪她沒有把哥哥救起來。

葉典不說話了。

李慕歌又笑。「不急，你想好了再回答，御前撒謊可是欺君之罪。若你不記得兒子是哪年生的，貴妃娘娘大可以派人去紅葉村查問，定會有人知道。」

過了好一會兒，葉典還是沒有說話。

李慕歌替他說：「看來你忘記了，那我告訴你，你兒子是康威四年十二月生的，比我大三個月。我想請問你，你妻子曾氏是如何能在三個月裡生出我的？」

左貴妃的手在袖子裡攢緊了，她只知道葉典現在沒有孩子，沒想到他以前是有兒子的，僅大她三個月。

這麼大的漏洞，眼見沒辦法圓謊，左貴妃棄車保帥道：「大膽刁民，竟敢戲弄本宮和皇上，還誣陷公主！來人，把他拖下去，讓大理寺嚴辦！」

「等等！」李慕歌和顧南野異口同聲阻攔。

顧南野看李慕歌一眼，讓她先說。

李慕歌無視嚇得丟了魂的葉典，轉身對雍帝說：「父皇明鑑，今日是女兒第一次正式露面，您未將我的身世公告天下，百姓並不知宮中多了一位公主。葉典一屆平民，如何知曉？難不成是宮裡有人向他通風報信？」

李慕歌說著，轉身問葉典。「你說，是誰讓你進宮來指認我的？再不說實話，誰也救不了你的命了！」

形勢急轉直下，李慕歌才不會讓左貴妃那麼輕易脫身。

左貴妃極力保持鎮定，不露出馬腳。

葉典雖然怕得全身顫抖，卻沒有反咬左貴妃。「是，妳不是我生的，但也不是皇上生的，妳是我在野地裡撿的！」

李慕歌皺眉，沒想到他居然對左貴妃如此忠誠。

顧南野卻想明白了，葉典恨葉太玄害死他全家人，就算此次無法報仇，也不會舉發左貴妃。左貴妃最擅長利用人心中惡的一面，應該是向葉典許諾過會幫他報仇雪恨。

又一顆棋廢了。

場面一時間僵了下來。

第二十章

「皇兒，過來。」雍帝打破僵局，對李慕歌伸手。

李慕歌走到雍帝身邊，手被他拉住。

「妳放心，父皇已經查明妳的身分，知道妳就是我的親生女兒，對於企圖陷害妳、拆散我們的惡人，朕必不會輕饒！」

「臣也有一事要奏。」顧南野上前說道。

「准奏。」

顧南野說：「臣在金陵搜捕虯穹王子克爾查時，曾抓了葉典，但葉典被虯穹奸細柳敬放走。臣安排大量兵力四處搜捕，葉典一普通百姓，如何能飛天遁地，從金陵安然無恙走到京城？身為逃犯，他怎敢去大理寺告御狀？大理寺又如何收下訴狀？臣不得不懷疑，朝中有人救助葉典，並與虯穹勾結，意圖從後宮分裂大雍皇室，請皇上嚴查大理寺一干人等。」

左貴妃心中大亂。

若只是構陷李慕歌，她已做好萬全準備，縱然無法成功，也能將此事應付過去。

可若涉及通敵賣國，便大大不一樣了。

她立刻跪下，喊道：「皇上，妾身是接到大理寺的邸報才接手此事，妾身是被人利用了，求皇上明察！妾身只是想查明事實，保下正宗皇室血脈，絕沒有別的心思！」

雍帝冷冷說道：「貴妃不必如此驚慌，朕會仔仔細細、認認真真將此事查清楚。在查案的這段日子裡，為證明妳的清白，便禁足於琉慶宮，不要四處走動。來人，送貴妃回去。」

「是，妾身等皇上證明妾身的清白。」左貴妃緩緩站起來，盡可能保持鎮定和體面的退下了。

筵席中，二皇子李佑斐面色鐵青地看著這一切，幾次欲言又止，終是忍住了。

向賢妃暗喜，附和道：「妾身看啊，是有些人作賊心虛，怕自己做的惡事被翻出來，容不得公主回宮。幸好公主聰慧，能自證清白，妾身再次恭喜皇上，恭喜公主。」

經此一役，宗室各人雖然強裝鎮定繼續家宴，但心中無不泛起驚濤駭浪，這從民間回來的公主，居然打敗經營後宮多年的左貴妃，真是不可小覷。

李慕歌小小得意，這樣也算是給文妃報點仇了，希望雍帝和顧南野能查到左貴妃的其他實證，狠狠判她。

顧南野在旁觀察著李慕歌竊喜的小臉，心中也不太平靜。

士別三日，當刮目相待。她不僅能自保，還會反擊了。

原本沒打算要她出面，但看今天的效果，就算他最後不說蚪穹的事，她一個人就夠左貴妃受了。

顧南野又想起，在金陵時，李慕歌出謀劃策引誘顧老爺殺蘭娘，她越來越工於心計，也不知是好還是壞……

李慕歌見顧南野眉頭不展，拿著酒杯走過去，藉道謝的名義問他。「侯爺怎麼不開心？今天左貴妃的事，還是沒處理徹底嗎？」

顧南野記得上次他們為心計的事吵過架，他不想再爭吵，便避開這個話頭。「左貴妃到底能判什麼罪，還得由三法司決定，眼下還不好說。」

李慕歌以為他只是在愁這件事，便說：「天網恢恢，疏而不漏，相信一定能找到左貴妃的罪證。」

顧南野沒再多說，藉口還有差事要辦，提前離開了。

李慕歌心裡忽然空落落的。

顧南野真是陰晴不定，宴會前還摸她腦袋，覺得他們又恢復了親近，怎麼這一會兒，他突然又疏遠她？

失落的情緒一直持續到夜裡就寢，環環也看出來了，問道：「今天懲治了左貴妃，公主怎麼不開心？」

李慕歌在床上翻來覆去，最後小聲問環環。「妳覺得侯爺對我怎麼樣？」

環環想也沒想地說：「侯爺對您當然好呀。」

李慕歌小心挑著措辭，道：「在生死大事上，侯爺自然是處處護著我的，可其他小事，我總覺得侯爺對我忽冷忽熱。」

「有嗎？」環環有些疑惑。

李慕歌不敢把自己的小心思告訴環環，只得煩躁地抱著被子說：「算了算了，大概是我想多了。」

這一夜，她在夢裡也一樣糾結。

夢裡的葉桃花抱著一件狐裘斗篷，小聲央求白淵回。「你就幫我轉交給他吧。」

白淵回有些生氣。「妳好不容易得這好皮草，為什麼不留著自己用？」

葉桃花穿著單薄，站在冬天的雪地裡，柔柔弱弱的樣子，看起來有點可憐。

「我沒有其他拿得出手的東西，只有這個還算體面。他替我照顧孩子們，我什麼也幫不了他，在他生辰的時候，怎麼也得表示一下。」

白淵回氣結。「他從沒穿過妳縫製的衣服，妳還年年送，什麼時候能心疼一下自己？」

說罷，他將身上的黑色棉斗篷脫下來，罩在葉桃花身上，接過她手中的狐裘，氣呼呼地走了。

次日早晨醒來，李慕歌連忙喊環環，問道：「今天是什麼日子？」

環環茫然道：「冬月十六啊。」昨天才舉辦家宴，公主怎麼就不記得日子了？

李慕歌扳著指頭自言自語。「還有六天，應該來得及。」

昨夜她在夢裡得知重要消息，顧南野的生辰是冬月廿一日。

接下來，李慕歌關在房中數日，連左貴妃的案子查得如何都沒興趣問。直到十九日下午，聽聞顧南野進宮，用過午膳後，便守在養心殿旁的茶房，來回逡巡。

雍帝身邊的胡公公見她在這裡徘徊許久，問道：「公主可是要找皇上？」

李慕歌搖頭，試探問道：「西嶺侯在裡面嗎？我給顧夫人寫了信，不知是否順利送達，我想問問他。」

皇宮裡的信自然會順利送達，但胡公公十分懂眼色，笑著說：「奴才明白了，公主且先回側殿，等大人們歇息喝茶時，奴才請侯爺給您回話。」

李慕歌點點頭。

李慕歌回房後，從女紅繡筐中翻出一個劍穗子，拿荷包仔細地裝好。

這是她替他準備的生辰禮物，想送給他，又怕被拒絕。

「只是個劍穗子，正常人情來往，他應該不會拒絕吧？」

她忐忑地等了一個多時辰，總算聽到門外傳來沈重的腳步聲。

環環領著顧南野進來，李慕歌原本端坐在主位上，見顧南野單膝跪下向她行禮，立刻拘謹地站起來。

禮畢，顧南野泰然自若地在下方坐下，李慕歌才跟著落坐。

顧南野打量她，問道：「殿下神情緊張，還是不習慣受人跪拜嗎？」

李慕歌很想說，她只是不習慣受他的禮，但她不能這麼說。

「差不多習慣了，不過侯爺一直黑著臉，我怕哪裡又惹你不高興。」

平常顧南野就是這樣一副黑臉，除非心情特別好，不然不會有什麼不同。

顧南野有些訝異，小姑娘當了公主，膽子大了不少，居然敢責怪他擺臉色。

「看來是微臣嚇到殿下了。」顧南野說：「聽聞殿下在詢問金陵回信的事，信一來一回約莫十天，過兩天，我母親的信便到了，請殿下再耐心等等。」

李慕歌點點頭，摸著袖子裡的荷包，猶豫不決。

顧南野又說：「等下次回信，妳可以告訴母親，妳要去白家讀書了，她若知道妳不忘學業，會很開心。」

李慕歌點頭。「我會跟夫人講的。之前因左貴妃的事耽誤了，我還未來得及問你，父皇怎麼突然想到送我去白家？」

顧南野說：「許是因為皇上僅憑葉典的案子無法完全除掉左貴妃，擔心她報復妳，想等後宮乾淨一些，再接妳回來。」

李慕歌懂了。「謝謝你。」

顧南野繼續道：「聽白淵回說，白家已經幫妳挑好陪讀的姊妹，妳見過了嗎？如果覺得不滿意，可以讓她們換人。如今妳貴為公主，對她們，膽子也可以大一些。」

李慕歌答道：「見過了，兩個姊妹瞧著都很好相處，我沒有不滿意，倒是……」

顧南野等著她把話說完，卻不見下文。

「倒是什麼？」

李慕歌斟酌著問：「你認識白靈婷吧？我沒見到她，有些意外，還以為該遇見她了。」

顧南野懂了。

對於前世初入宮的葉桃花來說，白靈婷是個挺關鍵的人，正是在夢境中掌摑葉桃花、嚇唬她說顧南野殺了孩子的宮妃。

當時葉桃花剛回宮，誰也不認識，皇上想著靈嬪是她表姊，便吩咐靈嬪多照顧葉桃花。

靈嬪所謂的照顧，便是拘束著她，哪裡也不讓她去，並且毫不掩飾對葉桃花的討厭，罵她抹黑白家，也害她失了聖寵。

顧南野斟酌著說：「牽一髮而動全身，妳我命運早已不同，她自然也一樣。」

李慕歌點頭。

這時，胡公公在外敲門，道：「公主、侯爺，喝茶的時間到了，皇上請侯爺過去。」

政事要緊，顧南野沒有片刻猶豫，對李慕歌告辭，立即回前殿。

李慕歌看著手中沒有送出去的東西，懊惱地跺腳。她聊什麼白靈婷？她明明是要送生日禮物啊！

顧南野在養心殿和雍帝討論京城布防之事，直到天色漆黑時才出宮。宮門口前，他遇到了白淵回。

白淵回走過來，客氣地問：「侯爺新官上任，想必很忙吧？」

顧南野從徐保如手中牽過馬，邊戴手套邊問：「有事不妨直說。」

白淵回有些尷尬，道：「侯爺幫忙尋回公主，祖父準備設宴答謝您。明日休沐，還望侯爺賞臉。」

顧南野直接拒絕。「皇上已對外宣稱是白家尋回公主，那便是你們的功勞，不必再麻煩。公主已回歸正位，我與白家沒有其他關係了。」

之前為了葉太玄，顧南野才跟白淵回多些來往，並不是想跟任何外戚有多餘牽扯。

白淵回察覺他的態度轉變，本不欲多說，但想到母親的叮囑，只得厚著臉皮道：「侯爺，您能找到太玄，可見與白家有緣，不知顧白二家是否有更大的緣分結為親家？」

顧南野皺眉。「我對太玄殿下並無此心，你們多想了。」

白淵回錯愕，忙解釋道：「不是。公主年紀還小，白家不是想給公主說親，是我家靈婷妹妹……」

不待他說完，顧南野已翻身上馬，冷冷道：「那更不用多說了。」

看著絕塵而去的人馬，白淵回頓時覺得頭大，這下好像得罪顧南野了。

白淵回懊惱地回家，陶氏立刻喊他去問話。「見到西嶺侯了嗎？」

白淵回點頭。「顧侯一向不喜歡跟外臣結交，聯姻的事，他不答應。」

陶氏著急道：「娶誰家女兒不是娶？他不與外臣結交，難不成想攀附皇親？是不是你沒說清楚？你怎麼講的，仔細跟我說。」

白淵回沒辦法，只得重新說了一遍：「……起先顧侯誤會了，我忙說是要給靈婷妹妹說親，他立刻回絕道：『那更不用多說了』。」

陶氏聽了，後悔讓兒子去辦這件事，正要教訓，一個少女卻從幔帳中衝出來。

白靈婷氣得臉紅，對白淵回說：「什麼叫『那更不用多說了』？我堂堂世家姑娘，難道還比不上一個鄉下長大的野種？顧南野不過是個菜販的兒子，一朝得勢，眼高於頂，竟敢如此羞辱我！」

「靈婷，不可胡言亂語！」白淵回喝道：「什麼野種？什麼菜販？妳瘋了？」

陶氏也拉著白靈婷，用手指點她的額頭。「看看妳的樣子，也知道自己是世家姑娘？」

白靈婷跌坐在椅子裡，哭道：「娘，哥哥，我真的不想活了！自從二妹和五妹打宮裡回來，家裡的管事就開始偏心，還搶走我訂好的布疋，說是她們要陪公主讀書，得做些新衣裳。如今我竟落到被下人欺負的田地，在家中尚且如此，何況外頭？我沒臉見人了！」

「妳慌什麼？如此經不起事。」陶氏喝道：「有我和妳爹爹，還有妳哥哥在，能不管妳？如今白家子弟中，數妳哥哥最有出息，靈秀、靈嘉不過是去當陪讀，能翻天不成？」

白淵回不喜歡母親和妹妹這個樣子，不想再跟她們說這些，轉身出了正房。

李慕歌心中一直記掛著顧南野的生日，一夜沒睡好。隔天一早，她向雍帝討恩典，說想去白家玩。

「我進京時昏迷著，如今身體康復，想去外家看看。」

李慕歌進宮一個月，幾乎沒提過什麼要求，又是去白家探親，雍帝立即同意了。

「有何不可？朕派親軍衛送妳去。」

李慕歌忙道：「女兒不想引起太多人注意，派個宮人送女兒去就行。」

雍帝心想悄悄去也對，免得後宮有些人知道了，生出別的心思。但考慮到她的安全，遂挑了一個功夫特別好的侍衛，便裝陪她出行。

於是，李慕歌由侍衛陪著，另帶著環環，三人出宮。

出去後，李慕歌沒直接去白家，而是問侍衛。「你可認識錦衣衛的白淵回？」

侍衛點頭。「屬下與白大人打過交道。」

李慕歌高興地說：「你去白家約他出來，我想單獨見他。」想請白淵回幫她轉交生日禮物給顧南野。

侍衛給李慕歌找了家幽靜的茶舍安置下來，而後就去白家請人。

京城權貴頗多，有許多供達官貴人私下聚會消遣的地方。這間茶舍便是如此。

環環小聲問李慕歌。「為何公主不去白家，卻約白少爺在此私會？莫非是……」

「不許亂說。」李慕歌打斷道：「他是我表哥。」在她的認知裡，表親是不能結婚的。

茶舍庭院深深，草木繁茂，李慕歌等得無聊，便讓環環去取魚食，想蹲在天井中的小池邊餵錦鯉。

二樓的迴廊上，有兩個女子在閒聊，李慕歌原本沒注意到她們的竊竊私語，但漸漸聽到熟悉的名字，不禁往花藤後面靠了靠，留意聽著她們說些什麼。

「……白靈婷向來看不起我們，這下卻栽了大跟頭，她已有半個月沒來參加花舍的雅集，莫非打算以後再也不見人？」

另一個女子低笑出聲。「她不僅進不了宮，親事還再三受挫。白家覥著臉面試探過很多人家的口風，都沒戲。最近我還聽說，他們找上了西嶺侯。」

「西嶺侯？白家竟然淪落到要把女兒嫁給這種行伍粗人嗎？」

「千真萬確，白淵回在宮門口跟西嶺侯說的，有守衛親耳聽見了。」

「白靈婷真可憐，我聽說西嶺侯是暴虐粗鄙的武人，在金陵做過很多不堪入耳的事。」

「真的嗎？妳都聽說過什麼事？」

「強搶民女、爭風吃醋，他好像有些特殊癖好，搶的都是幼女。」

「天哪，好噁心！」

李慕歌聽得義憤填膺，顧南野的名聲已經臭成這樣了嗎？又想到，如果這兩人說的是真的，那白家豈不正在替顧南野和白靈婷說親，更是生氣。

她噔噔噔的上樓，瞪著那兩個碎嘴的女子。

她並不認得她們，但將她們的容貌記在心裡。

兩人見有個小姑娘衝上來，嚇了一跳，見她怒氣沖沖，緊張地站起來道：「妳、妳是誰？怎麼如此不懂禮貌，到處亂闖？」

李慕歌揶揄道：「比起背後編排謠言、說人壞話的，我現在忍著沒罵人，可算是太懂禮貌了。」

兩個女子面色一紅，知曉自己嚼舌根被人聽到了。

「妳聽錯了，我們什麼也沒說。我們與妳不相識，可不能平白誣賴我們。」那女子耍賴完，拉著自己的姊妹回茶室。

李慕歌見狀，也氣呼呼地下了樓。

李慕歌回到茶室，猛灌了一壺茶下肚。

拿著魚食過來的環環問：「公主，怎麼了？誰惹妳生氣了？」

李慕歌有氣難出，只得說：「這個白淵回，怎麼來得這麼慢？」

等白淵回趕來時，正看到李慕歌滿臉怒氣。

李慕歌讓環環出去，要單獨跟白淵回說話。

環環關上門，白淵回關切地問：「公主急招我有什麼事？」

李慕歌手中的荷包已被她捏得縐巴巴的，但她也只能忍著不快，問道：「聽說白家正在給顧侯說親？」

白淵回嚇一跳。「妳聽誰說的？」

沒有否認，便是確有此事了。

李慕歌黑了臉。「滿京城都在傳了。」

白淵回覺得頭大，但考慮到白靈婷的名聲，只得解釋道：「我們家是有這個意思，但不一定能成，有很多需要考慮的事。」

李慕歌心裡悶得不得了。

顧南野知道前世白靈婷怎樣欺凌葉桃花的，竟然還要考慮？

見李慕歌悶不吭聲，白淵回問：「公主出宮，就是要問我這件事嗎？」隱隱有種猜想，又不敢隨意問出口。

李慕歌否認。「我聽到這個傳言，隨口問問罷了。我找你是因為……因為你晉升了，特地給你做了個禮物，恭喜你。」

荷包太縐送不出手，她把裡面的劍穗拿出來，送給白淵回。

白淵回受寵若驚，他都晉升一個月了，怎麼這時候送禮物給他？捧著精緻的劍穗道：

「多謝公主。」

李慕歌悶悶地應了一聲。

送出去了，又後悔了。那可是她做的十來個劍穗中，最好的一個。

為了這個禮物，她熬了好幾個夜晚，手指都要被戳爛了。

第二十一章

官員逢十休沐。

這天顧南野休息，在天音閣中打理顧家生意。

徐保如向他稟報各項消息。「……今日太玄公主私服出宮，單獨見了白淵回。」

顧南野從繁多的帳本中抬頭。「她遇到什麼難事了嗎？」

徐保如說：「沒聽說宮中有事發生，公主和白淵回談了什麼，並不清楚，只知道公主因為白淵回赴約慢了，發了脾氣。」

顧南野點評道：「脾氣見長啊。」

徐保如聽了，猶豫地補充道：「而且，白淵回從茶室出來時，隨身多了一個劍穗，是公主親手做的。」

這回，顧南野沒吭聲了。

徐保如不知要不要繼續說其他事情，便問：「需要去細查他們商談了什麼事嗎？」

顧南野搖頭。「罷了，那是他們的私事。繼續。」

徐保如說起其他消息，但顧南野未再做任何批示。

徐保如身為顧南野的「知心小棉襖」，隱隱覺得主人有些不開心。

稟報完所有情報之後，徐保如說：「夫人給公主的回信已經到了，今日就送進宮嗎？」

顧南野想了想，道：「明日我要進宮，給我吧。」

李慕歌從宮外回來，輾轉反側，難以安睡。

雖然她知道前世顧南野拒絕雍帝的賜婚，沒娶葉桃花，也曾對她疏遠，但就算要她對他死心，她也不能接受顧南野跟白靈婷議親的事。

連續兩天沒睡好，讓李慕歌的精神非常萎靡。

隔天，她起床陪雍帝吃了早膳後，又躺回床上補眠。

臨近中午醒來時，環環拿著一封信，說：「夫人的回信到了。」

李慕歌心情稍好，接過信，一邊拆信、一邊自言自語。「這次怎麼送晚了？」

送給宮裡的文書，會在前一晚分揀好，次日天沒亮便送到各處，待各主子起床後，就能查閱。

早上她起床時，明明還沒有信。

環環說：「是侯爺親自送來的。」

李慕歌幾乎要從床上跳起來，問道：「侯爺來了？妳怎麼不叫我？」

今天可是顧南野的生辰啊！

環環有些為難地說：「您說身體不適要睡覺，誰也不見。」

好吧，她真的這麼說過。
「快幫我問問，看看侯爺出宮了沒有。」
「是。」

養心殿裡，顧南野跟雍帝討論完祭天大典的布防，胡公公便進來問午膳的事。
顧南野忽然道：「下午微臣要整頓禁軍，不知可否在皇上這裡討口飯吃？」
雍帝笑了。「你啊，就喜歡在朕面前裝腔作勢。朕知道今天是你的二十歲生辰，早已吩咐御膳房替你備了膳。」
胡公公應聲下去佈置。
雍帝與顧南野聊天。「每年生辰，你都會向朕討些東西，不是要求增加糧草，就是要求增補士兵。這幾日朕還在想，今年你會討些什麼，沒想到就是一頓飯？」
顧南野思忖道：「今日，臣的確想再向皇上討個恩典。」
「你說說看。」
李慕歌聽說顧南野還在養心殿議事，梳妝完便跑去。
側殿與正殿相連的迴廊上並無親軍衛把守，她正要掀開門簾從後面走進去，就聽到熟悉的洪亮聲音說——
「臣想向皇上討個婚事的恩典。」

李慕歌瞬間呆住。

顧南野居然主動向雍帝請求賜婚？他要娶白靈婷？還是有其他喜歡的人？

她心中非常難受，不由轉身想走，但完全邁不動腳步。

雍帝詫異地問：「哦？顧卿看上了哪家姑娘？」面上漸漸露出憂色。

這幾日，向賢妃一直纏著他進諫，說西嶺侯掌握京軍大權，為了確保他的忠心，應該賜婚給他，加以拉攏。

向賢妃鍾意的世家貴女，自然明裡暗裡都跟三皇子李佑翔有關係，他可不想除掉一個左黨，再扶植起另一個外戚黨羽。

雍帝拒絕過向賢妃數次，但向賢妃不依不饒，連其他宮妃都聽到風聲，有樣學樣，讓他十分難辦。

難道向賢妃在他這裡沒求到恩典，直接去找顧南野商量？若是顧南野與外戚聯姻，可就不太好了。

顧南野單膝跪地，道：「臣征戰沙場多年，殺孽太重，已向佛祖發願，修身養性三年。三年內，臣不會娶親，也請皇上不要賜婚。」

雍帝心頭一喜，顧南野真是太體貼他的難處，竟然給出這麼好的理由，讓他去拒絕宮妃們聯姻的請求。

只是，三年會不會有點久？他都二十歲了。

雍帝痛快地說：「你是不是聽到了後宮的風言風語？不必管，你的婚事，由你做主。你向佛祖發願是好事，只要心意誠懇，也不用三年這麼久。」

顧南野沒有糾結日子長短，答道：「謝皇上。」

熬到這一刻，李慕歌的心跳都要停了。她不懂顧南野希望三年不婚是什麼意思，但至少說明，他眼下不會娶白靈婷。

白靈婷的年紀，可等不了他三年。

李慕歌的眉頭漸漸舒展，心裡浮起蜜意。

這時，她的肩膀忽然被搭上一隻手。

她嚇了一跳，轉身一看，是胡公公。

「公主來請皇上用午膳？」胡公公問。

殿裡的人聽到動靜，雍帝揚聲問：「是歌兒嗎？來得正好，今日顧侯生辰，妳也一起替顧侯慶祝。」

李慕歌偷聽被撞破，只好紅著臉進去了。

宮人們很快把午膳擺好，雍帝賜酒，顧南野連飲三杯。

雍帝意有所指地說：「歌兒，妳最該敬顧侯一杯。」

「是。」李慕歌起身，親自替顧南野斟酒，又把自己的酒杯滿上。

「太玄多謝侯爺的多番關照，祝侯爺生辰快樂，心願得償。」言畢，她舉杯要飲，卻被顧南野捏住酒杯，攔了下來。

「今日殿下身體不適，就不要飲酒了。」說罷，一起乾了自己和李慕歌的酒。

雍帝問李慕歌。「歌兒哪裡不舒服？是毒又發了嗎？」

李慕歌搖頭。「沒有，就是有些心神不寧，現在已經好了。」

「還是請太醫再看看，不可大意。」

「是。」

李慕歌坐回位子上，偷偷把酒盅捏在手中。

有雍帝在場，三人遵制守禮，午膳中並沒有太多交談。

飯後，顧南野告辭，李慕歌也一起退下了。

養心殿外，顧南野刻意放慢腳步，等了李慕歌一下。

「母親的信，妳收到了吧？廿五日，我還會進宮，妳可以直接把回信交給我。」這樣她就能避開雍帝的查閱，寫一些體己話了。

李慕歌開心道：「好，到時候見！」

顧南野望著她，問道：「沒其他事了？」

李慕歌緊張地說：「沒……沒啊，我還能有什麼事？」

顧南野直截了當地問：「沒有幫我準備生辰禮物嗎？」

李慕歌心中大呼糟糕，禮物已經被她送人了，哪裡還有？

「我不知道你今天過生辰……」

「不知道？」顧南野反問。

前世，葉桃花因感念顧南野照顧她的三個孩子，每年都會送生辰禮物給他，雖然他從未回禮，也從未道謝過。

「對不起，我再補給你吧。」

顧南野望著她，心裡有些失望。「罷了，若讓我母親知道，又要說我欺負小孩兒。」

李慕歌目送他離開，當真是腸子都悔青了。

最近，白淵回大概是犯了太歲，在家裡被母親、妹妹為難，在宮裡又被上峰為難。

今日顧南野整頓禁軍十二衛的軍務，為了樹立威信，竟然親自上校場跟侍衛比武，第一個就挑他。

他技不如人，比武輸給顧南野倒也沒什麼，可是他新得的劍穗卻被顧南野削去，還說這是戰利品被沒收了。

他垂頭喪氣地去旁邊喝水，新進親軍衛的馮虎安慰道：「侯爺的武藝勇冠三軍，輸給他沒什麼好丟人的，白大人就不要洩氣了。」

白淵回與馮虎在金陵打過幾次交道，知道他是顧南野的親信，便說：「輸給他自然不丟人，只是那劍穗是太玄公主送我的晉升禮物，還請馮侍衛幫忙說說情，請侯爺還給我。」

馮虎看著他，笑了。「太玄公主送的？那更不會還你了。」

白淵回心中的猜想更盛，追問道：「這話是什麼意思？」

馮虎拍拍他的肩，走了。

顧南野回到住處後，取出一個木匣，把劍穗丟進去。

關上匣子後，他又打開，看了看裡面裝的平安符和劍穗，一個是她買的，一個是她做的，買的可比她做的手藝強多了。

「女紅怎麼退步成這個樣子，怕是沒用心做吧？」他記得葉桃花縫製的衣服十分精美，沒想到送白淵回的東西這麼粗製濫造。

如此想著，他的心情似乎舒暢了一點點。

冬至日，陰極之至，陽氣始生，日南至，日短之至，日影長之至。

雍朝一年一度的祭天大典，辦在冬月廿七日。

雍帝在皇極殿中叩拜天地及先祖，李慕歌穿著公主禮服，站在殿外等待。皇子、宗親跟隨雍帝留在殿內，宮妃們則依次站在李慕歌左右。

左貴妃被禁足，沒有現身，但向賢妃並未因此而開心，面色也極為不好看。

五日前她才知道，這次冬至大典由雍帝親自執行，從頭到尾沒打算要大皇子李佑顯代為行禮。她以為左貴妃失勢，後宮就是她的天下，沒想到雍帝也藉此讓她和李佑顯失了面子。

李慕歌手中端著十分沈重的玉如意，已經站了一個多時辰。

雍帝祭天，前後要兩個時辰，她雖然有心理準備，但真的穿著禮服、頂著頭冠、捧著如意站著，還是有些吃不消，不由晃了一下。

向賢妃見狀，在旁邊冷笑。「公主可站穩了，若在大典上失儀，可是大不敬和不祥。」

李慕歌沒有回話，深呼吸一下，重新站直。

好不容易等到祭天完畢，到了她認祖歸宗的時刻。

儀仗隊從皇極殿中走出來迎李慕歌，為首的人正是顧南野。

李慕歌朝他走去，跨過皇極殿高高的門檻時，有些腿軟，顧南野飛快扶了她一把。

走到正殿的路上，左右只有顧南野的人，他便將一塊飴糖塞到李慕歌手中。

「快吃。」

李慕歌又錯愕又好笑，趕緊把糖吃了。

糖在口中，卻早已甜到了心裡。

如此一本正經、不苟言笑的人，竟然會在這麼嚴肅的大典上幫她藏糖。

吃了糖，李慕歌彷彿打了雞血般，頭不暈，腳也不軟了，十分順利地完成祭祖儀式。

當皇室宗譜寫上她的名字後，皇極殿眾臣跪拜，三呼「公主千歲」。

烏壓壓的人群中，李慕歌眼中只看得到顧南野，她不稀罕做雍國的公主，她只想做他的小姑娘……

從皇極殿回來，向賢妃心中還是不痛快。

雍帝親自祭天，她怪不得，便把罪過怪到李慕歌身上。

「若不是今年多了一個她，皇上怎麼會親自祭天？」她對李佑顯抱怨。「如今二皇子失勢，你還沒辦法乘機討得你父皇歡心，真是太沒用了。」

李佑顯無奈道：「母妃，是兒臣不爭氣，但這是沒法子的事，您就消消氣吧。」

向賢妃氣結。「你再這樣不爭不搶，遲早連命也丟了！」

李佑顯低著頭，不說話了。

冬至後的第一日，天沒亮，白家二媳婦閔氏就進宮來接李慕歌去白家。

除了環環，雍帝還派了親軍衛及馮虎貼身護衛，保護李慕歌的安危。

李慕歌是白以誠的外孫女，到白家後，理應先去拜見長輩，但若論身分尊貴，又該是白家眾人來拜見她。

兩相權衡，負責照顧李慕歌的閔氏出宮後，到公主的馬車前，同李慕歌商量。

「上課的時辰快到了，靈秀、靈嘉會陪著公主直接去家學。待妳們下學回來，家裡設了晚宴，一家人認認臉，親近親近。」

「辛苦二舅母操辦，那我們上學去了。」李慕歌讓白家姊妹坐上自己的馬車，跟閔氏在宮外道別。

車內，白靈秀和白靈嘉看起來有些拘謹，李慕歌害怕任何尷尬的情景，遂找話題閒聊。

「妳們可知去家學讀書有什麼要注意的嗎？等會兒到了，該找誰呀？」總有個類似入學手續的程序吧？

白靈秀回答：「公主不必憂心，我母親和管家已經安排妥當，管家會在書院等我們。」

「哦，那就好。」李慕歌又問：「妳們在家學學什麼？」

白靈秀說：「啟蒙時學《三字經》、《百家姓》、《千字文》、《弟子規》，把《論語》學完之後，可以自己選擇學儒家還是學黃老，抑或其他諸子百家，全憑個人見解和喜好。」

李慕歌暗暗稱讚，白家是書香世家，百年不倒還是有原因的，家學中能做到百家齊放，可見實力雄厚。

「那妳們倆學什麼呢？」

白靈嘉見李慕歌平易近人，她本就話多，忍不住插嘴道：「二姊尊崇墨家，我快學完

《論語》了，還沒想好以後學什麼。」

在曲慕歌生活的時代，墨子被後人尊稱為「科聖」，自稱「布衣之士」，墨家在手工業、物理學等方面有非常深的造詣，極受底層人士的追崇。

白靈秀身為貴族，卻學墨家，不得不說，很有魄力。

李慕歌不禁又多看了白靈秀幾眼，但在葉桃花的夢境中，沒想起任何關於白靈秀的事。

白靈嘉又問：「公主呢，您打算學什麼？」

李慕歌笑著說：「啟蒙的書，我都還沒念完呢。」

「啊？妳怎麼……」

白靈秀怕妹妹說出取笑李慕歌的話，連忙打斷她。「那正好，今年簡先生開了啟蒙班，他為人和善正直，講的東西深入淺出，公主一定會喜歡上他的課。」

接著，白靈秀向李慕歌介紹簡先生，說他十六歲便名揚京都，翰林院曾有意招他去編撰史書，但他說修史不如育人，立志廣收弟子，做個桃李滿天下的先生。

白家姊妹在路上跟李慕歌說著學裡的事，馬車很快就到了無涯書院。

管家果然已在書院外等候多時，李慕歌下車進書院時，正是學子們來上課的時辰，許多人朝她投來好奇的目光。

無涯書院的院長是白家年長的老人，論資排輩，李慕歌應該喊一聲「表舅爺爺」。

表舅爺爺看起來慈眉善目，但有些囉嗦，與李慕歌說了許多讀書修身的好處，勉勵她好好念書。

有許多掉書袋的話，李慕歌聽不懂，還好這位表舅爺爺也沒有考她或為難她的意思，一番訓話規勸後，就讓管家送她去見簡先生了。

簡先生是個年輕男子，如白靈秀所說，十分和善，但李慕歌看自己的同學都是些六、七歲的小娃娃，頗為哭笑不得。

簡先生察覺她的尷尬，道：「公主啟蒙雖晚些，但年歲已長，學東西自然比稚子要快。我會單獨替您授課，想必過不了幾個月，您便能與靈嘉姑娘一起學《論語》。」

李慕歌謙虛地點頭，老老實實跟小朋友們一起翻開書上課了。

第二十二章

與稚子上課有個好處，他們還很單純，不會來吵她，只會跟同齡的孩子一起玩。但其他半大不小的少年、少女們，就讓李慕歌有些煩心。

整個上午，她上課的地方外總是有人路過、圍觀，交頭接耳中，頻繁傳來不善的嬉笑聲，甚至不會刻意壓低聲音，取笑她在民間沒讀過書，這麼大了才啟蒙。

白靈秀、白靈嘉聽課的地方與李慕歌不在一處，中午休息時，兩人才來找李慕歌。

白靈嘉說：「今天好多人來問我，太玄公主是不是到學院來了，問妳在哪裡讀書，想來看看。」

李慕歌笑著說：「我又不是什麼稀奇東西，有什麼好看的？」

白靈秀囑咐妹妹。「咱們上書院是來讀書的，若有人向妳打聽公主的事，可謹言慎行，不要給公主惹麻煩。」

「不會啦，二姊，我知道分寸的。」

白靈秀又問李慕歌。「上午公主學了什麼？可有什麼不懂的嗎？」

三人正說著，有人直接從外面接了白靈秀的話。「二妹這話問得可真好笑，公主這麼大了才開始啟蒙，怎麼會聽不懂？妳當公主是傻子啊？」

這話對李慕歌和白靈秀極為不客氣，李慕歌抬頭看去，見白靈婷走了過來。

李慕歌在心中道，不是冤家不聚頭，之前就不該在顧南野面前念叨她，這不是把麻煩精給念來了嗎？

白靈秀面色不好地站起來。「我不是這個意思。」

李慕歌不動聲色。

白靈婷打量李慕歌，道：「妳就是李慕歌？」

直呼其名，極其不敬。

李慕歌笑了一下才開口：「妳認得我，我卻不認得妳，也不知妳是誰家小姐，如此不知禮數。」

身分擺在這裡，不用其他理由，就能壓白靈婷一頭。

白靈秀替白靈婷賠禮。「公主，對不起，這是家姊白靈婷。」

白靈嘉拉拉白靈婷的衣袖，小聲說：「大姊，既然妳知道這是太玄公主，快行禮吧。」

白靈婷心中不甘，但她第一次見李慕歌，不知道她是什麼脾氣，若得罪太過，惹得李慕歌出手處置她，怕還是要吃苦頭，只得忍著不快，屈膝行禮。

「白靈婷見過公主。」

這個禮，行得非常敷衍。

李慕歌問道：「看妳的神情，不像是特地來拜見我的，到這裡來有什麼事？」

白靈婷的確是為其他事而來，對白靈秀說：「妳姨母家出了事，二嬸正被祖父責罵呢，妳還不回家看看？」

白靈秀很驚訝，但隨即鎮定下來。「現在我回家也幫不上忙，待下午放學回去，自會去安慰母親。」

白靈婷輕蔑地笑笑。「妳還真是無情。罷了，這是妳的事，我只是好心說一聲罷了。」其實，她就是來看二房笑話的。

最近因接待李慕歌之事，二房處處壓大房一頭，明明是她親大哥白淵回接回李慕歌，好處卻全讓二房占了，讓她十分不開心。

如今二房終於出了點事，白靈婷巴不得他們越慘越好。

白靈秀畢竟只是個少女，待白靈婷走後，不安的心情更明顯了。

白靈嘉已忍不住，拉著她問道：「姊姊，姨母和曉夢姊姊不會有事吧？」

「曉夢？」李慕歌聽到了熟悉的名字。

白靈嘉說：「我姨母的女兒叫衛曉夢，不久前剛進京，原本說好要到無涯書院借讀，但不知為何來不了。現在聽說他們出事，只怕是與她父親有關係。」

白靈秀靈機一動，問道：「公主跟衛妹妹都是從金陵來的，認識嗎？」

世家大族沾親帶故的多，但李慕歌沒料到有這麼巧的事。

「是大理寺少卿衛大人家嗎？」

「正是。」兩姊妹異口同聲地說。

「那的確是認識的。」李慕歌大概猜到發生了什麼事。大戶人家出事，多半跟朝政有關。最近朝中最大的事，就是調查左貴妃的案子，牽扯到大理寺、刑部、吏部等處，涉及的人就更複雜。

在金陵時，從衛長風的言行推測，衛家應該是二皇子一黨的人。這次左貴妃透過大理寺提審葉典，衛家多半攪和進去了。

李慕歌對閔氏的印象還不錯，白家二房也沒有欺壓過前世的葉桃花，於是好心問道：「二舅母跟妳姨母來往得多嗎？」

白靈秀搖搖頭。「早年姨母嫁去金陵，很多年沒聯繫了。去年姨父升職當了京官，一個多月前，姨母帶著孩子進京，這才開始走動，但一來就出事了。」

李慕歌算算時間，衛家和她幾乎是前後腳離開金陵的，這便有些不太對勁。若衛家很早便計劃要搬到京城，憑衛長風的大嘴巴，之前在金陵時，不該沒聽說過。可見他們進京安排得極為倉促，像是不得不來。

葉典的案子，左貴妃若想撇清關係，就不能用左、段兩家的人，必會利用別家，而衛家在金陵和京城都有人，是最適合的選擇。但為了確保衛少卿的忠誠，左貴妃必須拿捏住他的軟肋。

衛家家眷莫非是被左貴妃弄到京城來的？

若真如她所推測，衛大人極可能會當替罪羊，案子最終也查不到左貴妃身上。

與此同時，白家的主屋裡，白以誠也正在為此事發怒，喝斥閔氏。

「左貴妃指使人質疑公主身分，就是跟我們白家作對。既然左貴妃開了這個口，衛少卿便脫不了身，咱們再不能跟衛家有半點關係！」

閔氏傷心又為難地說：「父親息怒，我姊姊不懂政事，她與衛大人分居兩地，衛大人在大理寺做了什麼，她一概不知，兒媳更是毫不知情。不管皇上要如何處置衛大人，媳婦都不敢說一句話，只求父親能救救我姊姊和孩子，保住他們的性命。」

「糊塗！婦人之仁！我若出面保衛家女眷，豈不是寒了太玄公主的心？豈不是讓外人笑我們胳膊往外拐？」

閔氏難過。「可她畢竟是我姊姊啊，總不能這樣看著她和孩子們淪為官奴。」

「妳對她們不忍心，難道就忍心看秀兒和嘉兒受到牽連？現在她們陪伴公主左右，以後必有好婚事，若失了公主的心，她們跟其他姑娘有什麼區別？白家與其他讀書人家，有什麼區別？」

白以誠毫不留情地說：「妳是她們的母親，是白家的媳婦，而不僅僅是閔家的女兒！」

下午上課時，李慕歌一直走神，思考著衛家和白家二房的事。

但葉桃花的前世記憶中，沒有任何關於他們的存在。

雖說葉桃花沒什麼存在感，但她跟白家好歹是親戚，總不至於連二舅母都不認識，除非是……二房出事了。

前世左貴妃倒臺時，受到牽連的人很多，按照衛家如今的做派，必定深陷其中。閔家會不會受到衛家牽連，還未可知。

但以白家的行事，為了撇清跟衛家的關係，休掉閔氏，也不是不可能。

畢竟，白家覺得葉桃花在民間受辱多年，有辱門楣，連她這個公主都不要，何況是一個會帶來抄家隱患的兒媳呢？

待到下學，李慕歌將自己的推測告訴馮虎。

「……你把這些話帶給侯爺，看看能否救下衛家家眷，唯有這樣，衛大人才會站出來說實話，不會幫左貴妃頂罪。」

馮虎去得快，回來得也快，李慕歌剛在白玉堂換好衣服，準備赴白家為她準備的晚宴。

「侯爺說，只要二皇子沒事，衛少卿就不敢指認左貴妃，哪怕救下了衛家親眷，也無濟於事。」

也是，就算扳倒左貴妃，但二皇子李佑斐還在，要報復一個普通官員，太容易了。

衛家不敢冒險。

李慕歌有些憤然，這次又要讓左貴妃逃脫了。

難怪左貴妃被調查，顧南野和雍帝還是要把她送到白家。等左貴妃喘過氣來，只怕是要報復她。

李慕歌神情鬱鬱地去白家宴廳，見閔氏和一雙女兒精神也不好，唯有長媳陶氏和白靈婷笑意十足，像是揚眉吐氣一般。

李慕歌不喜歡分明是一家人還這樣落井下石的嘴臉，不怎麼理人，在白以誠的恭請下，坐上主桌，一一受白家各房各輩的拜見。

輪到白靈婷拜見她時，李慕歌主動開口：「今天中午在書院見過這位姊姊，現在看起來，禮數周道多了。」

白以誠和陶氏聽了，微微拉下臉，陶氏趕緊道：「想必是婷兒不認識公主，之前有些失了禮數。大家一家人，還請公主莫怪。」

李慕歌直接發難道：「不認識我，怎會直接喊我的名字？我還以為是之前哪裡得罪了這位姊姊，引得她不快。但我進京後便進了宮，這位姊姊也沒進宮向我問過安，必然是沒見過面的。思來想去，只能是因為我在民間長大，引得這位姊姊看不起，才會如此輕慢。」

一番話說下來，意思再明顯不過。

白以誠冷聲道：「靈婷，給公主敬茶賠罪！」

丫鬟把茶遞到白靈婷手邊。

白靈婷咬著嘴唇，接過茶杯，送到李慕歌跟前，頭扭到一邊，十分小聲地說：「請公主恕罪。」

李慕歌不接，笑著對白以誠道：「外祖父，我沒有錯怪這位姊姊吧？」

白以誠拍桌大喝。「靈婷，白家教妳十幾年讀書做人，居然連最基本的禮儀都忘了。看來妳母親真把妳寵壞了，簡直有辱門楣！」

白以誠身為家主，在家中十分有威信，哪怕是頗受寵的長孫女，白靈婷也十分懼怕他，眼淚一下子流出來，只好跪在李慕歌面前，將茶杯高舉到額頭。

「公主，我知錯了，再也不敢對公主無禮，請您原諒我。」

李慕歌這才接過她的茶，淺飲一口。「姊姊知錯能改，善莫大焉，快起來吧。今日是團聚的日子，一家人該和樂融融。姊姊也別哭了，倒讓我好生內疚，像是我仗勢欺負妳了。」

白靈婷起身時，白以誠說道：「妳還有臉哭？去祠堂跪一晚，反思己過。」

「祖父，我都認錯了！」白靈婷脾氣上來了，看看白以誠，又扭身望向母親陶氏。

陶氏卻是不敢忤逆公公，立刻拉著她說：「難道妳敢不聽祖父的話？我真是寵壞妳了，給我去祠堂跪著！」

白靈婷發現自己說不說話都有錯，只得哭著去了祠堂。

另一桌，白靈嘉小聲對白靈秀說：「白天我還覺得公主脾氣好，對我們很親善，沒想到她這麼厲害。」

白靈秀壓了壓妹妹的嘴唇，在她耳邊低聲道：「我們待公主親善有禮，她便待我們親善有禮，長姊對她無禮，她自然要樹立威信。今天是公主第一次正式見白家人，若不立好規矩，以後其他人有樣學樣，輕慢她怎麼辦？」

白靈嘉點點頭，明白了。

筵席散後，陶氏掛心女兒，急匆匆帶著吃食去祠堂看白靈婷。

白靈婷盤腿坐在祠堂裡，見到陶氏，又哭起來。「母親，連您也不疼我了！」

陶氏安慰她。「我若不疼妳，能急巴巴地來看妳？妳這個傻孩子，讓我說什麼好？招惹誰不好，去招惹太玄公主？以前妳在家裡放縱慣了，簡直膽大包天，沒有半點分寸。現在可得記好了，現在太玄公主最大，妳安安分分的，不要再去招惹她。」

白靈婷委屈。「母親，我不服！因為她，我不能進宮，還失了祖父的歡心，憑什麼！」

「就憑她是從文妃娘娘肚子裡出來的，而妳是從我肚子裡出來的！妳別不服氣，從小到大，妳錦衣玉食，外面有些人衣不蔽體，妳怎麼沒問憑什麼？我和妳父親待妳不薄，我不指望妳幫我掙誥命，但別害了妳哥哥，現在他與太玄公主關係不錯，妳在中間搗什麼亂？」

白靈婷依然不服。「就算她是公主，一個鄉下丫頭，能有什麼作為？等過了這陣子的新鮮勁兒，皇上便不喜歡她了。其他公主自幼在太后身邊長大，以後若有外藩和親，定是送她去，也就咱們家把她供著、敬著。」

陶氏氣得去擰她的耳朵。「我說的話，妳當耳邊風是嗎？我有沒有告訴過妳，連貴妃娘娘都沒在她身上討到好？即便她以後去和親，舉國上下也得感念我們白家。妳真是氣死我了，怎麼越長大越沒腦子、沒眼力？這樣跟公主置氣，只會讓妳二妹妹徹底把妳比下去。罷了，妳給我好好在這裡跪著吧！」

陶氏收起食盒，將吃食一併帶走了。

「娘！」白靈婷氣得丟掉身下的蒲團，見陶氏走遠，又覺得地上涼，萬分不願意地爬過去，把蒲團撿了回來。

李慕歌在白家家宴上立威的效果，非常立竿見影，第二日去無涯學院，沒人敢到她窗前圍觀議論了。

清靜地上完一天課，到了第三日，莫心姑姑來了無涯書院，還帶著雍帝賞賜的各種文房四寶。

李慕歌驚訝地問：「姑姑怎麼出宮了？」

莫心姑姑說：「皇上掛念公主，不知道公主這兩天在白家如何，特派奴婢前來探望。」

李慕歌有些感動，一是雍帝日理萬機還記著她，二是賞賜等於代表他對她的看重，這樣她更不會被欺負了。

「辛苦姑姑跑這一趟，我在白家跟書院都很好，請父皇不要擔心。」

莫心姑姑打量她上課的地方和午膳，百年書香門第，這些表面工夫都沒什麼問題，微微點頭，放了心。

「皇上特地讓奴婢提醒公主，明天是臘月初一，公主要記得回去請安。」

冬月廿八日，李慕歌才出宮上第一天學，雖說好初一、十五要進宮請安，但她才出來幾天，原打算臘月十五再進宮的。

「好，明日一早我就回宮給父皇請安。」

送走莫心姑姑，李慕歌去向簡先生請假。

簡先生哭笑不得。「讀書可不能三天打魚，兩天曬網。」

李慕歌不好意思地說：「先生可以給我安排功課，回來後必定全數交上。」

也只能如此了。

簡先生正在教她《弟子規》，上了兩天課，才剛起頭，但發現她學東西很快，便道：「初二回來上課時，妳若能把《弟子規》背下來，以後要請假，我絕不再攔妳。」

「謝謝先生。」

是夜，李慕歌熬夜背書，環環把各種衣服鋪在榻上，問道：「公主，您明天進宮穿什麼衣服好呢？」

宮裡製的衣服都很好看，李慕歌並不挑剔，頭也沒抬地說：「都可以，就挑一套妳喜歡的吧。」

環環又說：「聽說明日有朝會，皇上打算帶公主一起上朝，咱們還是選套禮服吧。」

「什麼？」李慕歌嚇得書都掉了。

朝會不是逢五才開嗎？明天初一，上什麼朝？而且她一個半路認回的公主，為什麼要上朝，這太不符合規矩了。

李慕歌立刻從書桌後走出來，仔細問道：「妳聽誰說的？是侯爺那邊傳來的消息？」

環環點頭。「晚上侯爺下衙時路過白府，傳馮虎過去說話，交代此事。侯爺還說，明天一早，他會來接公主一道進宮。」

好吧，看來明天朝會上有跟她相關的事要發生了。

算算時間，應該是三法司查完葉典案，要對她的身分有個定論，並且發落左貴妃和大理寺的人，難怪雍帝特地派莫心姑姑來，提醒她記得進宮。

第二十三章

翌日寅時，冬天的凌晨還是一片漆黑，李慕歌便被環環喊起來梳妝。

她正在穿十分隆重、複雜的宮制禮服，馮虎就來傳話，說顧南野已經在外面等著了。

李慕歌抓緊工夫穿好衣服，提著裙子，疾步出去。

早上寒氣很重，顧南野站在白家馬車外等她，見她一路小跑過來，道：「妳慢慢走，慌什麼？」

白府太大，李慕歌一路跑出來，口裡呼著白氣，都快出汗了。

「外面太冷了，不想讓你等。」

顧南野道：「比起西北的冬天，京城的冬天不算什麼。」

李慕歌坐上白府的車，顧南野不避嫌，也一起坐進來。

放下簾子後，車廂裡暗下來，李慕歌偷偷瞄著近在咫尺的人，想到他難得主動跟她親近，心情雀躍起來。

顧南野察覺李慕歌的眼神，忽然轉頭問她。「有話說？」

李慕歌慌張地回答：「沒、沒有。」

「那妳聽我講。」

「喔……」原來是有事要交代，才跟她一起坐的。
顧南野告訴李慕歌，葉典一案，由大理寺、都察院、刑部一起去查。雖然之前已除掉左致恒、段沛這兩個左貴妃的膀臂，但左家根深葉茂，三法司依然被左家把持。加上二皇子李佑斐的影響，這次結案時，左貴妃不會傷筋動骨，讓李慕歌有個準備，不要覺得太委屈。
李慕歌悶悶地點頭，問道：「哪怕父皇明知左貴妃作惡多端，還是拿她沒辦法嗎？他是皇帝，卻什麼也做不了？」
顧南野說：「朝有朝綱，皇上推行依法治國，就不能隨意濫用皇權。更重要的是，目前幾個皇子中，唯有二皇子於朝政比較有見解，皇上不想讓他的出身有污點，所以一而再、再而三地忍讓左貴妃。除非二皇子和左貴妃真的觸犯君威，皇上才會下定決心除掉蠹蟲。」
李慕歌往顧南野身邊靠了一點，小聲地說：「上一世左貴妃倒臺，說是因為毒殺大皇子，但我記得，宮裡還有些別的傳言，道左貴妃的私德有失。」
顧南野聽了，給了李慕歌一個慎言的眼神，李慕歌便沒繼續說了。
「傳言是真的，但皇上為了皇家顏面，才利用大皇子除去左貴妃。」
李慕歌點頭。「好吧，反正她遲早要倒臺的，不急在一時。」
有些事變了，一切會不會如之前那樣發展，顧南野並沒有把握，但他沒有把這些顧慮告訴李慕歌。
李慕歌又問：「既然這次懲治不了左貴妃，父皇帶我上朝幹什麼？這不合規矩吧。」

顧南野猶豫片刻，還是決定告訴她。「帶妳上朝，一是告訴群臣，誣告妳的案子雖然沒辦法一查到底，但他十分重視妳，讓有心人不敢再對妳有歪心思；二是讓妳在朝堂上露露面，待新年時喻太后回宮，就該替妳擇一門親事了。」

李慕歌聽了，直接從位子上跳起來，腦袋撞到車頂，髮冠歪了也沒心思管，用難以置信的表情看著顧南野。

她千怕萬怕，沒想到這一天來得這麼快！

「要我嫁人，是你的意思，還是父皇的意思？」李慕歌問道。

「是我和皇上一起商量的。」顧南野答道，幫她把髮冠扶正。

李慕歌推開他的手，心都要碎了。

前一刻她還在為能跟顧南野同乘一車而開心，下一刻卻聽他親口說，要給她說親。

「之前我明明跟你說過，我不想回京城，就是不願命運受人擺布。你自己尚為了婚事向皇上討恩典，怎麼到了我的婚事，就這樣對我呢？」

好半天沒得到顧南野的解釋，李慕歌閉上眼睛，重新坐下，不去看顧南野，也不讓情緒再外顯。

這個男人真的是沒有心！

李慕歌決定，自己的事自己解決，就算沒有顧南野，也不會任由雍帝安排她的婚事。

兩人一路沈默著進了宮。

顧南野到太和殿外等著上朝，李慕歌沒有跟他道別，一言不發地去養心殿找雍帝。

雍帝已穿好了朝服，見李慕歌也穿著禮服，滿意的點頭。

「顧侯跟皇兒說了吧？今日朝會要宣判葉典一案的結果。此案與妳有關，妳陪著朕一起上朝聽聽吧。」

李慕歌什麼話都沒說，只應了句「是」，便跟雍帝一起去太和殿，與胡公公分立在龍椅下的臺階兩側。

升朝後，百官看見有個少女立在殿上，紛紛投來詫異的目光，但想到今天朝會要議的事，很快便猜到少女的身分。

啟奏之後，三省六部開始稟報葉典一案的結果。

大理寺卿周泰先稟道：「經大理寺核查，葉典是衛少卿私自從前任金陵太守趙大人手中提到京城的死刑犯，並藏匿在衛家別院裡。據衛少卿招供，今年四月，他從金陵家眷口中得知顧侯私自回金陵，並大肆緝捕金陵百姓，出於為皇上、為朝廷考慮，才暗中扣下葉典，調查顧侯有何圖謀。

「衛少卿濫用職權，其罪必糾，之後葉典編造故事，誣衊公主身世，欺騙眾人，衛少卿好大喜功，私自越級密報左貴妃，這才鬧出十日前家宴上的鬧劇。」

趙太守已死，葉典到底是不是從他手中轉交的犯人，無法查證。

葉典不過是個普通百姓，不管屈打成招還是性命要脅，要他招供出什麼都不稀奇。

雍帝一聽這話，便知大理寺包庇左貴妃，遂問：「依卿所言，堂堂大理寺官員和一品貴妃，都被一個平民戲弄了？」

周泰硬著頭皮道：「是。但因事關皇嗣，衛大人和左貴妃不得不在意些，關心則亂。」

雍帝又問：「都察院查出了什麼？」

新上任的都察院御史上前道：「臣依從旨意，經多方查證，衛、左二家並無朋黨之嫌，倒是衛家與太玄公主的外家有姻親關係，想必是衛少卿對葉典的話信以為真，不願白家招惹假公主，才中了刁民奸計。」

雍帝聽了，都要氣得笑出來了。前任都察院御史左致恒才被他砍了，新上任的又是左黨的人。

只怕整個雍朝三法司都是姓左的！

「刑部如何說？」

刑部尚書出列道：「衛少卿諸多罪責，理當問斬。大理寺卿有失察之責，當罰祿半年。左貴妃受人利用，於朝政上並無大過，但未主持好後宮之事，當由宗人府責罰。」

犧牲一個衛少卿，卻保下整個左黨。

李慕歌一直沈著臉旁聽，這時也忍不住露出冷笑，三法司如此弄權，連左貴妃的一點皮毛也沒傷到。

「好啊，你們已經安排得明明白白，其他卿家可還有異議？」雍帝問。

百官無人作聲，有人偷瞄顧南野，見他也沒開口，不禁覺得奇怪。

他們都準備了一堆說詞和證據，打算跟顧南野舌戰三百回合，他竟然不反對？

雍帝無奈道：「既然都沒意見，那便依三法司說的辦吧！」

「父皇，」李慕歌突然出聲。「此案因兒臣而起，兒臣有幾句話想說。」

她立在朝堂上，緩緩說道：「兒臣生於戰亂，流落民間多年，今夕還朝，父女終得相聚，但仍遭小人攻訐誣陷，不過就是欺我幼年失恃。

「這幾日，兒臣想起此事，不為自身，卻為母妃感到委屈。她殞命於國難之間，雖得入葬皇陵，但聽說喪儀簡陋，儀不配位。兒臣懇請父皇為母妃追封，並准許兒臣，為母妃守孝三年。」

顧南野在佛前發願三年不娶，她為生母守孝三年，不算過分吧？

雍帝有些驚訝。「追封之事好說，但妳母妃去世多年，妳不必再為她戴如此重孝。」

李慕歌跪下來。「雖是如此，但對我來說，剛知曉自己的母親是誰，母親就已不在人世。兒臣從未對母妃盡過半點孝心，唯有這樣，才能成全我們的母女之情、父女之義。」

這番話極為打動禮部侍郎葛錚，出列附議。「太玄殿下尚小，但孝心感天，臣附議，請皇上成全殿下的孝心。」

顧南野嘆了口氣。小姑娘不想被指婚，連文妃都搬出來了，心思真是越來越多。

雍帝也是多愁善感的人，思量之後，想到她的年紀，終是答應。「好，父皇成全妳。」又吩咐葛錚。「找回女兒，的確應該告文妃在天之靈，著禮部商議追封文妃之事，速速報上章程來。」

葛錚領命。

朝會散後，李慕歌心情稍好，總算爭取到一些自由的時間。

她欲往養心殿走去，胡公公突然悄聲來報。「殿下，顧侯請您挪步一敘。」

李慕歌不想見顧南野，便刺了胡公公一句。「這樣不好吧，怎能讓我私會外臣呢？」

胡公公臉色一變，強堆著笑說：「我的殿下喲，您才多大，不講究這些的。」

「不見。」李慕歌不是真要為難胡公公，直截了當地說：「你跟顧侯交代一聲，很抱歉我不能如他所願嫁人，以後我不會去打擾他，也請他不要再干涉我。」

「殿下！」看著李慕歌走遠，胡公公滿臉糾結，自言自語道：「哎喲……這話可怎麼傳啊？」

李慕歌一時憤怒撂下狠話，氣呼呼地去養心殿辭行出宮。

「無涯書院的先生管得嚴，兒臣的書還沒背完，得回去背書了。」

雍帝笑道：「先生嚴一點好，不過朕看妳神情這麼不快，是覺得受了欺負嗎？若是書院有人欺負妳，不要忍著，儘管告訴朕。」
李慕歌聽了，索性一屁股坐在旁邊椅子上。「還能有誰欺負我？就是父皇您欺負我！」
雍帝錯愕地問：「朕如何欺負妳了？妳早朝時的請求，朕不是都應了嗎？」
李慕歌帶著哭腔說：「女兒回宮不足兩個月，治病祛毒便占了一半工夫，如今又要在宮外求學，根本沒幾日能跟父皇在一起。就這樣，父皇還急著要我嫁人，可見是不喜歡我，女兒怎能不委屈？」
雍帝哈哈笑了。「原來是這件事。歌兒，妳不必生氣傷心，父皇只是希望有人在妳身邊保護妳、愛護妳，並不是要趕妳走。」
「我不管，現在我有父皇的保護和愛護就夠了。」
雍帝聞言，心頭又酸又暖。
他的孩子並不少，但敢在他面前這樣撒嬌的不多。這個女兒雖然長在外面，卻與他十分親近，倒是他沒想到的。
「好，朕都依妳！」
有了雍帝的保證，李慕歌這才徹底放心地出宮。
宮門外，顧南野居然在等她，看到白家馬車後，直接攔下李慕歌。
李慕歌不露面，顧南野只好上前掀開車簾，問道：「還在生氣？」

李慕歌不理他。

她才不會因為喜歡他，就由得他糟蹋她的感情。

顧南野掏出一封信。「我母親又來信了。」

李慕歌立刻伸手去拿。「這次回信，我定要在夫人面前告你的狀。」

顧南野問道：「告我什麼狀？不該插手妳的婚事？」

李慕歌橫他一眼。「你又不是不知道，以前葉桃花被逼著嫁人，最後有多慘，還敢逼我嫁人。這與那些欺負我的人有什麼區別？」

顧南野竟被她說服了，想了想，道：「皇上想替妳找個根基穩固的世家，讓妳得到更多庇佑。這是為妳好，我沒有理由反對。」

李慕歌抬頭看向他。「你真認為這是對我好？」

顧南野沒說話。

李慕歌道：「罷了，整個雍朝沒人能搞懂顧侯心裡到底是怎麼想的，我又怎能猜到？夫人的信，我收到了，多謝顧侯，我還要趕回書院上課，不跟您多聊了。」

顧南野後退一步，讓白家馬車過去。

徐保如一直站在不遠處守著，斷斷續續聽了一點，低聲對顧南野說：「不怪公主會生氣，她對您的心意……」

「不得胡言亂語。」顧南野喝止他。

徐保如不敢繼續說，但心裡十分清楚，在金陵時，李慕歌就仰慕顧南野了。如今看來，小姑娘已動了芳心，自家侯爺那麼睿智，怎麼會不知道？

明明他也對李慕歌的事非常上心，但不知為何一直不肯回應，反倒對她忽冷忽熱，難怪小姑娘心火直冒了。

出宮後，顧南野沒回京城的宅邸，而是去了天音閣。

宋夕元見他要了酒獨飲，便過去陪他說話。

「難得看你如此惆悵，這是怎麼了？」

顧南野替他斟酒，卻沒說話。

宋夕元自幼與顧南野相識，知道除非他想清楚了，否則未確定的事，他不會輕易說出口，便自顧自地說起來。

「古代有詩云：須愁春漏短，莫訴金杯滿。遇酒且呵呵，人生能幾何。你啊，就是想太多了，人生除了生死，還有什麼大事？想簡單些，別把什麼事都往自己身上攬。」

顧南野說：「你又知道我在想什麼了？」

宋夕元燦然一笑。

「讓我來猜猜，顧家的事有姑母打理，沒聽說有什麼問題；朝中的事，不過三個月，已除掉幾個外戚，這次雖動不了左貴妃和二皇子，但已把他們在朝中的人引誘出來，後面慢慢收拾即可，沒什麼好煩心的。軍務上，京軍和西嶺軍未傳急報，天下尚且太平。

「嘖，我思來想去，你只能為別人的事憂心了。不過嘛，天下間，能讓你如此在意的人，可不多啊。」

宋夕元沒有明說，但兩人心知肚明。

顧南野一口將杯中的酒飲盡。「你還記得我從軍前一夜跟你說的話嗎？」

宋夕元十分少見地變了臉色，嚴肅道：「那只是你少時的胡亂揣測，都過去好多年了，怎麼又提此事？」

顧南野是在西北戰場上重生的，但他還記得前世從軍之前，家裡發生的事……

那年，他才十四歲，每日除了在金陵書院讀書，就是到山上騎馬打獵，日日恣意快活，除了父母偶爾不和，沒什麼好憂愁的。

有一天，他跟宋夕元在山中遊玩，誤了回家的時辰。顧夫人擔心他出事，催顧老爺派人去找。

彼時，顧老爺剛喝了花酒回來，不願管此事，跟顧夫人爭吵起來。

不過，金陵附近的小山怎麼會困得住顧南野？他只是發現山崖邊有一叢非常好看的映山紅，想摘回來獻給母親，才耽誤了些時候。

當他抱著花束，悄悄跑去主屋，準備給母親一個驚喜時，卻聽酗酒的顧老爺大吼——

「別以為我不知道他是誰的種，我忍氣吞聲多年，你們母子不要得寸進尺！逼急了，我把這件事說出去，讓宋家顏面掃地，讓天下罵妳這賤婦，讓妳爹在泉下也不得安息！」

「你不要信口雌黃，血口噴人！」顧夫人痛心疾首，卻被氣得說不出更多的話。

顧南野如遭雷擊，站在窗外聽著母親的哭聲、父親的痛罵，一動不動，直到顧老爺要離開主院，才匆匆跑走，驚慌失措地去找宋夕元。

回想起往事，顧南野說：「我也希望是自己胡亂揣測，但我在西北打仗時，我向皇上要兵他給兵，要糧他給糧，五年時間，連續十道嘉獎令，擢升我為指揮使，封我為侯。雍朝百年間，沒人像我這樣。

「回到京城後，我要京軍虎符，他給；我說太玄是他女兒，他信；我要除左黨，他就幹，正常嗎？他對大皇子、二皇子尚有猜忌，對我卻如此無理由地信任、重用。我父親尚且不記得我的生辰，他卻記得，原因何在？」

宋夕元板起臉。「我無法揣測聖意，但我相信姑母絕不是不貞之人。而且你做的都是利國利民、為君分憂之事，皇上欣賞你、支持你，有什麼不對？」

顧南野慢慢說道：「我會查清楚的。」

前世，顧夫人命喪虯穹人之手，他和雍帝互相猜忌，終其一生無法確定他的生父是誰。今生，他定會找到機會，查清一切。

宋夕元心情也沈重下來。

原本他聽徐保如說了顧南野和李慕歌的爭吵，還準備打趣撮合一下。

如今，這些話怎麼說得出口？

李慕歌從皇宮回來之後，滿臉不開心，但白以誠得知要追封文妃之事，十分高興。

他來到白玉堂，誇讚李慕歌。「好孩子，有孝心，不幸負妳母親遇到戰禍，還拚命把妳生下來的恩惠。妳母親死前已位列四妃，這次若能追封為皇后，那真是光宗耀祖了！」

白老太爺真是敢作春秋大夢！

李慕歌閉上雙眸，才忍住沒有翻白眼。

亡故妃嬪能追封為皇后，僅有親子登基這種情況，她只期望能替文妃爭個「德」、「貞」、「惠」之類的諡號就夠了。

「追封皇后？怕是沒有這樣的先例。」李慕歌淡淡地提醒白以誠。

白以誠說：「以前也沒有公主上朝的先例。自先后病故，十餘年來，皇上未立新后，群臣早就有意見。妳再同皇上說一說，我也去請同僚幫腔，這事或許能成。」

李慕歌搖頭。「我們本就與左貴妃不合，非要爭著追封皇后，必會引起其他妃嬪的嫉恨。我回宮時日尚短，毫無根基，不宜這樣樹大招風。」

白以誠不甘心，繼續慫恿她。「文妃追封皇后，妳就是嫡公主，再沒人敢取笑妳在民間長大了。」

李慕歌不想接他的話。

白以誠見她不悅，只得暫時作罷，轉開話頭。「也罷，追封皇后之事的確不易，以今天三法司判左貴妃的結果來看，左貴妃在朝中勢力依然穩固，雖然判決不公，但公主不要為此不開心，更不可跟皇上生出嫌隙。就算皇上罰了左貴妃，咱們也得不到一絲好處。如今皇上自知虧欠白家，給了追封和賞賜，這才是最值當的好處。」

李慕歌冷笑道：「外祖父，左貴妃害死的可是您的親女兒，您不想為我母親報仇嗎？」

白以誠面色一僵。「妳母親想必也不願看到妳為了她的事受苦，妳和白家好好的，她便能知足瞑目了。」

真是話不投機半句多。

白以誠如此自私自利、毫無正義之心，李慕歌不由慶幸，前世白家沒有纏上性格軟弱的葉桃花，不然她真是會被這個老吸血蟲活活榨乾。

「您的意思，我聽懂了。我還要做功課，不陪您說話了。」

李慕歌說罷，起身去書房，也未安排丫鬟恭送白以誠。

白以誠回到自己的院落後，氣得拿煙桿敲桌子，對妻子白老夫人說：「不是白家養的，果然不聽話！」

白老夫人卻不感到意外。「就算是白家養的人，她也聽不了你的話。你還沒發現嗎？咱們這位公主可不簡單，哪位公主住過養心殿？哪位公主上過太和殿？連左貴妃都討不了好，你還要與她爭？有西嶺侯替她撐腰，她何須依仗我們？咱們該慶幸，白家出了這麼個不簡單的人物，用不著你費心籌謀，她就會幫你光宗耀祖，真不知你氣什麼。」

白以誠想了想，道：「夫人說得有道理。」喚管家過來，吩咐道：「到了臘月，家裡怎麼一點年味都沒有？年貨、年禮提早拿出來，給白玉堂多送些過去。公主自幼在外面，怕是沒過過一個好年。」

管家應聲去了。

——未完，待續，請看文創風865《富貴桃花妻》2

慧心巧思、獨樹一幟／凌嘉

穿越時空／靈魂重生／政商鬥爭／婚姻經營之傑出作品！

丫鬟我最大

全套五冊

知悉歷史，讓她洞燭先機、如魚得水；
運用智慧，計謀信手拈來、無往不利。
是個丫鬟又怎樣？她可不會那麼輕易就低頭認輸！

文創風 139 1

雲舒作夢也想不到，她不過是去相親，卻穿越時空來到漢朝！
原本身旁還有個看似可靠的相親對象陪伴，
結果他竟狠下心殺了她，只為了在沙漠生存下去！
痛苦絕望之中，她覺得自己的意識正一點點抽離肉體……
再次醒來，一雙小小的手與未發育的身材告訴雲舒，
她重生成一個十來歲的小女孩了！

文創風 140 2

收拾完幾個不識相的傢伙，雲舒在桑家的地位已不可同日而語，
然而大公子在仕途上的平步青雲，卻引來各方人士覬覦，
拉攏的人不怕死，說親的人厚臉皮，
就連雲舒本人的詢問度都大增，著實讓她嚇出一身冷汗。
只是幾年過去，兩個人都還抱持單身主義，
一個不嫁、一個不娶，看起來，似乎有點意思……

文創風 141 3

就在雲舒為這段戀情努力打拚的時候，
死亡的陰霾卻如影隨形地籠罩在她身邊……
當初殺害她的仇人，就像打不死的小強，一次次捲土重來，
教人防不勝防，時時刻刻提心弔膽！
老天啊，既然重新賜給她這條生命，還讓她找到真愛，
為什麼就不能善待她一些呢？!

文創風 142 4

眼看大公子無可避免地被捲入其中，
雲舒冒著生命危險趕到戰地，只為見他一面，
卻沒料想到他身邊竟有個才貌兼備的女子……
真是太讓人失望了！不給個合理解釋，她就跟他沒完！
什麼？兩年之約不算數？這玩笑也開得太大了吧？
在雲舒默默接受事實，聽從桑弘羊安排時，宮中傳來消息——
皇上召見她？這到底是怎麼一回事……？

文創風 143 5 完

她重生的這個身體，竟是漢朝皇室流落在外的公主！
雲舒除了震驚，再也找不到別的形容詞。
原來上天還是待她不薄，只是多花了點時間而已！
這下她不但被迎回宮中居住，還能風風光光嫁給桑弘羊，
看到老夫人面如土色，卻不得不恭恭敬敬接受她這個孫媳時，
長久以來的怨氣真是一吐而盡！

大齡剩女

全套二冊

溫馨寫實小說名家／凌嘉

既然二十歲就是老姑娘，那她也樂得不嫁！

她擁有現代人的靈魂，根本不吃古人「成親才幸福」那一套！

不過命運似乎另有安排，一下子丟了兩個帥哥給她……

她穿越時空住進另一個朝代的身體裡，頓時年輕了好幾歲，
可這裡的人是怎麼回事，才二十歲身價就一落千丈、乏人問津，
不管老爹多麼賣力，她依舊待字閨中，成為傳說中的老姑娘。
開玩笑，她可是擁有現代靈魂的獨立女性，
成不了親她還樂得輕鬆呢，可以穿梭商場做她最愛的古董生意，
傻子才要被關在家裡，當個漂亮卻沒用的擺設品！
誰知天不從人願，她原本平靜的生活，竟因一項古玩起了變化，
不僅被捲入多起命案，還認識了兩個出類拔萃的好兒郎，
面對陌生又若有似無的情愫，她不禁感到迷惘，
而看似平凡的身世背後，更隱藏天大的秘密，讓她無所適從……

2020年7月出版

小黃豆大發家

文創風 861～863

爺爺找人算過的，說她命裡帶福，還旺家，
這話確實不假，她自小聰慧，連私塾先生都是見一次誇一次，
如果不是身為女娃兒，她覺得他們黃家說不定都能出個狀元了，
不過她懶，志不在此，且眼前她可是有更重要的事要做——
有了一筆意外之財當本錢，她準備帶著一家人發家致富啦！

風煙綠水青山國　籬落紫茄黄豆家／雲也

她黃豆是個有大福氣的，就連跟著一群孩子去河灘上撿東西都能撿到寶，
一個比臉盆還大、臭得沒人肯靠近的死河蚌裡，被她挖出了五顆珍珠！
靠著賣珍珠的錢，她讓爺爺買地，率先試行插秧種植法，提高稻產量，
府衙命黃家不得出售，除留部分做為日後種糧外，餘均收購留作良種，
眼見機不可失，爺爺慷慨地把這能救活無數百姓的插秧法上呈官府推廣，
自此後，黃家再不是單純的泥腿子了，他們有錢有地有名聲，還有官護著，
也因此，她心中計劃已久的建碼頭一事終於能提上日程了！
日夜期盼下，建好的黃家碼頭真的來船隻了，且日益繁榮，聲勢漸起，
然而，她擔心的問題也來了——碼頭生意原是一手獨攬的錢家出手了！
有官府護著，錢家不至於來硬的，走的是說親一途，說的正是她黃豆，
可她不願意啊，因為她心中有人了，便是小時候救她一命的恩人趙大山！
那會兒她年紀小，當然沒啥以身相許的想法，只把他當哥哥看，
但他出海跑船經商五年歸來後，卻不把她當妹妹看了，還跟她告白，
於是她不淡定了，心頭小鹿撞得快內傷，連終身大事都私下跟他訂好，
豈料，她對錢家的拒婚，卻害得至親喪命，甚至她自己都因此而毀容……

文創風 864

富貴桃花妻 1

國家圖書館出版品預行編目資料

富貴桃花妻 / 凌嘉著. --
初版. -- 臺北市 : 狗屋, 2020.07
冊 ; 公分. --（文創風）
ISBN 978-986-509-121-7（第1冊：平裝）. --

857.7　　　109007941

著作者　凌嘉
編輯　安愉
校對　王冠之
發行所　狗屋出版社有限公司
地址　台北市104中山區龍江路71巷15號1樓
電話　02-2776-5889～0
發行字號　局版台業字845號
法律顧問　蕭雄淋律師
總經銷　知遠文化事業有限公司
電話　02-2664-8800
初版　2020年07月
國際書碼　ISBN-13　978-986-509-121-7

定價260元
狗屋劃撥帳號：19001626
網址：love.doghouse.com.tw　E-mail：love@doghouse.com.tw